rororo

-ky, mit bürgerlichem Namen Horst Bosetzky, wurde 1938 in Berlin geboren und war viele Jahre Professor für Soziologie an der Berliner Fachhochschule für Verwaltung und Rechtspflege. Seine knapp zwanzig Kriminalromane wurden in mehrere Sprachen übersetzt und zum Teil verfilmt. 1988 erhielt er den französischen Kritikerpreis für den besten ausländischen Kriminalroman, 1992 von der Vereinigung der deutschen Krimiautoren den Ehrenglauser für sein Gesamtwerk.

«-ky kann Wissenschaft in Literatur überführen, was einen Krimi gelingen lässt.»
Tagesspiegel

-ky

DAS DOUBLE DES BANKIERS

Roman

Rowohlt Taschenbuch Verlag

Originalausgabe
Veröffentlicht im Rowohlt Taschenbuch Verlag
GmbH, Reinbek bei Hamburg, Juli 2002

Umschlaggestaltung any.way, Kathrin Romer
(Foto: Ullstein Bilderdienst)
Satz Bembo bei
Pinkuin Satz und Datentechnik, Berlin
Druck und Bindung Clausen & Bosse, Leck
Printed in Germany
ISBN 3 499 23179 4

Die Schreibweise entspricht den Regeln der neuen
Rechtschreibung.

ERSTER TEIL

KONRAD SCHACKSTEDT

EINS ZWEI DREI

Heute wird noch etwas Schreckliches passieren … Konrad Schackstedt zuckte zusammen. Wie bei einem Schizophrenen hallte es in seinem Kopf. Dieser schien ihm nur noch ein einziger Hohlraum zu sein, das Gehirn hinausgeblasen wie bei einem Ei, das man an einen Osterstrauß hängen wollte. *Etwas ganz Schreckliches …*

Schackstedt war schon den ganzen Tag voll düsterer Vorahnungen, und er hasste solche Stimmungen wie fremde Truppen, die seine Seele erobert hatten und auf unbestimmte Zeit besetzt hielten. Ängste aller Art gehörten für ihn zu dem, was er zutiefst verabscheute: Psycho-Mist. Für ihn war der Mensch nichts weiter als eine Maschine, und als solche hatte er zu funktionieren, verdammt nochmal. Psychologie, Philosophie, Religion – das alles war eine Sache von unnützen Schöngeistern, die den Leuten nur etwas einredeten, um ihnen das Geld aus der Tasche zu ziehen. Auch die Plappermäuler in den Radiosendern gingen ihm auf die Nerven, obwohl es unvermeidlich war, ab und an Nachrichten zu hören.

Außerdem ließ sich die lange Autofahrt von Berlin nach Hohen-Vietz mit ein wenig Beschallung besser ertragen. Waren es von Berlin bis zur Oder auch kaum mehr als fünfzig Kilometer Luftlinie, so hatte er auf der B 1 doch immer das Gefühl, schon durch die sprichwörtlichen Weiten des Ostens zu rollen, irgendwo und gottverlassen zwischen Brest-Litowsk und Moskau. Er drückte auf den kleinen Knopf mit dem ON – und hätte fast das Steuer verrissen, denn was da leicht verzerrt aus dem Lautsprecher kam, war seine eigene Stimme.

«… Krisen und Katastrophen kann man auch herbeireden, und das geschieht im Falle meines Unternehmens mit der erklärten Absicht, uns zu schlucken. Aber Schackstedt ist ein Familienbetrieb, 1852 in Berlin gegründet, und wir sind von jeher stolz darauf, unabhängig zu sein, Herren im eigenen Hause, und ich als der Urenkel der Gründerfamilie möchte nicht derjenige sein, von dem es heißt: ‹Der Letzte macht das Licht aus.› Nein, die STS, die *Schackstedt Transport Systeme,* wird es noch weitere hundertfünfzig Jahre geben.»

Schackstedt fand, dass er seine Sache nicht schlecht gemacht hatte. Schon wollte er einen Sender suchen, wo sie hauptsächlich Schlager spielten, da brachten sie eine Art Sondermeldung.

«Die Polizei warnt weiterhin vor dem flüchtigen Gewaltverbrecher Maik Kickelhahn, der vor zwei Tagen aus der Haftklinik Neuruppin entwichen ist und vermutlich in Lebus einen 38-jährigen Autofahrer erschossen hat, um seine Flucht in dessen Fahrzeug fortzusetzen.»

Schackstedt schaltete das Radio aus. Immer diese Horrormeldungen. Nur um den Leuten Angst zu machen. Hunderttausende von Flugzeugen landeten ohne jeden Zwischenfall, stürzte aber mal eines ab, dann inszenierten die Medien das als Jahrhundertereignis und taten so, als sei jeder Flug ein Selbstmordversuch. Und die Wahrscheinlichkeit, Kickelhahns nächstes Opfer zu werden, war noch geringer als die, bei einem Flugzeugunglück zu sterben. Schackstedt hatte sich vorgenommen, außerhalb seiner vier Wände nie anders zu sein, als wäre er von seiner eigenen PR-Abteilung installiert worden: absolut rational und souverän. Konsul Konrad Schackstedt. Andererseits … diesem Kickelhahn in die Hände zu fallen und dann wie der unglückliche Reemtsma wochenlang in einem Keller eingesperrt zu sein ... Schackstedt hätte sich für Gedanken wie diesen am liebsten selber geprügelt.

Die Landschaft war so öde, dass er einzuschlafen drohte. Wenn Dr. Roitzsch, seine rechte Hand, bei ihm gewesen wäre, hätte der an dieser Stelle ganz sicher wieder Fontane zitiert: «Wer in die Mark reisen will, muss zunächst Liebe zu Land und Leuten mitbringen, mindestens keine Voreingenommenheit. Er muss den Willen haben, das Gute zu finden, anstatt es durch kritische Vergleiche totzumachen.» Roitzsch als Fontane-Kenner war es auch gewesen, der ihm Hohen-Vietz schmackhaft gemacht, ja, geradezu aufgeschwatzt hatte. Was ihre gesellschaftliche Funktion angehe, so seien die Unternehmer in die Fußstapfen des Adels getreten – und hätten somit auch die Pflicht, die alten und vom Verfall bedrohten Herrenhäuser aufzukaufen, zu renovieren und zu ihren Residenzen zu machen. So war Schackstedt zu Hohen-Vietz gekommen, das links der Oder an der Straße von Küstrin nach Frankfurt lag.

In Müncheberg, auf halbem Wege etwa, überfiel ihn der Hunger, und er beschloss, einen kleinen Abstecher in die Märkische Schweiz zu machen und sich in Buckow irgendwo am See ein Restaurant zu suchen, in dem sich angemessen speisen ließ. Kurz vor Waldsieversdorf geriet er in eine Straßensperre. Die Polizeibeamten mit ihren kurzen Schnellfeuerwaffen sahen sehr martialisch aus und erinnerten ihn an die Bilder vom April 1945. Nicht, dass er den Kampf um Berlin schon miterlebt hätte, er war erst eine Woche nach Ende des Nazireichs zur Welt gekommen, aber sein Vater hatte alle Wehrmachtsberichte und alle *Völkischen Beobachter* aus dieser Zeit gesammelt und seinem Sohn fast täglich daraus vorgelesen. So wie andere aus Märchenbüchern vorlesen. Walter Schackstedt war nie Soldat gewesen, sondern hatte, so seine stehende Wendung, «dem

Führer treu an der Heimatfront gedient». Ja, vor allem dadurch, dass er das «Räder müssen rollen für den Sieg» eigenhändig auf die Loks aus seiner Firma gemalt habe, lachten die Verwandten, die mit den Braunen weniger stark sympathisierten. Damals hatten sie bei Schackstedt auch die sogenannten ÜK-Loks (Übergangskriegsloks) der Baureihe 44 zusammengesetzt – teils mit Hilfe von Zwangsarbeitern, für die Konrad Schackstedt jetzt zu zahlen hatte. Sein Gerechtigkeitsgefühl sagte ihm zwar, dass das in Ordnung war, doch viel hatte er bislang nicht überweisen können, denn einem nackten Mann kann man nicht in die Tasche greifen.

Ein uniformierter Milchbart musterte ihn einige Sekunden lang und kam dann ganz ohne Vorgesetztenhilfe zu einer Entscheidung, die Schackstedt wenig erfreute: «Steigen Sie bitte einmal aus und öffnen Sie den Kofferraum.»

«Meinen Sie, ich habe diesen Kickelhahn bei mir im Wagen versteckt?»

«Er kann sich dort ohne Ihre Davonkenntnisnahme verborgen haben», sagte der junge Polizeibeamte.

«Ja, er ist mir von der Autobahnbrücke in den Kofferraum gesprungen, als ich mit hundertachtzig Sachen darunter durchgefahren bin.» Eigentlich war Schackstedt ein viel zu ernsthafter Mensch, um drastisch zu werden, aber in diesem Falle reagierte er doch etwas emotional, denn es kränkte ihn, dass man ihn irgendwie für den Helfershelfer eines Schwerverbrechers hielt. Was blieb ihm aber anderes übrig, als auszusteigen? Er parodierte den jungen Mann, der ihm wie ein geklonter Zlatko erschien. «Dann schreiten wir mal zur Inaugenscheinnahme.»

Als man das Ritual abgehakt hatte, war er wenige Minuten später am Scharmützelsee und fand tatsächlich einen freien Tisch am Ufer. Ohne platziert zu werden.

«Zander, bitte. Und ein dunkles Bier.»

Der Ober zählte ihm eine Reihe von Bieren auf, und er entschied sich für «Mord und Totschlag» aus Dessow. Wie alle genuinen Westberliner vermochte er es auch ein Dutzend Jahre nach der Wende noch nicht recht zu fassen, dass er ohne Passierschein hier sitzen konnte und kein Stasi-IM hinter ihm hockte und jede seiner Blähungen protokollierte. Doch viel Zeit zum Sinnieren blieb ihm nicht, denn sein Handy dudelte.

«Hier Diethard Menz, *Global Bank Europe*. Herr Lapaczinsky wird heute Abend allein anreisen, in seinem Privatwagen, und er hat mich deshalb gebeten, das genaue Ziel in seinen Bordcomputer einzugeben. Ohne GPS fühlt er sich immer hilflos, wenn es in den Osten geht. Wie hieß der Ort bitte nochmal: Vielitz, Hohen-Vielitz?»

«Nein, Hohen-Vietz. Nicht Vielitz. Der Vielitzsee liegt bei Lindow, also eher am Rhin und nicht an der Oder.»

Immerhin waren damit die letzten Zweifel beseitigt: Lapaczinsky würde wirklich kommen. Schackstedt fühlte sich unendlich erleichtert und zögerte keine Sekunde, seiner Frau mitzuteilen, dass alles bestens lief. Gisela war am Morgen losgefahren, um mit den beiden Enkelkindern eine Woche im Ferienhaus auf Rügen zu verbringen. Mit den Gören nach Göhren ins wunderschöne Hotel Meeresblick.

«Alles in Ordnung. Lapaczinsky kommt nach Hohen-Vietz. Hundertprozentig. Ich sitze gerade in Buckow am See. Allein. Dr. Roitzsch kommt zwar auch nach Hohen-Vietz, aber erst später. Abends haben wir dann das entscheidende Gespräch. Du weißt ja, Lappa ist der Einzige, der uns noch retten kann.»

«Dann versucht mal, ihn bei Laune zu halten.»

Schackstedt stöhnte auf. «Das schafft man nur, wenn man Hertha deutscher Meister werden lässt: eins zu null gegen Bayern München im Hohen-Vietzer Zentralstadion. Wenn vorher einer kommt und die Maulwurfshügel beseitigt.»

Seine Frau versuchte ihm Mut zu machen. «Ihr kennt euch doch schließlich noch vom Buddelkasten her, da wird er doch …» Kindergeschrei ließ sie abrupt abbrechen. «Du, ich muss …»

Noch ein paar Abschiedsworte, dann war das Gespräch beendet, und Schackstedt steckte sein Handy wieder ein. Die Nummer kannten nur wenige, denn er hasste es, dauernd erreichbar zu sein.

Schackstedt blickte auf seine Rolex. 16 Uhr 11. Das Essen kam und war in Ordnung. Er fragte sich, wo er in genau einem Jahr um diese Zeit wohl sitzen, stehen oder liegen würde. Im Knast? Dafür sprach am meisten, denn vieles, was sie bislang unternommen hatten, um die Firma zu retten, verstieß sicher gegen geltendes Recht. Im Krankenhaus? Vielleicht reagierte sein Organismus auf den Stress auch mit der Flucht in die Krankheit, mit Herzinfarkt oder Krebs. Auf der Straße? Konkurs, Offenbarungseid, Scheidung, Alkoholexzesse, Abstieg zum Penner. Im Grab? Im Herrenhaus von Hohen-Vietz gab es viele Balken, an denen man sich erhängen konnte.

Alles hing von Lapaczinsky ab. Während Schackstedt sein «Mord und Totschlag» zu Ende trank und auf den Ober wartete, um zahlen zu können, ging er die fast fünfundfünfzig Jahre durch, die er seinen Freund schon kannte. Freund … was hieß das in diesen Tagen schon. Hatte er Lappa jemals so verletzt, dass der eventuell die Stunde nutzen könnte, um sich zu rächen? Als sie fünf Jahre alt gewesen waren, hatte er ihn im Keller eingeschlossen, nur so aus Spaß, dann aber, als andere Kinder ihn zum Eisessen abgeholt hatten, ganz einfach vergessen. Erst am Abend war Lappa gefunden worden, fast schon von den Ratten angefressen. «Das hast du mit Absicht gemacht!» – «Nein.» – «Doch!» Heute sprach man in solchen Fällen wohl von einem Trauma. Und seine Freundin Helga hatte er ihm ausgespannt. 1967 beim Faschingsfest in der Hochschule der Künste. Damit nicht genug: Als sie sich 1980 um den stellvertretenden Parteivorsitz gestritten hatten, war ihm der Satz entschlüpft: «Wir sollten uns nicht mit einer Lappalie abgeben.» Worauf die Parteifreunde, als Lapaczinsky dann unterlegen war, ständig überall gelästert hatten: «Da kommt ja unsere Lappalie.» Waren das Narben, die niemals verheilten, oder überwogen die unzähligen glücklichen Stunden, die sie miteinander verbracht hatten, die vielen gemeinsamen Reisen und Erfolge? Schackstedt hoffte Letzteres.

Nach dem Essen kam er über Seelow und Lebus ins Oderbruch und entdeckte bald hinter einem sanft zum Strom hin abfallenden Höhenzug den Hohen-Vietzer Kirchturm. Das alte Dorf beschränkte sich auf die lang gestreckte Straße, die nach Norden hin mit dem Rittergut, nach Süden hin mit einem großen Mühlengehöft abschloss. Zu DDR-Zeiten hatte die örtliche LPG für ihre Arbeiter und deren Familien noch etliche ländliche Plattenbauten hinzugefügt, auch Stallungen, Silos und Güllegruben, doch dies alles war schon wieder weitgehend abgetragen, denn Hohen-Vietz wollte nun ein echtes Ökodorf werden und Touristen anlocken, vor allem linksgrüne und gut verdienende Berliner, die auf ihren Fahrrädern kamen. Anlaufstelle war die Mühle, die einst eine Öl- und Schneidmühle gewesen war und die man zum Hotel Odermühle umgebaut hatte. Ein Bach, der mit starkem Gefälle am Dorf vorüberfloss, trieb wie zu alten Zeiten die beiden Räder, doch die drehten sich nun im Leeren. Das aus Häusern, Schuppen und Lagerräumen bunt zusammengewürfelte Gehöft, bis jetzt nur zur Hälfte restauriert, war von malerischem Reiz. Schackstedt kam gern hierher, um auf dem kleinen Markt einzukaufen, was sie während ihrer Wochenenden brauchten. Im Augenblick aber hatte er keinen Bedarf und fuhr ohne Halt die Straße hinauf, vorbei an Pfarre, Schule, Kita und Krug.

Das Rittergut hatte unter den Kampfhandlungen am Ende des Krieges schrecklich gelitten. Einst hatte es aus zwei hufeisenförmigen Hälften bestanden, eine zusammengesetzt aus den drei Flügeln des Herrenhauses, die andere aus Ställen und Scheunen des gutsherrlichen Gehöftes. Nur ein Flügel des Herrenhauses war 1945 noch stehen geblieben, alles andere in Schutt und Asche gesunken und später abgetragen worden. So kam es, dass der als Auffahrt dienende Steindamm den Besuchern heute überdimensioniert vorkam. «Die Autobahn zu meiner Datsche», pflegte Schackstedt zu sagen, dabei gehörig untertreibend, denn auch das letzte Drittel des alten Herrenhauses war immer noch eine recht feudale Sache und alles andere als eine Laube aus Dachpappe und Kistenbrettern, zumal sich die besten Berliner Innenarchitekten hier versucht hatten.

Schackstedt hielt vor seinem über alles geliebten Refugium. Einsam war es hier. Das Dorf starb langsam aus. Wer jung und halbwegs tüchtig war, zog nach Berlin oder, besser noch, in den Speckgürtel, der die Hauptstadt umgab. Doch die Stille währte nicht lange, denn ein Hubschrauber knatterte knapp über das Dorf hinweg. Solange Polen noch nicht in der EU war, kamen immer wieder Flüchtlinge über die Oder. Aber wahrscheinlich waren sie noch immer auf der Suche nach diesem Kickelhahn. Schackstedt öffnete seinen Kofferraum, zögerte aber noch mit dem Ausladen. Dr. Roitzsch musste ja auch bald den Steindamm heraufkommen und konnte die Sachen dann schleppen. Am besten legte er sich noch ein halbes Stündchen aufs Sofa, ließ den Fernseher laufen und entspannte sich, bevor es dann ernst wurde. Todernst sozusagen. Sein oder Nichtsein. Die Firma war sein Leben. Wurde sie aus dem Handelsregister gelöscht, blieb ihm nichts anderes, als Selbstmord zu begehen. Das

Gaspedal durchtreten und den Wagen gegen einen Chausseebaum lenken. Die moderne Form des Harakiri. Wer das Erbe der Väter verspielte, dem blieb nichts anderes übrig.

Das waren die Gedanken, die ihm durch den Kopf gingen, als er dalag und an die Decke starrte, während sie auf *Eurosport* Golfprofis auf der PGA-Tour zeigten. Da fuhr er hoch. Im Keller war etwas umgefallen. Es hatte kräftig gescheppert. Er hielt den Atem an. Ein archaisches Gefühl sagte ihm, dass da ein Mensch … ein Einbrecher … Nein: Kickelhahn! Der hatte sich hier in Hohen-Vietz versteckt!

Roitzsch kniff die Augen zusammen und versuchte, die vier roten Ziffern auf dem Radiowecker zu deuten. Ohne Brille war es schwer. Es konnte ebenso 16:57 wie 18:31 sein. Er erschrak. War es wirklich schon halb sieben, kamen beide zu spät, er nach Hohen-Vietz und Ruben ins Theater. Der Freund schlief noch tief und fest. Was Wunder nach der Eruption vorhin. Wo sie sich seit Ewigkeiten nicht mehr gehabt hatten. Roitzsch stand auf und suchte nach der Sehprothese, wie er seine Brille meistens nannte. Schließlich fand er sie eingewickelt in Rubens schwarzem Slip. Er hauchte sie an, putzte sie mit Hilfe eines Hemdzipfels, setzte sie auf und sah abermals auf den Radiowecker. Gerade war es 17:00 Uhr geworden. Erst. Gott sei Dank.

Roitzsch setzte sich auf die Bettkante, zog den Vorhang ein wenig zur Seite und sah auf den See hinaus. Die anderen Hotelgäste saßen noch bei Kaffee, Eis und Kuchen auf der Terrasse, während ihre Brut im Wasser planschte. Die reinste Idylle.

Langsam zog er sich an. Sein Anzug kam aus derselben Nobelfirma wie der von Kanzler und Außenminister. Fertig angekleidet war er der überaus seriöse Dr. Ing. Thomas S. Roitzsch, Professor für Maschinenbau an der TU Berlin, Technischer Direktor bei Schackstedt und stadtbekannter Förderer der schönen Künste im Bundesarmenhaus Berlin, verheiratet, zwei Kinder, Wahlspruch: Habe stets sieben Leben zugleich. Eines davon hatte er Ruben Uding und der Schauspielkunst gewidmet.

Der Freund wachte auf und dehnte sich wie eine Katze. Roitzsch stand vor ihm und genoss jede seiner Bewegungen, war völlig eins mit sich und dem Leben. «Dekadenz ist Vollendung. Eine höhere Entwicklungsstufe wird keine Kultur erreichen können. An dieser Stelle ruft der Schöpfer aus: ‹Es ist vollbracht!›»

Er widerstand der Versuchung, Ruben noch einmal in die Arme zu schließen. «Was spielt ihr heute?»

Sein Freund brauchte einen Moment, um es wieder zu wissen. «Federico García Lorca: *Yerma*. Yerma will ein Kind, muss ein Kind wollen, bekommt aber keines. Ich bin Juan, ihr Mann.» Er reckte den Oberkörper in der Pose eines Bodybuilders und zitierte aus dem Stück: «Wenn die Männer hager bleiben, werden sie stark wie Stahl.»

Roitzsch lachte. «Weshalb ich auch süchtig nach dir bin …» Dennoch sah er auf die Uhr. «Ich muss zu Schackstedt. Alles ist nur ein Spiel, das stimmt schon, aber wenn ich zu diesem Spiel zu spät komme, haben wir schon vor dem Anpfiff verloren und steigen unvermeidlich ab. Aber nicht in die zweite Liga, sondern ins Nichts.»

Er warf Ruben noch eine Kusshand zu, dann ging er zur Rezeption, um ihr Zimmer zu bezahlen. «In bar, bitte …» Wenig später saß er in seinem BMW und fuhr Richtung Oder.

EINS ZWEI **DREI**

Schackstedt stand mit seinem Pfefferspray im Keller und schalt sich einen Angsthasen. Kein Kickelhahn hatte sich in seinem Haus versteckt. Der Spiegel über dem alten Ausguss war von der Wand gefallen, nichts weiter. Die Kraft des Klebers hatte nachgelassen. Kein Wunder, das Ding stammte noch aus der Nierentischepoche.

Schackstedt stieg also wieder zur Diele hinauf und öffnete die Haustür, um nach Roitzsch Ausschau zu halten. Weit und flach lag das Land zu seinen Füßen, herb und spröde. Es passte zu ihm. Vor 250 Jahren war hier alles Sumpf gewesen, und erst Friedrich der Große hatte es urbar machen lassen und die ersten Siedler ins Land gelockt. Auch die Schackstedts, die aus dem Anhaltinischen kamen und allesamt Handwerker waren: Schmiede und Stellmacher. Vier Generationen später waren sie dann nach Berlin gegangen, um dort Kutschen zu bauen. Und nach den Kutschen Pferdeomnibusse, Pferdestraßenbahnen und die ersten «Elektrischen», wie sie damals hießen, Straßenbahnen mit Stromabnehmern für die Oberleitung.

Pünktlich kam jetzt Dr. Roitzsch mit seinem Wagen den Steindamm herauf. Schackstedts Gefühle waren äußerst ambivalent, als er ihn sah. Auf der einen Seite waren sie befreundet und duzten sich, und er war dem Ingenieur sehr zu Dank verpflichtet, denn schon mehrfach hatte Roitzsch mit seinen Ideen die STS vor dem Aus bewahrt, doch auf der anderen

Seite verfolgte er Roitzschs Lebenswandel mit einiger Skepsis und fand es ziemlich anrüchig, dass er es mit Frauen wie mit Männern trieb und sich völlig in dieser albernen Theaterwelt verlor. Darin stimmte er seiner Frau vollkommen zu, wenn die behauptete, was der Roitzsch da mache, sei ja nun wirklich abartig. Es erinnere sie ans alte Rom und die «Herren» um Nero herum, Seneca, Petronius, diese ganze fürchterliche Dekadenz.

Dr. Roitzsch stieg aus, und sie begrüßten sich mit routinierter Herzlichkeit. «Auf zum letzten Gefecht», sagte sein Technischer Direktor, worauf Schackstedt unwillkürlich zusammenzuckte.

Er sah auf die Uhr. «Wo bleibt denn Lappa nur? Na, früher ist er auch immer zu spät gekommen: zur Schule morgens, oder wenn wir zum Tanzen gegangen sind.»

«Und ist dennoch vom Leben nicht bestraft, sondern ganz schön belohnt worden. Vorstandssprecher der *Global Bank Europe*, wenn das nichts ist. Er wird schon kommen, wo es hier draußen doch so schön ist …»

Kurz nach 20 Uhr erschien dann Lapaczinsky wirklich in Hohen-Vietz. Geradezu beflissen stürzte Schackstedt nach draußen, um ihm die Wagentür zu öffnen. Kein Türsteher eines Grandhotels hätte es besser gekonnt. Schackstedt hatte das Gefühl, ein kleiner Landjunker zu sein, dem das Wasser bis zum Halse stand und der nun alles tun musste, um seinem König zu gefallen und aus der Schatulle die Taler zu erhalten, die ihn retten würden.

Und der König gab sich leutselig. «Hallo, meine Herren, nun ist die Skatrunde endlich komplett.»

«Spielen wir also um 50 Millionen Euro und dreitausend Arbeitsplätze», sagte Roitzsch.

Sie schüttelten einander die Hände, und Lapaczinsky, der,

was eigentlich unerklärlich war, zum ersten Mal nach Hohen-Vietz gekommen war, äußerte sich lobend über Anwesen und Gegend. «Konrad von *Chackstedt* auf Hohen-Vietz. Das Land, wo man die Seele baumeln lassen kann. Eine reizvolle Landschaft, nicht wahr, Herr Doktor?»

Roitzsch widersprach ihm lächelnd. «An sich ja, obwohl unser lieber Fontane da anderer Ansicht war. ‹Das linke Oderufer ist hüglig und malerisch, das rechte flach und reizlos.› Und auf dem rechten befinden wir uns.»

«Da haben Sie's: Das Glück wohnt wirklich immer am anderen Ufer, nicht wahr?»

Schackstedt musste schmunzeln, wusste er doch, dass Lapaczinsky schon etliche Kurse mitgemacht hatte, um von seinem ewigen «Nicht wahr?» am Ende eines Satzes wegzukommen. Auch ein anderer, wohl mehr in der fehlerhaften Anatomie seiner Zunge und seines Mundraumes bedingter Sprachfehler war nicht zu beheben gewesen: die Unfähigkeit, ein «Sch» zu sprechen. Stets wurde ein «Ch» daraus. Trotz – oder gerade wegen – dieser Eigenarten hatte *Lapachinski* Karriere gemacht und war ein reicher Mann geworden.

Wie sämtliche Mitarbeiter der GBE und alle irgendwie von ihm abhängigen Menschen hatte auch Schackstedt Angst, in Lapaczinskys Gegenwart kein richtiges «Sch» zu sprechen. Bewusst oder unbewusst. Viele seiner Neider, Gegner und Feinde taten es ja in seiner Abwesenheit, um ihn zu verspotten. Hörte er es, ließ sich Lapaczinsky nichts anmerken, sondern schien darüber erhaben zu sein, doch alle fürchteten, dass er so empfindlich und nachtragend sein konnte, wie man es Elefanten nachsagte.

Also stockte Schackstedt jetzt, als er sagen wollte: Schön, dass du gekommen bist … Wenn nun doch ein «chön» daraus wurde? Er flüchtete sich in einen Hustenanfall, ehe er begann:

«Christian, du siehst blendend aus.» Was nicht stimmte, denn Lapaczinsky erschien ihm blass, auf Berlinisch: käsig, und wirklich ziemlich abgespannt, doch ihm das zu sagen hätte die Atmosphäre von vornherein vergiftet. Da war Schmeicheln die bessere Alternative. «Geht's gut?»

«An sich ja, nur mein Kreislauf macht mir Sorgen. Wenn ich nächste Woche drüben in den USA bin, werde ich mich mal richtig durchchecken lassen.» Lapaczinsky rieb mit der Hand über die Herzgegend. «Vielleicht sollte ich doch wieder heiraten. Dann geht man alles etwas ruhiger an.»

Schackstedt wusste, dass Lapaczinsky nach seiner Scheidung einen ziemlich hohen Verbrauch an Geliebten hatte und mit seiner Gesundheit Schindluder trieb.

Als das Ritual des *Warm-up* beendet war, setzte man sich auf die Terrasse, um über das Eigentliche zu reden: die Kreditspritze zur Rettung der STS.

Lapaczinsky eröffnete die Partie mit einem der landesüblichen Züge und gab sich bewusst formell. «Dass ich hergekommen bin, ist wohl der beste Beweis für den guten Willen meinerseits, aber alle Welt weiß ja, wie sehr man im Augenblick dabei ist, die Richtlinien zur Vergabe von Krediten zu *verchärfen,* nicht wahr?»

Ehe er dies weiter erläutern konnte, brach er ab, weil sein Handy dudelte. Irritiert zog er es aus seinem Pilotenkoffer. «Ja, bitte … Mein Gott, Sie *chon* wieder …» Ebenso gelangweilt wie angewidert hörte er zu, was ihm sein Gesprächspartner zu sagen hatte, um dann abrupt die Nerven zu verlieren und mit einem «Sie Idiot!» auf die Taste ‹Auflegen› zu drücken.

Er stieß die Luft aus den Lungen, bevor er seine Reaktion erklärte. «Das war wieder dieser Torsten Ramolla, Elektro-Ramolla aus Berlin, Kantstraße. Groß- und Einzelhandel. Konkurs. Keine Chance mehr gegen die Großen. Aber wem gibt er die *Chuld* daran? Mir! Weil ich ihm keine neuen Kredite mehr *bechafft* habe. Und das, obwohl wir seit Jahrzehnten in derselben Partei seien. An mir macht er nun alles fest: Dass er Alkoholiker geworden ist, dass seine Frau Selbstmord begangen hat, dass sein Leben *gecheitert* ist. Vom König, als den er sich selbst gesehen hat, zum Sozialhilfeempfänger. *Erchießen* will er mich dafür. Na, soll er, einen Tod kann man nur sterben.»

«So etwas sollte man nicht auf die leichte Schulter nehmen», sagte Schackstedt.

«Ach», Lapaczinsky winkte ab. «Hunde, die bellen … Außerdem weiß er ja nicht, dass ich nach Hohen-Vietz gefahren bin. Wenn ich irgendwo vor ihm sicher bin, dann hier. Also: zurück zur Sache!»

«Wir können offen miteinander reden», sagte Schackstedt. «Ich habe das Personal extra weggeschickt.»

Lapaczinsky lachte. «Hoffentlich nicht mit deinem *Railjet* … Da sind sie ja gleich wieder da, nicht wahr?»

Volltreffer, dachte Schackstedt. Schon die erste Salve saß. So sehr das nach harmlosem Geplauder klang: Der Banker hatte mit diesem Satz alles gesagt, was zu sagen war. Den Finger auf die Wunde, den Nerv bloßgelegt.

Roitzsch wartete ab, bis Schackstedt allen eine Apfelschorle gemischt hatte, dann begann er mit seinen Erklärungsversuchen. «Okay, wir haben mit dem *Railjet* eine Katastrophe nach der anderen erlebt, aber wir mussten ihn so schnell auf den Markt werfen, um gegen die anderen Anbieter von Regional-Triebzügen eine Chance zu haben. Der Bedarf ist ja riesig, wo die Bundesbahn immer mehr Strecken an die Privaten abgibt – und die brauchen leistungsfähige Dieseltriebzüge in großen Stückzahlen.»

«Sicher …» Lapaczinsky blätterte in seinen Unterlagen. «Aber keine mit *Eigenchaften*, nicht wahr, wie sie der STS-

Railjet aufweist: plötzliche und unerklärliche Stillstände auf freier Strecke aufgrund von Störungen in der Fahrzeug-Elektronik, Blockierung der Weiterfahrt an Haltepunkten ohne erkennbaren Grund, Anspringen der Heizung bei Außentemperaturen von 35 Grad und dafür Kühlung bei Minusgraden, klemmende Türen, funktionslose Toiletten, *falche* Stationsanzeigen … Und als ihr da mit eurer Doppelstock-Version gekommen seid, da hat sich alles *checkig* gelacht, nicht wahr?»

Schackstedt beeilte sich, ihm zu versichern, dass nun alles im Lot sei. «Wir schaffen es jetzt, alle Rechner für die Einzelsteuerungen zu harmonisieren. Das klappt jetzt. Alle Betreiber sind mit dem *Railjet* mehr als zufrieden. Unsere Auftragsbücher sind voll. Und auch unsere anderen Produkte werden ja wieder mächtig nachgefragt: die Niederflurteile für die alten Tatra-Straßenbahnzüge, die Standseilbahnen, die Aufzüge, die Rolltreppen, die Förderbänder … Wenn wir erst den Auftrag für den neuen Großflughafen Berlin-Brandenburg bekommen, dann …»

Lapaczinsky ließ sich nicht mitreißen. «*Wenn* … Fakt ist erstens, dass ihr am nächsten Ersten keine Löhne mehr zahlen könnt. Fakt ist zweitens, dass ihr bei euren Zulieferern mindestens 20 Millionen Euro *Chulden* habt, nicht wahr, und sich alle weigern, euch auch nur eine einzige *Chraube* zu liefern. Fakt ist weiterhin, dass euch keiner der Großen ein Kaufangebot unterbreitet hat, weder Bombardier noch irgendwer.»

Schackstedt sprang auf. «Eher bringe ich mich um, als dass ich mich von anderen schlucken lasse! Die STS ist und bleibt ein Familienunternehmen.»

Lapaczinsky lachte. «Ein insolventes Familienunternehmen.»

«Mit einem Kredit von 50 Millionen Euro sind wir gerettet», sagte Roitzsch vorsichtig.

Der Vorstandssprecher der GBE senkte den Kopf. «Ich hab mit meinen Vorständen gesprochen … Ihre Begeisterung hält sich in Grenzen. Alle kommen sie mir mit der alten Weisheit, nicht wahr, dass man gutes Geld dem *chlechten* nicht hinterherwerfen soll.»

Schackstedt flehte den Freund geradezu an. «Wenn du ja sagst, Christian, dann werden die anderen bloß noch nicken. Die Entscheidung liegt doch ganz allein bei dir.» Er hätte ihm in diesem Augenblick alles geopfert, was ihm ans Herz gewachsen war, auch Frau und Kinder. Die Firma ging ihm über alles. Ohne sie war er ein Nichts. Starb die STS, so starb auch er.

Lapaczinsky schien neue Herzstiche zu verspüren, denn sein Gesicht verzerrte sich, und er rieb sich Brust und Magen mit der rechten Hand. «Ich muss gleich einmal eine Tablette …»

Roitzsch wollte aufspringen. «Soll ich Ihnen ein Glas Wasser holen?»

«Danke, ich geh gleich auf die Toilette.»

«Da musst du erst über den Hof. Hier im alten Flügel des Herrenhauses konnten wir keine Bäder und Toiletten einbauen lassen: der Denkmalschutz. Darum ist das alles in den alten Schweinestall gekommen.»

«Welch tiefe Symbolik», bemerkte Dr. Roitzsch. «Und früher fragte man auch, wenn man eine gemeinsame Kindheit und Jugend hinter sich hatte: ‹Wo haben wir zusammen die Schweine gehütet?›»

«Ich weiß *chon*, Herr Dr. *Roitzch*, was Sie damit sagen wollen, nicht wahr: wie uralt die *Freundchaft* zwischen mir und Konrad ist und dass ich *Chackstedt* retten muss … Nun ja … Aber Sie kennen doch auch das, was der Volksmund sagt: Beim Gelde hört die *Freundchaft* auf.» Er schwieg und sah aus dem Fenster aufs weite Bruch hinaus. Dann gab er sich einen Ruck, sprang auf und umarmte Schackstedt. «Gut, Konrad, aber nur, weil du es bist: Dienstag haben wir die nächste Vorstandssitzung – und da sollt ihr euren Kredit bekommen. Es wird keiner wagen, gegen mich zu sein.»

Schackstedt drückte den Freund heftig an sich. «Mensch, Christian, ich wusste doch … Herzlichen Dank! Ich weiß ja gar nicht, wie ich dir …»

«Indem du mich jetzt auf die Toilette gehen lässt …» Lapaczinsky befreite sich aus der Umarmung. «Über die Sicherheiten reden wir gleich.» Damit ging er aus dem Zimmer.

Schackstedt fiel überglücklich in seinen Sessel. «Gott sei Dank, wir sind gerettet.»

Auch Roitzsch freute sich wie einer, der gerade den Pokal der Champions League gewonnen hat, und öffnete eine Schranktür, um nach Sektgläsern zu suchen.

Schackstedt dachte an seinen Urahn, an Friedrich-Wilhelm Schackstedt, den Firmengründer, und sah zu dessen Bild in Öl hinüber, das überm Schreibtisch hing.

Roitzsch hatte inzwischen die Gläser gefunden und baute sie auf dem kleinen Glastisch auf. Dann deutete er auf das Bild von Schackstedts Urahn. «Soll ich ein viertes für ihn hinstellen, damit er mit uns anstoßen kann? Oder reicht es, wenn er mittels seiner Gene, die in dir stecken, unter uns weilt?»

«Spotte du nur … Sein oder Nichtsein … Das war die Frage. Und wir sind noch, die STS wird es weiter geben. Ich kann's noch immer nicht fassen.»

«Wo bleibt denn unser Glücksbringer eigentlich?» Roitzsch ging zum Fenster, um nach dem Bankier Ausschau zu halten. «Vielleicht hat er nach der größten Fehlentscheidung seines Lebens die Flucht ergriffen.»

Schackstedt sprang auf. «Mensch, wenn ihm auf der Toilette plötzlich schlecht geworden ist …» In panischer Angst lief er auf den Flur hinaus und sprang die Treppe zum Hof hinunter.

Dr. Roitzsch folgte ihm ohne jedes Zögern. Auch er war erfüllt von dunklen Vorahnungen.

Sie fanden Lapaczinsky in einer kleinen Blutlache vor dem Toilettenbecken. Ihre Psyche weigerte sich, das Schreckliche zu registrieren, sie gaukelte ihnen vor, dies alles sei nur ein Film und gleich würde der Bankier wieder aufstehen und mit ihnen verhandeln. Was war, durfte nicht sein! Nicht hier in Hohen-Vietz, nicht mit ihnen! Sie reagierten so, als ginge sie das Ganze nichts an, als verfolgten sie es nur von ferne.

«Dieser Ramolla», sagte Schackstedt.

«Unsinn, der hat ihn doch erschießen wollen … und das hier ist keine Schussverletzung, das ist …» Roitzsch bückte sich, ohne aber Lapaczinsky zu berühren. «Offenbar hat er zu harten Stuhlgang gehabt und so gedrückt, dass ihm eine Ader geplatzt ist. Dann ist er vornübergekippt und mit der Stirn auf den Rand des niedrigen Bidets geknallt.»

«Schnell, den Notarzt!»

Dr. Roitzsch winkte ab. «Der ist tot, da ist nichts mehr zu machen.»

Schackstedt musste sich mit den Händen auf das Waschbecken stützen. Ihm wurde schwarz vor den Augen. «Und das heißt für uns: Es ist aus, alles aus und vorbei.»

ZWEITER TEIL

ENVER VOLLE

EINS ZWEI DREI VIER FÜNF SECHS SIEBEN ACHT NEUN

Enver Volle stand vor dem Toilettenbecken und wartete. Aber trotz des starken Dranges wollte es nur tröpfeln. Ein Gedanke schoss ihm durch den Kopf: Prostatakrebs. Mit siebenundvierzig? In diesen Zeiten war alles möglich. Sein Erschrecken war so groß, dass sein Penis noch weiter schrumpelte. «Früher volles Rohr, heute kleine Krabbe», sagte er. Von Kindheit an hatte er die Angewohnheit, innere Monologe laut vor sich hin zu sprechen. Schon immer war ihm die Welt eine einzige Bühne gewesen. Als der Strahl jetzt doch noch kam, brannte es in der Harnröhre so stark, dass er aufschrie und versuchte, den mühsam hervorgelockten Urin wieder zurückzuhalten.

Das Telefon klingelte. Er stürzte hin und riss den Hörer hoch. Es konnte ja der Anruf sein, der ihn erlöste. «Hier Enver Volle – ich grüße Sie, ich grüße dich!» Er hasste monotone Begrüßungsfloskeln und schmetterte zumeist einen Satz in die Sprechmuschel, der dem Menschen am anderen Ende der Leitung signalisieren sollte, dass er anders war als die anderen: kraftvoll, originell, immer eingeschaltet. Immer aus dem Vollen schöpfen.

Es waren aber weder Hollywood noch das Burgtheater, nicht einmal die Neuköllner Oper von nebenan, sondern der Kundenbetreuer seiner Bank, und der hatte ihm mitzuteilen, dass er wieder einmal stark im Minus war und seinen Dispositionskredit ausgeschöpft hatte.

«Wie denn das?» Er tat furchtbar erstaunt. «Sind denn die zehntausend Euro vom ZDF noch nicht auf meinem Konto?»

«Nein, tut mir Leid.»

«Das verstehe ich nicht …» Er bemühte sich, so verzweifelt zu klingen, dass es auch einen hartgesottenen Bankmenschen anrühren musste. «Ich werde nachher gleich mal nachhaken.» In Wahrheit hatte er aus Mainz keinen Cent zu erwarten, aber allein der Gedanke, dass es immerhin so hätte sein können, war tröstlich für ihn. Ein Schauspieler seiner Klasse war an sich gut genug für fünftausend Euro pro Drehtag. «Wenn Sie so nett wären, sich auf den nächsten Freitag vertrösten zu lassen …»

«Das ist aber wirklich die *Deadline.*»

«Ja, natürlich. Und herzlichen Dank.» Enver legte auf.

Nach diesem unerfreulichen Erlebnis wollte er frühstücken, doch sein Kühlschrank war ebenso leer wie der Brotkasten. Nicht einmal ein paar Kekse oder ein Stück Schokolade ließen sich finden. Er stellte sich ans Fenster und sah zur Dachrinne hinauf. Da saßen die dicken fetten Tauben. Jetzt ein Luftgewehr haben – und sich die Vögel wenig später gebraten in den Mund fliegen lassen. Hunger ist der beste Koch.

Ein einmotoriges Flugzeug zog dicht über die Schornsteine hinweg Richtung Flughafen Tempelhof. Erst neulich war eins abgestürzt und in einen Hinterhof gegenüber gekracht. Warum kam jetzt keines angeflogen und wie eine Rakete auf ihn zugeschossen?

Er überlegte, wie er seinen Selbstmord so inszenieren konnte, dass er wirklich zu seinem letzten großen Auftritt geriet. Sich vor einen Zug zu werfen brachte nichts. Zu wenige Zuschauer, keine Kameras dabei. Ich bin in den Medien, also bin ich. Wenn er nun ein Flugzeug entführte – oder wenigstens einen Linienbus der BVG … Nein, andere sollten seinetwegen nicht leiden. Er wollte ihren Beifall genießen, nicht ihre Angst.

Am besten, er kletterte irgendwo auf ein Hochhaus, drohte hinunterzuspringen und ließ sich dann filmen, während die Polizei und ihre Psychologen mit ihm verhandelten. Aber wie konnte er sicherstellen, dass das auch live gesendet wurde? Wo fand er die Sender, die klammheimlich die neue Kultserie produzierten: Selbstmord live?

Enver durchwühlte diverse Taschen und fand schließlich ein Zwei-Euro-Stück, das durchs kaputte Futter ins Innere seines Jacketts gerutscht war. Das reichte immerhin für eine Pizzaecke oder Streuselschnecke. Die Frage war, ob die Läden schon geöffnet hatten. Er blickte sicherheitshalber auf seine Armbanduhr, doch die Batterie war wieder mal alle - und er hatte kein Geld, eine neue zu kaufen. Gestern Abend hatte er gespielt. Zwar nur eine kleine Rolle in einem Off-Theater, den Victor in Federico García Lorcas *Yerma*, einen Hirten, aber immerhin. Es gab Szenen, in denen er mehrere zusammenhängende Sätze zu sprechen hatte, und einmal durfte er sogar zum Gesang anheben: «Warum, Hirt, schläfst du allein? / Warum, Hirt, schläfst du allein? / In meiner wollenen Decke / schliefst du besser ein. / Warum, Hirt, schläfst du allein?» Der Yerma gefällt das und sie sagt: «Eine so mächtige Stimme. Wie ein Wasserstrahl, der dir den Mund ganz ausfüllt.»

Dabei fiel ihm wieder ein, dass er einmal versucht hatte, mit der Kollegin, die die Yerma spielte, ins Bett zu gehen, aber ziemlich harsch abgewiesen worden war. Die Yerma im Stück sehnte sich verzweifelt nach einem Kind, bekam aber keines, offensichtlich weil ihr Mann unfruchtbar war. Dauernd klagte sie: «Ich bin wie ein verdorrter Acker … Ich leide eine Qual, die nicht mehr körperlich ist.» Da hatte er ihr ins Ohr geflüstert, dass er schon wisse, wie dem abzuhelfen sei, schließlich habe er bereits zwei Kinder gezeugt. Umsonst.

Bis jetzt war er nackt gewesen. Unterhemd und Slip hingen

in der Küche auf dem Wäscheständer und waren noch immer nass. Egal, er zog sie an, um sie auf der Haut trocknen zu lassen. Jeans und Shirt hingen auf dem Monitor. Eigentlich hasste er Computer, doch er hatte sich einen angeschafft, um dadurch leichter Engagements und Jobs zu finden. Vor einem Jahr hatte er im Synchronstudio nicht schlecht verdient. Damit war es im Augenblick nichts, aber vielleicht hatte er als Kellner wieder eine Chance, wenn es in den Gartenlokalen erst so richtig losging. Er redete sich immer ein, dass man keine besseren Milieustudien treiben könne, als wenn man selber in einer Branche tätig war. Wenn schon Kellner, dann war er auch nicht der jobbende Schauspieler Enver Volle, sondern ein armes Würstchen mit IQ 80, gerade aus Psychiatrie und Knast entlassen. Er war kein Kellner, er spielte ihn nur. So gut, dass alle glaubten, er sei einer.

Kurzum, er war ein Vollblutschauspieler, wollte immer nur spielen, war süchtig danach, jemand anders zu sein. Und wenn er jetzt auf die Karl-Marx-Straße hinaustrat, dann nicht als einfacher Bürger, der sich nur schnell etwas zu essen kaufen wollte, sondern als ein kranker Mensch.

Er wohnte in dem Hinterhaus, durch das die Besucher des Neuköllner Puppentheaters nach der Vorstellung ins Freie strebten. Nahebei befanden sich auch der Saalbau Neukölln und die Neuköllner Oper, hier schlug das kulturelle Herz des Riesenbezirks. Gleich um die Ecke wartete zudem die «Passage» mit ihren Kinos und Restaurants der Fastfood-Klasse. Dorthin strebte er nun, aber es war ihm zu wenig, eine unter den unzähligen Menschenameisen zu sein, von denen es hier wimmelte. So spielte er einen armen Mann, der gerade einen epileptischen Anfall bekam. Seine Hände zuckten plötzlich wild und unkontrolliert, und mit Schaum vor dem Mund sank er vor einer Burger-Essstelle in sich zusammen. Die meisten

Passanten schauten angewidert zur Seite und dachten ‹Penner› und ‹Alki› und ‹Geschieht dir ganz recht!›, einige wenige aber, Ältere und Ausländer, bückten sich und fragten, ob sie ihm wohl helfen könnten. «Sollen wir die Feuerwehr … oder einen Notarzt …?» Er lehnte dankend ab. Nein, es ginge schon wieder.

Es freute ihn, so gut gewesen zu sein, was ihm aber fehlte, war der Beifall. Nun, man konnte nicht alles haben. Er kaufte sich ein Stück Pizza. Zu einem Getränk reichte es nicht, aber oben hatte er ja seinen Wasserhahn.

Es drängte ihn, sich ein wenig die Beine zu vertreten. Was für den Knacki der Hofgang, war für ihn der kleine Spaziergang durch das Böhmische Dorf. Durch die Passage hindurch kam er in die Richardstraße und wandte sich dort zum Richardplatz, den er ins Herz geschlossen hatte. Mit einiger Phantasie, und die hatte er, konnte man sich in die Zeiten Friedrich Wilhelms I. zurückversetzen, unter dessen Regentschaft die Böhmen hier gesiedelt hatten, Glaubensflüchtlinge. Da waren die alte Schmiede, der Dorfanger, die kleine Kirche und davor, über Kopfsteinpflaster zu erreichen, die Büdner- und Kolonistenhäuser, die Scheunen und die Stallgebäude. Böhmisch-Rixdorf. Dem großen Pädagogen, Philosophen und Weltenbürger Comenius, dem letzten Bischof der Böhmischen Brüder, hatten sie einen «Lehrgarten der Natur» gewidmet, den Enver Volle gern zum Lustwandeln nutzte. Ein Walnussbaum stand für die Geburt, und jede Lebensphase wurde durch eine andere Pflanze symbolisiert.

Auf dem Weg zurück in die Karl-Marx-Straße kam er am Fuhrbetrieb von «Kutschen-Schöne» vorbei, Richardplatz 18, wo sich die Produktionsfirmen die Kaleschen und Hochzeitskutschen für Filme wie *Der eiserne Gustav* und *Ein Mann will nach oben* ausgeliehen hatten, und musste an die Rollen denken, die er nicht bekommen hatte. Aber wie hatte seine Mutter immer gesagt: Noch ist nicht aller Tage Abend.

Es nahte der absolute Höhepunkt eines jeden Tages: das Aufschließen des Briefkastens im Hausflur. Hier, wo es muffig roch, nach einer Mischung aus Urin, Schimmelpilz, Kohlenmonoxid und feuchtem Putz, befand sich der Altar seiner Hoffnungen. Den Briefkasten aufzuschließen war stets mit Herzklopfen und erhöhtem Adrenalinspiegel verbunden. So abgedroschen es war, es stimmte dennoch: Die Hoffnung stirbt zuletzt. Obwohl: Hoffen und Harren macht manchen zum Narren. War es heute endlich so weit, kam der Brief mit dem ersehnten Engagement an der Volksbühne oder das Angebot, eine Hauptrolle in einer ernst zu nehmenden TV-Serie zu spielen? Ein Faxgerät besaß er ebenso wenig wie einen Internet-Anschluss, und so fokussierte sich bei ihm alles auf den schäbigen kleinen Hausbriefkasten mit seinem dünnen und vielfach eingebeulten Blech, dessen graue Hammerschlaglackierung über und über mit roten und schwarzen Filzstiften voll geschmiert war.

Seine Finger zitterten ein wenig, als er den kleinen Schlüssel herumdrehte und die Tür öffnete. Ein schneller Blick, flackernd, hastig, wie der eines Trinkers, ob eine Flasche Klarer im Kühlschrank stand. Eine Postkarte. Frankie aus Neuseeland. Enver hatte Mühe, den aufschießenden Neid niederzuhalten. Was so ein *Tatort* alles möglich machte. Dann teure Briefumschläge mit aufgedruckten Marken. Rechnungen, Mahnungen. Er fetzte sie heraus. Was er suchte, waren mittelgroße, flache und meist braune Briefe, denn in denen steckte der Stoff, nach dem er süchtig war, Drehbücher mit Rollen, für die man ausersehen war. Aber auch heute wieder: Fehlanzeige. Und er murmelte die Worte der Yerma: «Wenn auch ich schreien könnte, so würde ich schreien, dass selbst die Toten aufführen und sähen, dass mich kein Makel befleckt.»

Wieder ein verlorener Tag. Er warf sich auf sein Bett, starrte düster an die Zimmerdecke und verfolgte den Gedanken von vorhin weiter: Wie konnte er sich am medienwirksamsten umbringen?.

Das Klingeln des Telefons riss ihn aus seinen Selbstmordphantasien. Er sprang auf, um nach dem Hörer zu greifen und sich zu melden. «Hier Enver Volle, heute nicht nur voll, sondern auch voll für Sie da.»

«Ja, hier Thomas Roitzsch. Sie kennen mich vom Theater her … Hören Sie … Ich habe die Rolle des Lebens für Sie. Wir müssen uns unbedingt sehen, heute noch. In Hohen-Vietz. Haben Sie einen Wagen?»

«Nur ein Fahrrad.»

«Okay, dann nehmen Sie den Zug, ab Zoo 12 Uhr 14, an Frankfurt/Oder 13 Uhr 31. Ich hol Sie da vom Bahnhof ab. Wenn Sie jemand fragen sollte, sagen Sie, dass Sie zum Einkaufen nach Polen rüber wollen. Bis dann.»

Erkner, Fangschleuse, Hangelsberg, Fürstenwalde, Berkenbrück, Briesen, Jacobsdorf, Pillgram … Für Enver Volle waren das mehr oder minder böhmische Dörfer, fremde Welten, und so kam er sich vor wie ein psychisch Kranker, der vergessen hatte, wer und wo er war. Er saß in einem Doppelstockwagen oben am Fenster, und die ungewohnte Perspektive sorgte dafür, dass ihm alles noch viel unwirklicher vorkam, als es ohnehin schon war. Was hatten dieses konspirative Treffen, diese Geheimniskrämerei zu bedeuten? Es wurde allenthalben gemunkelt, dass es Roitzsch auch mit attraktiven Männern trieb. Wenn sie da irgendwo an der Oder einen Hardcoreporno drehen wollten, dann ohne ihn. Alles hatte seine Grenzen. Und warum hatte er keinem Menschen sagen sollen, zu wem und wohin er fuhr? Langsam bekam er es mit der Angst zu tun.

Pünktlich erreichte der Zug die Kleist-Stadt Frankfurt. Als Enver den Fuß auf die Bahnsteigkante setzte, hatte er den 1. Auftritt des 1. Aktes des «Prinzen von Homburg» vor Augen, wo der Prinz unter einer Eiche sitzt und sich den Siegerkranz windet, dabei liebestrunken von der Prinzessin Natalie schwärmt und vom Großen Kurfürsten brüsk zurechtgewiesen wird: «Ins Nichts mit dir zurück, Herr Prinz von Homburg! / Ins Nichts, ins Nichts! In dem Gefild der Schlacht, / Sehn wir, wenn's dir gefällig ist, uns wieder! / Im Traum erringt man solche Dinge nicht!»

«Im Traum erringt man solche Dinge nicht!», wiederholte er, als er sich zum Ausgang bewegte. Was aber war hier die Wirklichkeit? Roitzsch jedenfalls stand in der Nähe der Taxen, was Enver sehr beruhigte, war doch damit bewiesen, dass dessen Anruf nicht allein seiner wirren Phantasie entsprungen war, wie er die ganze Fahrt über befürchtet hatte.

Dieser Dr. Roitzsch, fand Enver, sah so aus wie der Petronius in *Quo vadis* und anderen Nero-Filmen. Oder glich er eher dem Mephisto in Klaus Manns Gustaf-Gründgens-Roman? Sowohl als auch. Und da war noch ein anderer Hauch, den Enver nicht sogleich bestimmen konnte. Es fehlte ihm der Begriff dafür. Travestie und Transvestitentum vielleicht.

Die Begrüßung geriet Roitzsch so barock und überschwänglich, wie es ansonsten nur bei Filmproduzenten gang und gäbe war. Nichts ließ darauf schließen, dass Roitzsch ein Dr. Ing. war und sein Geld in der Industrie verdiente, wie Enver Volle aus der Zeitung wusste. Er fragte sich, wer denn hier der wahre Schauspieler war: Roitzsch oder er. Fragte sich weiterhin, wie das Stück hieß, in dem sie gemeinsam auf der Bühne stehen sollten. Das war dann auch das Erste, was er wissen wollte, als sie im Wagen saßen.

Roitzsch sah ihn an. «Nennen wir es *Schackstedts Überleben.*»

«Schackstedt? Ist das der Unternehmer, wo Sie …?»

«Der Eigentümer der Firma STS, ja, bei der ich Topmanager bin, Schackstedts engster Vertrauter. Wir bauen Schienenfahrzeuge und dergleichen. Hinten in Reinickendorf an der Flottenstraße, kennen Sie sicher.»

Enver nickte. «Haben Sie nicht diesen *Railjet* gebaut? Wo die Zeitungen voll damit waren, dass der immerzu kaputt ist?» Er glaubte, eine Spur gefunden zu haben. «Und da wollen Sie jetzt Werbung für machen, was das für 'n tolles Fahrzeug ist, einen kleinen Film, und ich soll 'n Fahrgast spielen, der … Oder den Fahrer …»

Roitzsch konnte nicht sofort antworten, weil der Verkehr seine ganze Aufmerksamkeit erforderte. Trotz GPS an Bord hatte er seine Schwierigkeiten. Alles wollte zum Einkaufen über die Oder ins polnische Slubice. Endlich hatte er sich richtig eingefädelt. «Ja, Herr Volle, Ihre Rolle … Sie hat nichts mit dem *Railjet* zu tun, nein. Sie sollen einen Bankier spielen.»

Nun glaubte Volle endlich zu verstehen, um was es ging. «Ah ja, in der Firma, beim bunten Abend oder so? Haben die 'ne eigene Theatertruppe?»

Roitzsch hatte den Wegweiser nach Hohen-Vietz entdeckt und atmete auf. «Nein, eine Theatertruppe gibt es nicht … und das Stück ist auch noch nicht ganz geschrieben. Es ist eher so wie im Fernsehen bei *Streit um drei*, wo die Schauspieler nur in groben Umrissen erfahren, worum es geht, wenn Richter Guido Neumann Recht sprechen soll, das heißt, sie haben kein exaktes Drehbuch, sondern müssen improvisieren.»

«Ich weiß», sagte Enver. «Ich hab mich da auch schon beworben, aber 'ne Absage bekommen.»

«Bei mir haben Sie die Rolle sicher. Ich hab Sie ja gerade als Victor in *Yerma* gesehen und auch sonst schon öfter mal.»

«Wer hat denn das Stück geschrieben, in dem ich …? *Schackstedts Überleben* oder wie das heißen soll.»

Roitzsch lachte. «Ich. Worum geht es da …» Er berichtete Enver in knappen Worten von der drohenden Insolvenz bei der STS. «Geht die Firma den Bach runter, wird Konrad Schackstedt Selbstmord begehen und dreitausend Menschen werden auf der Straße stehen. Was das für Not und Sorgen mit sich bringt, brauche ich Ihnen nicht zu sagen. Besonders die Kinder wird es treffen. Aber noch gibt es Hoffnung für uns, denn eine Bank, die GBE, will uns einen Kredit in ausreichender

Höhe gewähren, das heißt, nicht die Bank als solche, da sind viele gegen uns, sondern nur ein ganz bestimmter Mann aus dem Vorstand, der wichtigste: Christian Lapaczinsky.»

«Nie gehört», sagte Enver. «Und wo liegt da das Problem?»

Roitzsch spielte Boulevard. «Das Problem liegt wirklich … und zwar tot bei uns in der Toilette. Kreislaufkollaps, Herzinfarkt, plötzlicher Herztod … Ich bin kein Arzt.»

«Sie meinen, dieser Lapaczinsky ist tot?»

«Ja, genau. Schackstedt und ich haben in Hohen-Vietz mit ihm verhandelt und er hat uns zugesagt, das mit dem Kredit am nächsten Dienstag klar zu machen. Den Kreditausschuss bei sich im Hause hat er fest in der Hand, und seine Unterschrift ist der alles entscheidende Fakt.»

«Nun ist er aber tot …»

«Eben. Und da Sie, lieber Enver Volle, dem teuren Verblichenen zum Verwechseln ähnlich sehen, glatt als sein Doppelgänger durchgehen könnten, bin ich auf Sie gekommen. Die Rolle, die Sie spielen sollen, ist die des Bankiers Christian Lapaczinsky.»

Enver saß da und starrte auf die Chausseebäume, die an ihnen vorbeiflogen, kam sich vor wie in einem Science-Fiction-Film, in dem sie durch einen immer enger werdenden Tunnel ins Innere eines Schwarzen Loches rasten. Vorerst konnte er nur stammeln: «Ich bin wie vor den Kopf geschlagen.» Und in seinem Inneren hämmerte es ohne Unterlass: Ich kann das nicht, ich kann das nicht … Sein Nein zu Roitzschs Ansinnen war reiner Reflex. «Das ist doch hirnrissig! Und hinterher?»

«Da haben wir zwei Möglichkeiten: Entweder wir lassen Lapaczinsky irgendwo spurlos verschwinden, was aber schwer sein dürfte, oder er verunglückt mit seinem Wagen, und der geht dabei in Flammen auf.»

«Das ist doch kriminell!»

«Ich würde eher sagen: kreativ, denn Lapaczinsky ist so tot, wie nur ein Mensch sein kann, und ob er nun gleich im Krematorium Wedding eingeäschert wird oder ob seine Leiche vorher noch den Umweg nimmt, ist für seine Seele und deren Heil völlig unerheblich. Wir retten damit Schackstedt und die Firma und verhindern rund gerechnet ein Dutzend Selbstmorde, ersparen vielen, vielen Menschen Depressionen und andere schwere Krankheiten bis hin zum Krebs. Wenn das kriminell sein sollte …»

Enver fühlte, dass der andere in diesem Punkt so Unrecht nicht hatte. «Aber … das Risiko bleibt …»

Roitzsch gab Gas und jagte seinen BMW wie einen Formel-1-Rennwagen über die märkische Piste. «Jeder Mensch ist ein Spieler, und alles Leben ist Spiel, wenn es denn ein erfülltes Leben sein soll.»

«Mein Nein steht fest, aber Sie können mir ja mal verraten, was ich bei diesem Spiel verliere, wenn ich nicht mitmache.»

Roitzsch überlegte einen Augenblick. «Die STS macht mit Ihnen Werbung und gibt Ihnen einen Beratervertrag. Sagen wir: zehn Jahre mit einem monatlichen Gehalt von dreitausend Euro netto. Außerdem profitieren Sie von meinen Kontakten zum Theater und zum Film. Ich kann dafür sorgen, dass Ihre Karriere einen kräftigen Schub bekommt. Was das Theater betrifft, kann ich mit einigen Häusern durchaus über einiges reden, wenn die STS als Sponsor in Erscheinung tritt. Und als Teilhaber der *mox!*-Filmgesellschaft kann ich Ihnen sofort eine Rolle in der neuesten Produktion verschaffen. Sie, lieber Volle, sind es wert, dass Sie endlich groß rauskommen und dahin gerückt werden, wohin Sie gehören: ins Rampenlicht! Dass Lapaczinsky unter den geschilderten Umständen gestorben ist und Sie ihm ähneln wie ein eineiiger Zwilling dem anderen, ist kein Zufall, das ist Schicksal. Machen Sie mit, sind Sie ein gemachter Mann - schlagen Sie aber mein Angebot aus, dann kann ich nur – wie der Große Kurfürst im *Prinz von Homburg* – ausrufen: ‹Tor, der du bist, Blödsinniger!›»

Obwohl Roitzsch ein begnadeter Rhetoriker war und über ein gerüttelt Maß an Charisma verfügte, zögerte Enver Volle noch immer. «Und wenn ich dann als Lapaczinsky unterschrieben habe und ihr den Kredit einsackt, wer garantiert mir, dass ich auch alles kriege, was Sie mir versprochen haben?»

«Wir sind jederzeit erpressbar. Ein Anruf bei der Polizei ...»

Enver Volle schwieg. Er hatte keine klare Meinung. War es ein Geniestreich oder ein Schurkenstück, was Roitzsch da plante? Landete er im Knast, wenn die Sache aufflog?

Roitzsch schien Gedanken lesen zu können, denn genau auf diesen Punkt kam er nun zu sprechen. «Nehmen wir mal an, wir haben kein Glück, was dann? Schackstedt und ich, wir sind ruiniert, niemand wird uns mehr eine Stelle anbieten. Sie aber, Sie kommen auf alle Fälle groß raus, Sie sind der Gewinner. Die Medien stürzen sich auf Sie, man schleift Sie durch die Talk-Shows, Sie sind in aller Munde, man bietet Ihnen lukrative Rollen an, weil Sie hohe Einschaltquoten garantieren.» Er legte Enver die Hand aufs Knie. «Wenn ich Sie wäre, Lieber, dann würde ich vor Freude an die Decke springen. Eine solche Chance bekommen Sie nicht noch einmal.»

Enver sah ein, dass es idiotisch gewesen wäre, sich noch länger zu sträuben. «Na schön, aber die Frage ist doch, ob ich den Lapaczinsky so echt doubeln kann, dass sie mich in der Bank den Kreditvertrag unterschreiben lassen. Und wen ich da vorher alles treffen muss: meine Sekretärin, meine Mitarbeiter, womöglich noch Frau und Kinder ...»

«Lapaczinskys Frau ist vor einer Weile gestorben, und seitdem lebt er ziemlich zurückgezogen, so nach dem Muster *lonesome wolf*.»

«Trotzdem. So gut kann keiner sein.»

«Sie sind es», rief Roitzsch. «Glauben Sie mir, ich versteh was vom Theater. Mehr als vom *Railjet*. Da gibt es so viele Tricks. Ich bin in meiner Freizeit Zauberkünstler, ich weiß, wie man die Leute ablenken kann. Ein Beispiel: Sie rufen Montagmorgen in Ihrer Bank an und sagen, dass es Ihnen fürchterlich schlecht geht, dass Sie die ganze Nacht über nicht geschlafen haben und erst zum Arzt müssen. Der Magen, es könnte Krebs sein. Wenn Sie dann auftauchen, schieben es alle auf die Krankheit, wenn Lapaczinsky anders ist als sonst. Außerdem kommen Sie nicht allein in die Bank, sondern mit Schackstedt und mir. Man hat uns öfter zu dritt gesehen … Wer sollte da noch Verdacht schöpfen?»

«Sie verstehen es wirklich, mich langsam einzuwickeln.»

«So wie Sie ab Montagmittag alle einwickeln werden.»

Enver schrie auf. «Zwei Tage nur, das ist doch viel zu knapp für eine solche Rolle!»

Roitzsch korrigierte ihn. «Zwei Tage und zwei Nächte. Und außerdem haben Sie keine einzige Zeile Text zu lernen, sondern nur ein paar Bewegungen, Redewendungen und Verhaltensweisen, die für Lapaczinsky typisch sind, typisch waren … Das schaffen Sie doch mit links.»

Enver lachte. «Ja, so gut, dass ich mich nachher weigere, nicht mehr Lapaczinsky zu sein.»

«Das ist dann unser Risiko.» Roitzsch klang ebenso fröhlich. «Aber es erscheint mir eher gering, denn Sie sind ja Vollblutschauspieler, mein Lieber, und das ganze Leben lang immer nur eine Rolle … und dazu noch eine Berufsrolle mit all ihrem Stress. Ich glaube nicht, dass Sie das wollen.»

«Nein, nein, Leinwand und Bühne sind mir schon lieber als die *Global Bank Europe*.»

Sie kamen nach Hohen-Vietz und rollten in den Hof des

alten Herrenhauses. Schackstedt stand in der Tür und blickte distanziert und abwartend zu ihnen herüber. Roitzsch hielt wenige Millimeter vor der Mauer, stellte den Motor ab und stieg aus.

«Konrad, ich hab dir Herrn Lapaczinsky mitgebracht. Er ist bereit, Dienstag seine Unterschrift unter unseren Kreditvertrag zu setzen.» Damit kam er zu Envers Seite herüber und riss ihm, als sei er der Türsteher eines Palasthotels, die Wagentür auf.

Für Enver war das ein vertrautes Gefühl ... das Gefühl beim Drehen eines Films. Der Ton läuft, die Klappe fällt - und los. Er war nicht Enver Volle, er spielte nur den Enver Volle, wie der dabei war, von Konrad Schackstedt für die größte Rolle seines Lebens verpflichtet zu werden. Der Film hieß *Lapaczinsky*, und Regisseur war Wolfgang Petersen.

«Herzlich willkommen auf Hohen-Vietz», sagte Konrad Schackstedt, der ganz und gar preußischer Junker war, wie er bei Theodor Fontane im Buche stand. Er drückte Enver lange die Hand. «Sie wollen also die Stelle annehmen, die wir Ihnen angeboten haben?»

«Ich habe von einer Bank nur so viel Ahnung, wie man haben kann, wenn man ein paar Nächte lang auf ihr geschlafen hat.»

Roitzsch beruhigte ihn. «Was meinen Sie, was Ronald Reagan von Politik verstanden hat ... und dennoch ist er das geworden, was er war. Man kann alles werden im Leben, man muss nur ein großartiger Schauspieler sein. Und Sie sind es, mein Lieber, Sie sind es, ich kann mich da nur wiederholen. Bei Personalentscheidungen hab ich mich noch nie geirrt. Sie sind die einzig richtige Besetzung, dabei bleibe ich.»

«Kommen Sie doch erst mal rein», sagte Schackstedt und trat beiseite, um seine beiden Gäste in den Flur zu lassen.

Enver fühlte sich erschlagen von so viel Luxus. Wo bei ihm selbst gezimmerte Regale standen, dominierten hier Designermöbel. Aber wenn er mitmachte, konnte er sich vielleicht in Bälde genauso einrichten …

Schackstedt stellte Kelche auf den Tisch und holte eine Flasche Champagner aus der Küche, doch zunächst einmal schwiegen alle drei. Es war so still und bedrückend wie kurz vor einer Trauerfeier. Der leibhaftige Tote in ihrer Nähe lähmte sie dabei weniger als der Gedanke an den Tod, der gerade erst durch dieses Haus gegangen war, um seine Sense zu schwingen. Würde er sich an ihnen rächen, wenn sie mit ihm spielten und ihn gleichsam verhöhnten? Das war die bange Frage. Natürlich sprach sie keiner aus, dafür waren sie viel zu rationale Menschen, auch Enver Volle, doch sie dachten es alle drei. So schien es Enver jedenfalls. Er war es dann auch, der das Schweigen endlich brach.

«Kann ich ihn mal sehen?»

«Wen?», fragte Schackstedt.

«Na, Lapaczinsky natürlich.»

«Kommen Sie. Du auch, Thomas?»

Roitzsch erhob sich. «Aber gern: Nekrophilie war schon immer meine stille Leidenschaft.»

Schackstedt führte sie über den Hof. «Im ehemaligen Schweinestall haben wir die Gästezimmer und die Toilette und das Bad für die Gäste untergebracht. Aus Gründen des Denkmalschutzes ging das nicht anders.»

«*Der Tote im Schweinestall*», sagte Enver. «Auch ein schöner Titel.»

Schackstedt hatte nichts verändert, sodass sein Freund Christian Lapaczinsky immer noch unter dem Waschbecken lag. Die drei Männer standen stumm in der Tür und betrachteten den Toten betroffen.

«Gott habe ihn selig», sagte Schackstedt. «Möge er seinen Frieden finden.»

«Nachdem er in seinem Wagen verunfallt ist», fügte Roitzsch hinzu.

Enver wusste nicht, in welche Schublade das alles passte: War es Tragödie, Tragikomödie, Farce oder Krimi? Oder alles in einem? Er brauchte einen Regisseur, der ihm sagte, wie er seine Rolle anzugehen hatte, selber war er völlig hilflos. Und wer führte hier die Regie? Dr. Roitzsch doch wohl. Also wandte er sich an den: «Können Sie den Toten bitte mal umdrehen, damit ich sein Gesicht sehen kann? Danach müssten Sie ihn kurz hochheben, damit ich mir ein Bild von seinem Körperbau und seiner Größe machen kann.»

Roitzsch stieß einen leisen Pfiff aus. «Gut, gut, daran erkennt man den Profi. Komm mal, Konrad, und fass mit an. Wir müssen Lappa ja sowieso rüber in den Keller tragen, wo es kühler ist, und seine Sachen ausziehen und reinigen, damit Herr Volle sie am Montag … Ohne Originalkleidung geht's wohl kaum.»

«Nein, ich kann das nicht, ich …» Und damit stürzte Schackstedt ins Freie, um sich zu erbrechen.

Roitzsch sah Enver an. «Dann müssen Sie das wohl selber tun, mein lieber Lapaczinsky. Helfen Sie mir bitte, sich aufzuheben und ins Herrenhaus zu tragen. Sie noch länger im Schweinestall … entsetzlich!»

Enver hatte noch nie einen echten Toten zu Gesicht bekommen, geschweige denn angefasst, und so fuhr er erst einmal mit Entsetzen zurück. «Können Sie das nicht alleine?»

«Nein, Volle, das ist Ihre Chance, Lapaczinsky einmal hautnah zu erleben. Das müssen Sie machen, sonst wissen Sie nicht, wer Sie zu sein haben. Haben Sie doch eben selber gesagt. Also los!» Er bückte sich, fasste Lapaczinsky unter den Schultern, schleifte ihn zu Enver hinüber und zog ihn ein wenig nach oben.

Enver versuchte Zeit zu gewinnen. «Im Film und auf der

Bühne hab ich solche Szenen schon öfter gespielt, aber da waren es Kollegen, allesamt noch voller Leben. Einen richtigen Leichnam …»

«Seine Auferstehung steht ja kurz bevor.»

Enver vermochte über Roitzschs kleinen Scherz nicht so recht zu lachen; er kam ihm doch etwas blasphemisch vor. Er hatte dieselbe archaische Angst wie als Achtjähriger, als er mit seiner Großmutter nachts über einen Friedhof gegangen war. Enver hüstelte, röchelte, schnappte nach Luft. Die Brust war ihm so eng geworden, dass er einen Herzinfarkt befürchten musste. Und dann Lapaczinskys Kopf. Der Bankier musste beim Sturz hart mit Stirn und Schläfe gegen das Waschbecken geknallt sein.

Schackstedt kam mit einem Schlauchboot zurück. «Eine Bahre habe ich nicht, aber damit geht's wohl auch.»

Roitzsch fand, das sei eine gute Idee. «Glücklich ist, wer ein Schlauchboot hat, um über den Acheron zu setzen.»

«Ich glaub, ich bin im falschen Film», sagte Enver. Dass die ganze Welt eine Bühne war, wusste er ja, aber hier war sie noch einiges mehr: ein einziges Irrenhaus. Er sah Schackstedt und Roitzsch kopfschüttelnd an. «Ihr seid ja beide reif für den Psychiater.»

«Nein», erwiderte Roitzsch. «Wir tun im Grunde nur dasselbe, was Insassen abgestürzter Flugzeuge auch schon gemacht haben: einen der toten Kameraden aufzuessen, um zu überleben. Es ist schmerzlich, eklig und abscheulich, aber anders hast du keine Chance. Und ohne Lapaczinskys Unterschrift wäre alles aus: Die STS stirbt, ich erleide den sozialen Tod, weil ich nie wieder einen angemessenen Job finden werde, Hunderte von Mitarbeitern können betteln gehen, und mein Freund Konrad Schackstedt wird sich vor die S-Bahn werfen. Und ein gewisser Enver Volle wird sich gleich anschließen können, weil er am Ende ist. Nie wieder wird ihm das Schicksal zulächeln, wenn er zu dumm ist, den heutigen Tag für sich zu nutzen. Einmal und nie wieder … Was wir hier tun, ist also höchst rational, so irrwitzig es auf den ersten Blick auch erscheinen mag. Also, meine Herren, packen wir's an. Enver, Sie nehmen die Beine, wir beide fassen ihn unter den Schultern.»

Und so legten sie Christian Lapaczinsky ins Schlauchboot und trugen ihn ins Herrenhaus hinüber.

EINS ZWEI **DREI** VIER FÜNF SECHS SIEBEN ACHT NEUN

«Den Augenblick des Bekanntwerdens des Künstlers mit der Rolle kann man mit der ersten Begegnung zukünftiger Ehegatten vergleichen. Er ist unvergesslich.» So hatte es der große Konstantin S. Stanislawskij einmal in Worte gefasst, und Enver Volle hatte es in einer Schauspielschule von einem seiner Lehrer gehört und mitgeschrieben. Wie auch viele andere Sätze des absoluten Gurus seiner Kunst, zum Beispiel einen aus seinem Regiebuch für eine *Othello*-Aufführung: «Denken Sie daran, wie ein Flugzeug aufsteigt. Es rollt, dem Beharrungsprinzip der Körper folgend, so lange auf der Erde, bis die von der zunehmenden Geschwindigkeit zusammengepresste Luft die Tragflächen von unten fasst und das Flugzeug emporträgt. – Auch der Schauspieler nimmt mittels der physischen Handlungen sozusagen einen Anlauf. Mit der Hilfe der vorgeschlagenen Umstände, des *magischen Wenn*, gewinnt der Schauspieler ein wachsendes Vertrauen in seine Kraft, wodurch er allmählich den Beharrungszustand überwindet und sich auf den unsichtbaren Flügeln des ‹Glaubens› ins Reich der Phantasie tragen lassen kann.»

Noch hatte Enver nicht das geringste Vertrauen in die gemeinte Kraft, noch war er sich sicher, diesen Gipfel nie packen zu können. Der Weg zum «körperlichen Leben der Rolle», wie Stanislawskij das nannte, schien ihm ziemlich versperrt zu sein. Er, das arme und pausenlos gedemütigte Würstchen, sollte den schwerreichen und arroganten Banker geben. Es schien ihm weit jenseits seiner Möglichkeiten zu liegen.

Schackstedt hatte Lapaczinsky das beste seiner Gästezimmer zugewiesen, und selbstverständlich war es nun Enver Volle zugefallen. Er warf sich aufs Bett und starrte aus dem Fenster. Welche Sterne mochten in den Segmenten des Himmels stehen, die er in seinem Blickfeld hatte? Kein Mensch war sich bewusst, dass der Himmel auch tagsüber von Sternen übersät war, nur sah man sie nicht, weil die Sonne alles überstrahlte. Wo würde er landen, wenn er jetzt wie ein Materieteilchen immer geradeaus flog, aus dem Gravitationsfeld der Erde und dem Sonnensystem hinaus, weiter und weiter, durch immer neue Galaxien hindurch …

Enver schreckte hoch, weil es 0irgendwo klingelte. Wie beim Alarm auf einem Raumschiff. Ein Handy, ein Wecker? Er sah sich um, aber nirgendwo im Raum stand oder lag etwas. Nein, es klang so gedämpft, dass es aus einem Behältnis kommen musste. Er sprang vom Bett und riss die Schranktüren auf. Nichts. Erst in diesem Augenblick fiel sein Blick auf den schwarzen Schalenkoffer, der in einer kleinen Nische unter der Garderobe stand. Natürlich, das war's: Lapaczinskys Reisewecker. Wenn der Koffer ein Zahlenschloss hatte, dann … Schnell bückte er sich. Glück musste man haben: Abgeschlossen war er, aber der Schlüssel baumelte sicher am Bund, und das steckte, wie er schon bemerkt hatte, in Lapaczinskys anthrazitfarbenem Anzug. Den hatten sie reinigen müssen, und nun hing er zum Trocknen und Auslüften auf dem Balkon. Enver ging hinaus, zog das Schlüsselbund aus der Hosentasche und hatte den Koffer wenige Sekunden später ohne Mühe geöffnet. Seine geheimen Gelüste waren schon immer in diese Richtung gegangen: auf den Bahnhöfen und Flughäfen zu stehen und den Leuten die Koffer aufzumachen und hineinzusehen. Jeder Mensch war ein Voyeur. Nicht nur des Lustgewinns wegen, sondern auch aus dem simplen Grund, den anderen besser kennen zu lernen und frühzeitig Alarmsignale wahrzunehmen, wenn er gefährlich sein sollte.

Das Erste, was Enver an Lapaczinskys Kofferinhalt bemerkte, war das teure Parfüm, das in allen Kleidungsstücken hing, sodann die äußerst penible Ordnung. Die aber war nicht vom Banker selbst geschaffen worden, wie ein beigefügter Zettel verriet: «Gute Reise wünscht Ihnen Ihre Petra O.» Wahrscheinlich seine Haushälterin. Sicher, wo er ohne Ehefrau eine Villa bewohnte. Wie genau mochte die Dame ihn kennen? Offenbar waren sie nicht intim miteinander, sonst wäre der Gruß anders ausgefallen, doch auch so war sie gefährlich genug. Am besten, er rief sie an, sobald er Lapaczinskys Stimme ausreichend nachahmen konnte, und gab ihr ein paar Tage frei.

Er machte sich daran, sich den Inhalt des Koffers genauer anzusehen. Das erregte ihn. Er verstand das nicht. Bei Dessous hätte er es eingesehen, aber nicht bei weißen Herrenunterhosen. Die Packung mit den Kondomen fand er erst danach. Sein Herz setzte einen Schlag lang aus, in der rechten Brusthälfte gab es einen heftigen Stich. Er fuhr mit der rechten Hand zur schmerzenden Stelle und rieb sie stark und anhaltend. Was war das für ein Zeichen? Hatte der Tod eben bei ihm angeklopft. Nein, sagte er sich und benannte es mit einem schnell erfundenen Begriff: Das waren nur die Übergangsschmerzen. Enver Volle starb und wurde als Christian Lapaczinsky wiedergeboren. Und das war der Gedanke, der ihn so heftig erschüttert hatte, der «Austausch-Gedanke»: Wenn ich das Leben Lapaczinskys übernehme, dann kann der für mich den Toten spielen. Angenommen, er spielte die Rolle des Bankiers so perfekt, dass niemand ihn durchschaute, und fand auch Gefallen an ihr, dann war es doch nur allzu logisch, weiter Lapaczinsky zu bleiben und dessen sterbliche Überreste in die Urne mit der Aufschrift Enver Volle zu geben … Wie sollten Schackstedt und Roitzsch das verhindern können? Aber war es denn wirklich erstrebenswert, ein Leben wie Lapaczinsky zu führen, fragte er sich, zwar Macht, Geld und Prestige zu haben, aber immer nur auf eine Rolle festgelegt zu sein? Roitzsch hatte das vorhin im Wagen auch schon angeführt. War er wirklich süchtig danach, Schauspieler zu sein, würde er als Bankier langsam zugrunde gehen. Wie sagte Faust: «In jedem Kleide werd' ich wohl die Pein / Des engen Erdelebens fühlen.» Würde er, Enver, womöglich als Lapaczinsky auch nicht glücklicher sein?

Enver legte sich wieder aufs Bett, murmelte ein paar Formeln des autogenen Trainings und fiel in einen Zustand abgesenkten Bewusstseins. Er brauchte das, um nicht durchzudrehen.

Es klopfte. Schackstedt trat ein, ohne dass Enver «Ja, bitte …» gesagt hätte, und legte ihm drei DIN-A4-Bogen auf den Nachttisch. «Da haben Sie alles, was mir auf die Schnelle zu meinem Freund Christian eingefallen ist. Ich hab mich selber an den Laptop gesetzt. Sie sollten sich das alles schnell mal durchlesen und dann wieder ins Kaminzimmer kommen, damit wir es Punkt für Punkt durchgehen können. Anschließend können wir uns auch ein Video mit Lapaczinsky ansehen. Dr. Roitzsch ist gerade dabei, alles zusammenzustellen, was wir hier draußen in Hohen-Vietz auf den Kassetten haben.»

Enver, unsanft aus seinen weichen Wolken auf der Erde gelandet, war ungehalten über diese Störung. Das hätte doch auch noch ein paar Minuten Zeit gehabt. Es ärgerte ihn, von dem Herrn Unternehmer wie ein Lakai und nicht wie ein gleichberechtigter Verbündeter behandelt zu werden. Darum schlug er jetzt zurück: «Ist gut, Konrad, du kannst dann wieder …»

Schackstedt zuckte regelrecht zusammen. «Wie bitte …?»

Enver grinste. «Willst du mir etwa das Du verweigern, gerade jetzt, wo ich der Einzige bin, der dich noch retten kann?»

«Ach so. Ja …» Allzu schnell hatte Schackstedt nicht geschaltet. «Gut, duzen Sie mich also. Aber nur, bis …»

«Halt!» Enver fuhr auf und setzte sich auf die Bettkante. «Was gebt ihr mir eigentlich für Garantien?»

«Garantien wofür?»

«Dafür, dass ihr mich nicht umbringt, wenn ich meine Schuldigkeit getan habe.»

Schackstedt war peinlich berührt. «Wir sind doch keine Mörder!»

«Was nicht ist, kann ja noch werden. Wir alle sind potenzielle Mörder.» Das hatte Enver einmal in einem Krimi sprechen müssen, und es hatte ihm gefallen. «Ein paar Mark hätte ich schon gern als Anzahlung, und dann bitte ich um einen ganz normalen Arbeitsvertrag. ‹Für die Rolle des Christian Lapaczinsky in *Schackstedts Rettung* erhält Herr Enver Volle …› Folgt das, was wir ausgemacht haben. Und es muss auch umrissen sein, was ich in meiner Rolle alles zu tun habe, zum Beispiel in der Bank den Lapaczinsky doubeln, die Unterschrift, ja: fälschen und den Toten nachher zum Unfallort fahren.»

«Damit Sie uns nachher erpressen können?»

Enver ging zum Fenster, zog den angelehnten Flügel auf und schwang sich aufs Fensterbrett. «Mein lieber Konrad: Du brauchst es nur sagen, dann springe ich in den Hof hinaus und verschwinde hier im Oderbruch.»

«Nein, nicht doch!» Schackstedt sprang hinzu und hielt ihn am Ärmel fest. «So war das nicht gemeint.»

«Okay.» Enver lenkte ein. «Ich werd mir doch den Ast nicht absägen, auf dem ich sitze. Also: Ich sei, gewährt mir die Bitte, in eurem Bund der Dritte. Aber das bin ich ja eh schon.»

Schackstedt schien beruhigt und wandte sich zur Tür. «Dann also los: Dr. Roitzsch bringt unsere Vereinbarung in Vertragsform, und Sie machen sich ans Rollenstudium! Viel Zeit haben wir ja nicht. Jetzt ist es Samstag, 15 Uhr 21 – und am Montagvormittag haben Sie Ihren ersten Auftritt in der Bank.»

«Kein Sorge, Conny, ich mach das schon. Dein Lappa lässt dich nicht verrecken.» Er brachte Schackstedt zur Tür und warf ihn geradezu hinaus. Der sollte bloß schnell runter vom hohen Ross, sonst ... Enver warf sich wieder aufs Bett und machte sich daran, Christian Lapaczinsky zu werden.

Alles war schön geordnet und fein säuberlich ausgedruckt.

Briefing Christian Lapaczinsky

Vorstandschef der *Global Bank Europe* (GBE) seit 1997. Von Freunden, aber auch in der Bank Lappa genannt.
* 14.2.1955 in Berlin (Sternbild Wassermann)
Wohnung: Haus in Frohnau, 13465 Berlin, Edelhofdamm 154.

Herkunft Vater Paul L. (Jahrgang 1926, geboren in Ostpreußen), Hausmeister in einer Neuköllner Schule. Mutter Doris L. (Jahrgang 1931), arbeitete bei der BVG, Zugabfertigerin.
Aufgewachsen in der Hobrechtstraße 42, Nähe Kanal.
Abitur 1974 in der Albert-Schweitzer-Schule, Bln-Neukölln, Karl-Marx-Str., mit Note 2,1.
Lehre bei der Berliner Bank, Filiale Ganghoferstraße, von 1974–1977. Abschlussnote 1.
BWL-Studium an der FU Berlin von 1977–1983. Dann Karriere bei verschiedenen Banken im In- und Ausland. Eintritt in die GBE 1992.

Äußeres, Sprache, Gesundheit Kann kein «sch» sprechen, es klingt wie «ch».

Wegen der Herkunft seines Vaters aus Ostpreußen Sprache mit etwas hartem Klang (Lieblingsbuch: Siegfried Lenz, *So zärtlich war Suleyken*).
Beendet Sätze oft mit «nicht wahr».
Sein Englisch ist eher komisch. Einmal, bei der Begrüßung eines ausländischen Gastes: «I'm afraid to see you» für «Ich bin erfreut, Sie zu sehen».
Aufrechte Körperhaltung, wirkt etwas wie ein englischer Konservativer.
Leicht arrogant, von oben herab.
Herz- und Kreislaufstörungen.
Setzt die Füße auswärts, «stempelt».
Bandscheibenschaden, stöhnt oft beim längeren Sitzen.

Beziehungen, Freunde, Affären Von seiner Frau Elke geschieden, mit schweren Schuldgefühlen verbunden, seit sie 1998 an Krebs verstorben ist.
Seither immer flüchtige Bekanntschaften.
Ich, Schackstedt, bin sein einziger enger Freund.
Voll im Berliner Filz verortet (mit CDU-Prominenz verbandelt), Billardrunden mit Senatoren.

Bildung, Kultur, Sport Kenner und Liebhaber Preußens.
Sammelt Gemälde, Favorit Paul Klee.
Kultursponsoring: Malerei.
Interessiert an moderner Architektur.
Spielt gern Skat.
Theaterstücke, Musicals mit Frauen in knappen Röcken (Rockfetischist).
Billardfreund, Snooker.
Golf auf den Plätzen in Stolpe (nahe Frohnau) und Wilckersdorf.
Segeln, kennt alle Olympiasieger, reist immer zur Kieler Woche.

Essen & Trinken, Freizeit Trinkt gerne mal ein Bier.
Lieblingsessen: Blut- und Leberwurst mit Sauerkraut (Schlachteplatte).

Harte Sachen: Tequila (seit einer Mexikoreise).
Liebt Weltreisen, war schon überall. Vor einem Monat Neuseeland: Unbedingt beim Smalltalk erwähnen.
Yacht in St. Tropez, die *Rienzi*.

Liebe, Sex Ist verrückt nach Frauen in knappen Röcken (Rockfetischist, siehe oben).
Liebt es, wenn die Frauen beim GV angezogen bleiben, nackte Körper findet er abscheulich.

Witze, Kalauer, immer wiederholte Gags, Erlebnisse, «Macken» Augenblicklicher Lieblingswitz, den er allen erzählt: der mit der Hodenfarbe.
Vergisst nach Verlassen der Toilette häufig, Hosenschlitz zu schließen.
Wortdreher, Wortspiele wie «warmer Hundedreck» statt «warmer Händedruck» oder «Gnädige Frau, es hat ausgebrochen gut geschmeckt».

Enver Volle war ebenso erleichtert wie bedrückt, als er dieses Papier überflogen hatte. Einerseits sagte es sehr viel über Lapaczinsky aus, andererseits aber schien es ihm unmöglich, die Vielzahl der Informationen in der Kürze der Zeit auch nur annähernd zu speichern. Was ihm aber am meisten zu schaffen machte, war die alte Erkenntnis, dass das Ganze stets mehr als die Summe seiner Teile ist, was heißen sollte, dass er niemals der echte Christian Lapaczinsky sein konnte, sosehr er auch die einzelnen Punkte des Schackstedt'schen Papiers beachtete, abarbeitete und in seine Rolle integrierte. Was hatte Stanislawskij als den Idealfall angesehen: dass das Einswerden des Künstlers mit der Rolle sogleich vor sich geht. «Davon kann bei mir keine Rede sein!» Er sprach es laut vor sich hin und starrte dabei in den Spiegel, der neben dem Garderobenhaken hing. «Ich bin noch immer zu 95 Prozent Enver Volle und nur zu fünf Prozent Christian Lapaczinsky. Das ist viel zu wenig, Enver, du Arsch, du. Du bist das letzte blöde Schwein weit und breit.» Und er begann, sich aufs Fürchterlichste selber zu beschimpfen.

Wieder bei Sinnen, wusste er auch, woran das lag, dass er sich noch viel zu wenig als Lapaczinsky fühlen konnte.

Er stürzte ins Kaminzimmer, wo Schackstedt und Dr. Roitzsch vor dem Fernseher saßen und Berichte von der Fußballbundesliga sahen. «Ich muss unbedingt zu Lapaczinsky nach Hause, ich muss unbedingt in der Bank herumschnüffeln, wenn ich ihn richtig von innen heraus verstehen will. Ich muss riechen, was er gerochen hat, ich muss anfassen, was er angefasst hat!»

Roitzsch drückte auf die Fernbedienung. Das Bild fiel in sich zusammen wie ein implodierender Stern. «Sehen wir, Lieber, was sich machen lässt. Aber seien Sie sich unserer wie Ihrer Grenzen immer bewusst: Sie werden Lapaczinsky, auch wenn Sie es noch so genial anpacken, immer nur spielen und nie selber sein können. Was wir vorhaben, ist kein Versuch, Lapaczinsky zu klonen. Dass die Leute unseren Betrug bemerken, ist Ihr Risiko ebenso wie unseres, aber damit müssen wir leben.»

«Trotzdem ...» Enver gab keine Ruhe. «Ich kann mich Lapaczinsky vom Äußeren her nähern, ich habe seine Figur, seine Gesichtszüge, sehe ihm zum Verwechseln ähnlich, kann auch seine Kleidung tragen, aber wenn ich er sein soll, dann muss ich auch empfinden wie er.»

«Das schlagen Sie sich bitte aus dem Kopf», war Dr. Roitzschs Entgegnung. «Christian Lapaczinsky, wie er da tot in unserem Keller liegt, ist das Ergebnis eines sehr komplizierten und fast fünfzig Jahre währenden Prozesses ... und den können Sie nie und nimmer in zwei Tagen nachholen.»

«Doch, das kann ich», rief Enver Volle da. «Das ist ja gerade meine Kunst, Sie werden es sehen.»

Roitzsch hob sein Rotweinglas. «Gut, dahin wollte ich Sie haben. Hier ist der Vertrag über Ihr Engagement bei uns: Sie werden künstlerischer Berater der PR-Abteilung der STS und übernehmen einen Part im nächsten *mox!*-Film. Und nun wollen wir alles tun, damit Sie wirklich Zugang zu Lapaczinskys Innerem finden. Nachher können wir uns das Video mit ihm anschauen, und dann fahren wir nach Berlin, damit Sie sich mal ansehen können, wie er gewohnt hat.»

Enver ließ sich alle Fotos von Lapaczinsky geben, die sich in Hohen-Vietz finden ließen. Es war ein gutes Dutzend, und sie zeigten ihn zumeist im teuren Anzug, aber auch in Badehose und beim Tennis. Enver war verblüfft über ihre Ähnlichkeit. «Wenn dies ein Stück von Hedwig Courths-Mahler wäre, würde ich sagen, dass wir eineiige Zwillinge sind, die früh ihre Eltern verloren haben, von ganz unterschiedlichen Leuten adoptiert worden sind und nun auf diese Art und Weise wieder zueinander finden.»

Roitzsch musste grinsen. «Was das wohl für ein Happy End ergäbe, wenn Sie Lapaczinskys Leichnam umarmen und ausrufen: ‹Mein Bruderherz, endlich hab ich dich wieder!›»

«… und er dann die Augen aufschlägt, weil er nur scheintot gewesen ist und meine Umarmung ihn aus dem Koma gerissen hat!»

Schackstedt war ein zu ernsthafter Mensch, um an solchen gedanklichen Spielereien Freude zu haben. «Meine Herren, es reicht!»

Enver Volle nahm die Fotos und wandte sich zur Tür. «Ich geh jetzt in mein Zimmer und versuche, aus mir einen Lapaczinsky zu machen … auch ohne Maskenbildnerin. Wenn wir uns bei ihm zu Hause umsehen wollen, muss ich mich ja sowieso verkleiden. Was heißt verkleiden: umkleiden natürlich. Bis gleich, *see you later.*»

Enver schloss sich ein, als er sich ans Werk machte, er wollte nicht gestört werden. Er bemühte sich, während er Lapaczinskys Anzug vom Balkon holte, das abzurufen, was er in den verschiedenen Schauspielseminaren gelernt hatte. Wie kann man in seinem Innern die Gedanken, Gefühle und Erlebnisse wachrufen, die eine Person bei bestimmten Handlungen hatte? Wie kann man den Erregungszustand eines anderen Menschen getreu wiedergeben, ohne ihn selbst erlebt zu haben? Wie sollte er sich verhalten, wenn die Haushälterin Petra O. die Kaffeekanne fallen ließ, wie, wenn ‹seine› Kollegen im Kreditausschuss der Bank nein sagten, wenn es um Schackstedt ging? Was würde ihm Stanislawskij in diesem Falle geraten haben? Er lauschte und hörte alsbald die Stimme des Gurus: «Sie sind schon auf dem rechten Weg: Beginnen Sie die Arbeit an der Rolle mit der Beherrschung der äußeren physischen Linie des Auftretens der Gestalt, die Sie verkörpern. Auf diese Weise dringen Sie allmählich in das nur schwer zugängliche Gebiet der inneren Gefühle und Erlebnisse ein. Über die Schaffung des äußeren Lebens gehen wir intuitiv auf das innere über.»

Enver fühlte sich bestätigt, und als er mit den Worten «Einen *chönen* guten Abend, Herr *Chackstedt*, Herr Dr. *Roitch*» ins Kaminzimmer trat, fuhren die beiden Manager so erschrocken auseinander, dass er seine helle Freude daran hatte. «Ich bitte mein kurzes Unwohlsein zu *entchuldigen.*»

«Großartig!», rief Roitzsch und kam herbei, Enver die Hand zu drücken. «Sie sind ja so was von echt. Keine Spur von Wachsfigurenkabinett, wie ich insgeheim befürchtet hatte, sondern hundertprozentig der Christian Lapaczinsky, wie wir ihn kennen.»

Schackstedt hingegen war stumm in seinem Sessel sitzen geblieben. «Ich finde das Ganze nun doch etwas … wie soll ich sagen … gotteslästerlich. Immerhin bin ich mit Lappa zusammen aufgewachsen … und dass wir nun solch Schindluder mit ihm treiben …»

Roitzsch trat zu Enver heran, knöpfte ihm Lapaczinskys Jackett auf, zog es ihm aus und wandte sich zu Schackstedt. «Bitte, Konrad – wir können's auch wieder vergessen. Noch ist es nicht zu spät. Volle kriegt ein paar Scheine, dass er den Mund hält, fährt wieder nach Hause, und wir rufen die Polizei. Dann meldest du nächste Woche Konkurs an und hängst dich auf. Ist dir das lieber?»

Schackstedt hatte die Augen geschlossen und atmete tief durch. Enver spürte nur allzu deutlich, dass der Unternehmer kein Spieler war, sondern recht eigentlich ein knochentrockener Mann, den alten Werten verhaftet. Auf die Idee, Lapaczinsky durch einen Schauspieler zu ersetzen, konnte einzig und allein Dr. Roitzsch gekommen sein, der schon ein rechter Mephistopheles war.

«Konrad, was ist denn nun?» Roitzsch gab sich genervt.

Schackstedt schüttelte zwar den Kopf, als wolle er alles abschütteln wie einen Albtraum, sagte dann aber, dass man ja wohl nicht anders könne. «… jetzt, wo schon alles eingefädelt ist. Ich hoffe nur, dass mein lieber Freund Lappa mir verzeihen kann, was wir hier mit ihm anstellen.»

«Noch ruht er ja im Keller, und nachher … Materialisten wie du sollten sich da keine Sorgen machen.» Mit diesen Worten legte Roitzsch Lapaczinskys Jackett wieder über Envers Schultern. «Machen wir weiter: zweiter Aufzug, fünfter Akt. Fahrt der drei Protagonisten nach Berlin. Essen können wir nachher irgendwo in einem Restaurant. Je öfter Lapaczinsky gesehen wird, desto besser für uns. Also … Wie hat mein Vater immer gesagt: ab, quer durch die Mitte.»

«Moment mal.» Enver verstellte ihm den Weg. «Ich hätte mir vorher doch noch gern das Video gesehen, das ihr von ihm habt. Ich muss wissen, wie er sich bewegt hat, wie er beim Sprechen Kopf und Hände gehalten hat, wie lang seine Schritte waren, wie er sich gekratzt hat – und, und, und …»

Schackstedt holte die Videokassette. «Das war im Sommer 97. Schauen wir mal …» Er drückte Roitzsch das Band in die Hand, da er selber mit dieser Art von Technik auf Kriegsfuß stand.

Der Ingenieur hatte keine Mühe damit, und wenig später sahen sie Christian Lapaczinsky in voller Aktion. Bei Enver löste das eine Kette von Assoziationen aus: Gott, diese Ähnlichkeit mit mir! Wirklich wie geklont. Dieselbe Figur. Stattlich, aber ein bisschen zur Fülle neigend. Hält den Kopf beim Sprechen etwas schief. Genau wie ich. «Stempelt» aber beim Laufen. Anders als ich. Das muss ich unbedingt noch lernen. Spricht wirklich so, wie Schackstedt und Roitzsch es sagen. «Hallo, *chönes* Wetter heute, nicht wahr? Habt ihr *chon* Mittag gegessen?» Hält sich die Bandscheibe, massiert sich den Rücken. Saloppe, aber sündhaft teure Kleidung.

Enver nickte zufrieden, als das Band zu Ende war. «So 'n Video kannst du nicht mit Gold aufwiegen. Seid so nett und schafft mir nachher 'nen Fernseher und 'nen Videorecorder aufs Zimmer, damit ich die Nacht hindurch weiter proben kann.»

«Selbstredend.» Dr. Roitzsch sah auf die Uhr. «Kurz vor neun. Ich glaube, wir sollten jetzt, damit wir nicht zu spät zurück sind.»

Enver trabte mit den beiden Männern mit, seltsam mechanisch und ohne eigenen Willen. Als spielte er die Hauptrolle in einem Film über einen schweren Fall von Somnambulismus. Roitzsch ermahnte ihn, nichts anzufassen und möglichst keine Haare zu verlieren, falls der Wagen später von den Kriminaltechnikern unter die Lupe genommen werden sollte.

Sie nahmen Lapaczinskys Wagen, aber nicht Enver setzte sich ans Steuer, sondern Dr. Roitzsch. Mit Handschuhen. «Ich kenn mich mit solchen großen Autos besser aus und bin nervlich sicherlich am besten beieinander. Aber lasst uns mal die Checkliste durchgehen: Was brauchen wir alles? Die Schlüssel zu Lapaczinskys Villa …»

«Die stecken im Anzug.» Enver holte sie heraus und klimperte damit herum.

«Sehr schön. Und hat er eine Alarmanlage?»

«Ja.» Schackstedt wusste das genau.

«*Merde!*», rief Roitzsch auf Französisch. «Dann muss unser Albaner eben nochmal in Lappas Koffer nachsehen, hopp, hopp!» Er gefiel sich in der Rolle eines Mafia-Capos.

Enver lief ins Haus zurück und fand das Gerät zum Ein- und Ausschalten des Alarms nach einiger Suche.

Roitzsch war zufrieden, hieß sie einsteigen und fuhr los. Um Schackstedt von Lapaczinsky abzulenken, bat er Enver, ein bisschen was über sich zu erzählen. «Schließlich möchte man ja gerne wissen, mit wem man im selben Boot sitzt … und das womöglich, bis der Tod uns scheidet.»

Enver war es recht. «Geboren am 18. Oktober 1954 in Prerow, Ostseebad Prerow. Drei Wochen vor der Zeit, während eines Kurzurlaubs meiner Eltern. Mein Vater, Lothar, Jahrgang 1915, war glühender Kommunist mit großen Sympathien für den Balkan, insbesondere hat er Albanien und die Albaner geliebt.»

«Sind Sie deshalb zum Namen Enver gekommen?» Roitzsch war jemand, der nicht länger als drei Minuten schweigen konnte.

«Ja: nach Enver Hodscha, von 1946 bis 1954 Ministerpräsident von Albanien.» Volle leierte es herunter wie ein Junger Pionier. «Mein Vater war im Außenhandel der DDR beschäftigt, ist aber in Ungnade gefallen, weil er irgendwie mal Kontakte zu Karl Schirdewan hatte. So genau hab ich das nie herausbekommen. Ein Jahr vor dem Mauerbau hat er jedenfalls beschlossen, sich in den Westen abzusetzen. Mit mir. Nach Hamburg. Meine Mutter ist da schon tot gewesen. Da wir aus Rostock waren, hat das alles ganz gut geklappt. Er hat dann bis zur Wende mit seiner Export-Import-Firma auch gute Geschäfte gemacht, danach aber Konkurs anmelden müssen. 1991 ist er dann nach einem Herzinfarkt gestorben. Wir hatten aber kaum noch Kontakt miteinander, denn seit ich beschlossen hatte, Schauspieler zu werden, war ich quasi gestorben für ihn.»

Schackstedt, der neben ihm auf dem Rücksitz saß, sah ihn an. «Haben Sie auch geheiratet und Kinder bekommen?»

«Ja, als ich 88 nach Westberlin gegangen bin. Mandy, auch aus der DDR … Scheidung 1995. Mandy ist dann wieder nach Rostock zurück. Zwei Kinder hatten wir, haben wir. Die Tochter, Annett, studiert in Leipzig Jura, der Sohn, Juri, arbeitet als Kulturjournalist in Hamburg. Ich seh sie aber beide kaum, nur alle Jubeljahre mal.»

Roitzsch drehte sich nach hinten. «Also keine Gefahr, dass einer von ihnen plötzlich auftaucht und ausruft: ‹Papa, warum hast du dich denn als Christian Lapaczinsky verkleidet?›»

«Nein.»

«Und ne neue Beziehung haben Sie nicht?»

«Nein, leider. Sandra hat mich gerade verlassen. Früher war die Liebe ja noch das Brot der Armen, aber heute reicht nicht mal das. Mal spiele ich für eine winzige Gage im ‹Theater ohne Namen› oder auf der Bühne der ‹Tegeler Krimi-Nacht›, mal verdiene ich im Synchronstudio ein bisschen mehr. Doch was ist das schon. Aber beruhigen Sie sich, ich meine, im Hinblick auf meine Rolle als Christian Lapaczinsky: Als mein Vater noch lebte, habe ich auch mal bessere Tage gesehen, da hatten wir sogar Kontakte zu Bankern und ich war öfter auf dem Golfplatz. Zum Zusehen. Ja, das wär's … Krieg ich nun die Stelle?»

«Sie haben sie ja schon.»

«Danke.» Enver holte die drei DIN-A4-Seiten mit den Notizen über Lapaczinsky aus dem Jackett, um sie zusammen mit den beiden anderen noch einmal durchzugehen. «Hat er viel über das geredet, was wir in der DDR immer als ‹proletarische Herkunft› bezeichnet haben, oder hat er das eher verdrängt?»

Sie fuhren durch Seelow, und Konrad Schackstedt, an den die Frage gerichtet war, schien etwas weggetreten zu sein. «Wie bitte …? Ja: Christian Lapaczinskys Herkunft … Teils, teils, würde ich sagen. Mal hatte er Minderwertigkeitskomplexe, wenn er mit einem ‹von und zu› verhandelt hat oder einem, dessen Familie schon seit Generationen zum Geldadel gehörte, mal aber war er auch stolz darauf, dass er sich aus eigener Kraft hochgearbeitet hatte.»

«Seine Minderwertigkeitsgefühle: Hat er die überkompensiert?»

Schackstedt überlegte abermals ein Weilchen. «Nur bei Leuten, die ihm von oben herab begegnet sind, so nach dem Motto: He, wer bist du denn? Nicht aber bei seinen Untergebenen, bei kleinen Leuten.»

«Bei denen war er nicht nur leutselig, sondern hat wirklich versucht, auf sie einzugehen und ihnen zu helfen», fügte Roitzsch hinzu.

«Aha …» Enver sah nun etwas klarer. «Also alles in allem ein sympathischer Mensch?»

Roitzsch nickte. «Auf alle Fälle. Stellen Sie sich den alten Sauerbruch im Nachkriegsfilm vor: immer ein bisschen dröhnend und unfreundlich demjenigen gegenüber, der ihm mit seiner Herkunft kam, aber mit einem großen Herz für alle Armen und Entrechteten.»

«Okay … Und wo war er im Ausland?»

«In Barcelona, Paris und Luxemburg, nicht in England. Mit dem Französischen und Spanischen ging es so einigermaßen, obwohl er alles andere als ein Sprachgenie war, aber sein Englisch war grausam.» Dr. Roitzsch lachte. «Lapaczinsky, setzen, Fünf.»

Schackstedt hakte ein. «Apropos setzen: Wegen seines Bandscheibenvorfalls im letzten Jahr hat er beim Sitzen immer heftig gestöhnt und hat am liebsten gestanden. Dabei hat er sich aber immer öfter irgendwo festhalten müssen, weil ihm schwindlig geworden ist.»

«Also ein bisschen ging er schon in Richtung ‹menschliches Wrack›», fasste Enver zusammen.

«Das nicht gerade», korrigierte Dr. Roitzsch: «Er war durchaus das, was man umgangssprachlich einen ‹geilen Bock› zu nennen pflegt. Soweit ich weiß, hat er im Augenblick keine Dauergeliebte, aber da kann ich mich irren. Konrad, weißt du Genaueres?»

«Nein, Bettgeschichten interessieren mich nicht. Grundsätzlich.»

«Ich hoffe, seine möglichen Geliebten bleiben mir erspart», sagte Enver Volle.

Roitzsch grinste. «Ich wünschte, ich wäre Sie.»

«Wenn ich mit einer von denen ins Bett gehe, dann fliegt doch alles auf. Oder haben Sie auch 'n Video, wo er mit einer im Gange ist?»

Der Ingenieur wurde wieder ernst. «Sie haben Recht, das wäre schon eine Katastrophe, wenn eine der Damen darauf besteht. Also: auf alle Fälle vermeiden. Sagen Sie, dass Sie Migräne haben oder so. Ansonsten aber müssen Sie als Lapaczinsky immer heftig erregt tun, wenn Ihnen eine Frau mit kurzem Rock begegnet. Und schwärmen Sie bei jeder Gelegenheit von St. Tropez und den Fahrten auf der *Rienzi*. Zuletzt war er in Neuseeland und auf den Cook Islands. In jedem Gespräch muss der Ort Christchurch vorkommen, wobei er das aber ständig falsch ausspricht, also *Kristchörch* statt *Kreistchörch*! Flechten Sie auch immer wieder etwas ein, was sich auf das alte Preußen bezieht. Und bleiben Sie vor jedem Bild stehen, das halbwegs so aussieht, als wenn ... und rufen Sie: ‹Ah, Paul Klee ...!›»

Enver hatte leichte Bedenken. «Irgendwie macht ihr mir den Lapaczinsky zur Knallcharge. Eine Bank ist doch kein Volkstheater à la Nestroy, das Milieu ist doch eher etwas Artifizielles in der Art von Botho Strauß.»

«Genau!», rief Dr. Roitzsch. «Das ist der Kern: Sie müssen den simplen Büroalltag hochstilisieren, alles dehnen und überhöhen, im Höchstmaß manieristisch und prätentiös erscheinen, so tun, als ob Sie Falladas *Kleiner Mann, was nun?* so spielen, als wäre es Musils *Mann ohne Eigenschaften*. Theodor Fontane hat einmal geschrieben: ‹Wer aus Friesack kommt, sollte nicht Raoul heißen›. Aber Lapaczinsky ist einer, der aus Friesack kommt und zu einem Raoul geworden ist. Das, Volle, müssen Sie rüberbringen, dann haben Sie's. Kein Abklatsch der Wirklichkeit, sondern künstlerische Überzeugungskraft!»

Enver konnte aufatmen, er wusste nun in etwa, wie die Rolle anzulegen war, konnte sich Lapaczinskys Leben und das, was in ihm vorging, ziemlich genau vorstellen.

Sie kamen zum Berliner Ring und fuhren auf der Autobahn um die Hauptstadt herum, bis sie die Ausfahrt Birkenwerder erreichten. Dabei war genug Zeit, den Lapaczinsky zu proben und sich im Dialog mit Schackstedt oder Dr. Roitzsch immer weiter zu verbessern.

Über die B 96 erreichten sie Frohnau, fuhren die Zeltinger Straße hinunter, umrundeten den gleichnamigen Platz, bogen in den breiten Edelhofdamm, den in seiner Mitte eine Art Anger schmückte, und hielten vor Lapaczinskys Villa. Natürlich wusste Enver, dass die High Society nicht in Reihenhäusern residierte, doch ihre Prachtentfaltung mit allen Sinnen wahrzunehmen war schon eine andere Dimension. Fast blieb ihm der Atem weg. Herrenhaus, Schlösschen, Palais – das waren seine ersten Assoziationen, als sie die Villa betraten. Für Möbel, Teppiche, Lampen und dergleichen, für alles, was die Passion eines Innenarchitekten war, hatte Enver keinen rechten Sinn, und so dachte er auf dem Rundgang nur immer wieder: «Wie im Film.» Dass man in einem solch erlesenen Ambiente nicht nur Filme drehen, sondern auch leben konnte, erschien ihm absurd, aber immerhin fühlte er sich durch eigene Fernsehrollen in solcher Kulisse nicht gänzlich fremd. Gut so.

Dr. Roitzsch mahnte systematisches Vorgehen an. «Sie müssen sich alles ganz genau einprägen und auf bestimmte Fragen ohne Zögern antworten können, falls Sie Montag oder Dienstag einen Gast haben sollten, der hier noch nie gewesen ist. Wo befindet sich die Toilette? Wo kann ich mal schnell telefonieren oder faxen? Haben Sie einen Fotokopierer im Keller?»

«Okay, okay. Ich hab schon verstanden, worum es geht.» Enver war etwas gekränkt. Alle schienen ihn für schwachsinnig zu halten, nur weil er Schauspieler war. «Wer könnte denn alles kommen, wenn ich hier bin?»

Schackstedt stöhnte auf. «Schwer zu sagen. Lappa hat, seit er allein ist, kaum Gäste bei sich zu Hause gehabt; eher hat er alle ins Restaurant eingeladen.»

«Und in welches?»

«Hier in Frohnau immer ins frühere *Alla Fontana*, Ludolfinger Platz, heute *Pantalone*.»

Roitzsch bestätigte dies. «Müssen wir nachher mal hin. Der Wirt als erste Testperson.»

«Und was ist mit seiner Haushälterin?» Enver erinnerte sich an den Zettel in Lapaczinskys Koffer. *Gute Reise wünscht Ihnen Ihre Petra O.*

Schackstedt erinnerte sich, sie einmal gesehen zu haben. «Etwa vierzig Jahre alt. Offenbar trunksüchtig.»

«So der Typ reizvolle Schlampe», ergänzte Roitzsch.

«Hat er was mit ihr gehabt?», wollte Enver wissen.

«Nicht auszuschließen. Also aufgepasst.»

Enver wusste nicht, ob er Petra O. nun fürchten oder herbeisehnen sollte. Vielleicht konnte er als Christian Lapaczinsky nachholen, was er als Enver Volle versäumt hatte.

Schackstedt sah auf die Uhr. «Wir sollten uns beeilen ...»

Dr. Roitzsch stimmte ihm zu. «Ich zeichne schnell eine Skizze des Hauses und der einzelnen Etagen, damit Enver den Lageplan in Hohen-Vietz immer wieder durchgehen kann, und er sieht sich jetzt noch einmal Keller und Dachgeschoss aufmerksam an. Jedes Detail kann später wichtig sein. Wie kann ich die Heizung einschalten, wenn mein Gast an einem kalten Sommertag friert? Wo stehen die Getränke, die alkoholischen wie auch Selters und Säfte?»

In diesem Augenblick klingelte es, anhaltend und aggressiv.

Polizei, fuhr es Enver durch den Kopf. Sie standen da, als hätte der Regisseur «Freeze!» gerufen. Wie überraschte Einbrecher. Und das waren sie ja auch.

EINS ZWEI DREI **VIER** FÜNF SECHS SIEBEN ACHT NEUN

Dorothea Scheckeler kam aus Tübingen, war in der Nähe des dortigen Hölderlinturms aufgewachsen und hatte aus Liebe zum Dichter des *Hyperion* Germanistik studiert, um später in Berlin als Oberstudienrätin zu wirken. Nun aber war sie schon seit zehn Jahren pensioniert, lebte nach dem Tod ihres Mannes in der oberen Etage einer Villa in Frohnau und pflegte den dazugehörigen Garten hingebungsvoll. Oft, wenn sie in seliger Kontemplation über einen Vers Hölderlins versunken war, klingelte leider der Postmensch oder der Bote irgendeines Versandes bei ihr, da sie als Einzige ringsum zu Hause war, und bat sie, für einen der Nachbarn eine Sendung in Empfang zu nehmen. Sie hasste es, derart gestört zu werden und für die anderen die Dienstmagd zu spielen, doch die Leute abzuweisen verbot ihr die anerzogene Höflichkeit.

Dies alles wusste Enver nicht, als er die Haustür geöffnet hatte und Dorothea Scheckeler am Gartentor stehen sah, von diversen Strahlern und Laternen so ausgeleuchtet, dass es für einen künstlerisch wertvollen Film allemal gereicht hätte. Seine Premiere. Lampenfieber packte ihn. War er ein guter Lapaczinsky? Würde sie ihn als solchen sehen oder lauthals loslachen und fragen, was denn der Mummenschanz sollte, Fasching mitten im Sommer. Seine Stimme war belegt, schwankte, als er fragte, womit er wohl dienen könne.

«Ich habe ein Paket für Sie. Wie immer. Was sonst?»

Natürlich hätte er das wissen müssen. Sein erster kleiner Fehler. Ihm wurde siedend heiß. Diese Frau war unerbittlich, und er hatte Angst vor ihr. «Ist es schwer?», fragte er und geriet fast schon in Panik. Mein Gott, der zweite Fehler. Es wurde dadurch auch nicht besser, dass er sofort zur Korrektur ansetzte: «Hoffentlich ist es nicht zu *chwer* …?» Dies so laut, dass es die Sache wohl noch schlimmer machte. «O …» Dieser Ausruf galt der Tatsache, dass der Strahler oben unter der Dachrinne plötzlich erlosch. Es dauerte ein Weilchen, bis Enver begriffen hatte, dass Roitzsch ihn ausgeschaltet hatte. Klar. Er wollte der Frau mit dem Paket den Grund erklären. «Einer meiner Freunde muss wohl aus Versehen … Warten Sie, Frau …» Gott, warum hatte ihm keiner gesagt, wie die Nachbarn hießen. Glatter Regiefehler. So perfekt, wie er immer tat, war dieser Dr. Roitzsch nun wirklich nicht. Enver bemühte sich, Lapaczinsky nachzuahmen, als er über glatte Gehwegplatten zum Gartentor ging. ‹Stempeln!›, befahl er sich, ‹die Fußspitzen weit nach außen setzen!› «Hoffentlich keine Bombe von meiner *geschiedenen* Frau, nicht wahr. Bei Elke weiß man nie, auch wenn sie ja 98 an Krebs …» Jetzt war er am Gartentor angekommen. Dessen hohe schmiedeeiserne Spitzen verboten es, der Frau über den Zaun hinweg das Paket aus der Hand zu nehmen. Es ging nicht anders: Er musste das Tor öffnen und ganz dicht an sie herantreten. Verdammter Mist. Ihre Hände berührten sich, ihre Gesichter näherten sich auf Kussabstand.

«Sie sehen aber schlecht aus», sagte sie.

Natürlich sah er schlecht aus. Dem Herzinfarkt sehr nahe. Der Umstand, dies begründen zu müssen, blockierte ihn völlig. In der Ader, die das Hirn mit Blut versorgte, schien ein Pfropf zu stecken. Gleich würde er umkippen. Was sollte er bloß sagen? «Ich … Ich … Mir ist nicht so, wissen Sie, Frau … Diese endlosen Besprechungen, auch am Wochenende. Und dann meine *Bandcheibe* … Seit *Kristchörch* …» Langsam fing er sich wieder, konnte auch aufatmen, denn offenbar hegte sie nicht den geringsten Verdacht, dass er jemand anders sein könnte als ihr alter Nachbar Christian Lapaczinsky. Dr. Roitzsch hatte offenbar Recht mit seinem Kalkül, dass die Menschen nur wenige Schlüsselinformationen brauchten, um sich in Sekundenschnelle ein stimmiges Bild vom Ganzen zu machen. Der Mann, der aus Lapaczinskys Haus kam, seinen Anzug trug, den typischen Sprachfehler hatte und wusste, dass die Exehefrau Elke hieß, der musste ganz einfach Lapaczinsky sein. Dass er es nicht war, setzte so viele äußerst unwahrscheinliche Annahmen voraus, dass man es gar nicht denken konnte, ohne sich als Verrückter zu fühlen.

«Vielen … äh … Dank, ja …», sagte Enver, dabei ein wenig ins Stottern geratend, weil er sich nicht ganz klar darüber war, wie er das Wort «herzlich» aussprechen sollte: normal oder mit Lapaczinskys kleinem Fehler? Nein, normal. «Herzlichen Dank also …» Er warf einen schnellen Blick auf den Absender. «Ah … Vom Verlag. Ah, Paul Klee. Sie kennen ja meine stille *Leidenchaft*.» Er hoffte nur, dass sie nicht nachfragen würde, denn von Paul Klee wusste er nur so viel, dass der nicht aus Kleve kam.

«Ja, die Malerei …», seufzte sie. «Wir brauchen sie so dringend, denn ‹… aus bloßem Verstand ist nie Verständiges, aus bloßer Vernunft ist nie Vernünftiges gekommen›. Kennen Sie das nicht?»

Wieder kam Enver Volle ins Schwitzen. «Nein …»

Die Nachbarin war ebenso enttäuscht wie böse. «Ihr Bankmenschen habt aber auch nur eure Zahlen und Gewinne im Kopf. Wie oft habe ich Ihnen schon erzählt, wem meine ganze Liebe gilt. Na, wem wohl? Ach, Lapaczinsky, so werden Sie nie von Ihrer Fünf in Deutsch herunterkommen. Na: Höl…»

«…derlin!», rief Enver. «Natürlich.» In ihm arbeitete es fieberhaft. So wie sie aussah und sich verhielt, konnte sie nur Lehrerin sein. Und womit konnte sie da ihre Schüler gequält haben? Doch wohl nur mit dem *Hyperion*. Mein Gott, den kannte er natürlich, den liebte er. Und schon begann es aus ihm herauszusprudeln: «Ja … Hyper-ion, der Darüberhingehende, der Transzendierende …» Erschrocken brach er ab, denn das war O-Ton Enver Volle und nicht Christian Lapaczinsky. Ein Bankmensch sprach nicht so. Er suchte zu retten, was zu retten war. «Sehen Sie, Frau … Ich habe mir zu Herzen genommen, was Sie mir immer vorwerfen, und wirklich mal etwas über Hölderlin gelesen …» O Gott, schoss es ihm durch den Kopf, hoffentlich fängt sie nun keine Diskussion mit mir an.

Aber Dr. Roitzsch rettete ihn, indem er aus dem Fenster rief, wo er denn bliebe, sie müssten sich dringend wieder an die Arbeit machen. Nach ein paar Abschiedsfloskeln war er die Frau mit der Hölderlin-Passion endlich los. Als er die Haustür hinter sich ins Schloss geworfen hatte, fiel Roitzsch ihm um den Hals. «Premiere geglückt, alles geglückt.»

Schackstedt klatschte Beifall. «Ja, Ihre Feuertaufe haben Sie bestanden, aber ein bisschen gezittert haben wir schon.»

«Ich wusste ja, dass er extemporieren kann», sagte Roitzsch. «Er ist die ideale Besetzung.»

«Danke für die Blumen, aber ich hab Sie eben ganz schön verflucht, weil Sie mir nichts von den Nachbarn erzählt haben.» Enver merkte jetzt erst, dass er unter den Achselhöhlen große Schweißflecken hatte und unbedingt das Hemd wechseln musste.

«Klar, dass wir Ihnen nicht alle aufzählen und beschreiben können, die Lapaczinsky kennen und die Ihnen in den nächsten Tagen begegnen werden. Wie Sie sich aber eben aus der Affäre gezogen haben, das war blendend. Präsident Bush könnte da von Ihnen lernen. Müssen wir also aufpassen, dass die Amerikaner Sie nicht abwerben.»

Enver öffnete Lapaczinskys Kleiderschrank, nahm ein neues weißes Hemd heraus und zog sich um. Und schon gab es ein neues Problem. «Was machen wir mit dem alten, soll es hier in den Wäschepuff? Oder können die Kripoleute im Falle eines Falles herausfinden, dass es nicht sein Schweiß ist, nach dem es müffelt, sondern meiner?»

Roitzsch musste einen Augenblick nachdenken. «Nehmen Sie's lieber mit, und wir entsorgen es dann irgendwo auf dem Weg nach Hohen-Vietz. Diese DNA-Analyse … Es könnte schon sein, dass man Haare oder Schuppen findet und die dann …»

Schackstedt blickte auf die Uhr. «Ich glaube, wir sollten dann wieder, ehe noch jemand … Auch für den Italiener ist es jetzt zu spät.»

So fuhren sie wieder nach Hohen-Vietz zurück, und während Dr. Roitzsch abermals am Lenkrad saß, paukte Schackstedt mit Enver das kleine Einmaleins des Kreditwesens und der GBE.

«Ein Kredit ist der einem Wirtschaftssubjekt für eine gewisse Zeit von Dritten gegen einen Preis (Zins) überlassene Geldbetrag (Darlehen) oder Sachwert. Die wichtigsten Formen der Kreditsicherung sind Bürgschaft, Verpfändung von Wertpapieren oder Waren, Sicherungsübereignung und Eigentumsvorbehalt sowie Grundschuldeintrag. Kreditlinie ist der einem Kreditnehmer eingeräumte maximale Kreditgrenzbetrag. Alles klar? Wiederholen Sie mal.»

Enver tat es, bis es so in etwa saß.

«Nun zu seinem Institut.» Schackstedt gab sich alle Mühe. «Die GBE ist eine *Wholesale*-Bank, in der kommerzielles Geschäft, zum Beispiel Kredite, und Investmentbanking gleichberechtigt nebeneinander existieren, was sie von reinrassigen amerikanischen Investmentbanken und Schweizer Großbanken unterscheidet. Der Unternehmensbereich, für den Christian Lapaczinsky zuständig ist … war, will über *Relationship-Manager* die Betreuung der Großkunden aus einer Hand sicherstellen. Lapaczinsky hat in letzter Zeit durch die *Securitization* einige Probleme gehabt, das heißt durch die Verdrängung des Kredits durch das Wertpapiergeschäft. Er hat neben einigem anderen vor allem die Kreditrisiken gemanagt. Die letzte Entscheidung liegt … lag bei ihm: Nur wenn er den Daumen hebt, bekommt die STS ihre 50 Millionen.»

Enver machte sich Notizen. Das ging noch ganz gut, obwohl es nun schon elf geworden war – ein wenig Mittsommernacht hatte auch die Mark zu bieten.

Dr. Roitzsch ergriff nun das Wort, denn Schackstedt hatte ihn gelangweilt, und er fürchtete, dass er einschlafen würde, wenn er sich nicht durch Reden wach hielt. «Also, weiter im Text … Seine Chefsekretärin heißt Christine Thomas, ist etwa vierzig Jahre und weiß alles. Lapaczinsky kokettiert immer mit seiner Vergesslichkeit, sodass sie ihm aushelfen kann. Er möchte zu gern mit ihr ins Bett, ist aber diszipliniert genug, sich das zu verbieten. Um sich abzureagieren, macht er des Öfteren Bemerkungen, die eigentlich in die Kategorie ‹sexuelle Belästigung› fallen, die sie aber als Kompliment versteht und überhört. Was nur er weiß: Sie hat gerade eine Abtreibung hinter sich. Ihr aktueller Lover ist ein Eishockeyspieler, ein gewisser Dale Statezny, ein Italokanadier. Also unbedingt mit ihr über Eishockey reden, Dale erwähnen und dabei zotig werden …»

Enver lachte. «Das sollte mir nicht *chwer fallen*, nicht wahr: Ah ja, der hat ihn Sonntag wieder zweimal reingekriegt … ich meine, den Puck ins Tor …»

Roitzsch fand das ein wenig unter seinem Niveau und fuhr

unbeirrt fort. «Lapaczinskys engster Mitarbeiter, eine Art persönlicher Referent, ist Diethard Menz, knapp fünfzig, ein ungemein kompetenter, aber auch unangenehm weicher und schleimiger Mann, der aber wegen seiner brutalen Entscheidungen sehr gefürchtet ist. Er ist die graue Eminenz der GBE und hat eine Menge Feinde, die bei seinem Nahen rufen: ‹Ah, da kommt die graue Demenz.› Er ist verheiratet und hat zwei Kinder. Unbedingt auf die Sprüche des kleinen Sohns, Moritz, ansprechen. Die anderen Damen und Herren, die im Kreditausschuss sitzen, sind mir nicht alle namentlich bekannt, am wichtigsten aber dürften sein: Herr Dr. Richter – sieht aus wie Guido Westerwelle –, Frau Klages-Mühlenbeck – sieht aus wie Sabine Christiansen – und Gunnar Narius – sieht aus wie Herr Senator Buddenbrook aus Lübeck. Diese drei unbedingt mit Namen ansprechen, aber nicht duzen. Die anderen einfach übersehen.»

«Ich werd mir alle Mühe geben …»

«Der Weg in der Bank vom Eingang zum Büro ist schwer zu beschreiben. Den Pförtner am besten – Begründung: schwere Tasche – Menz anrufen lassen und diesem dann folgen.»

Als sie vor dem Herrenhaus hielten, war Enver Volle in seinem Vorbereitungsprogramm schon so weit vorangekommen, dass sie beschlossen, besagten Menz am Sonntagnachmittag nach Hohen-Vietz kommen zu lassen: Lapaczinsky sei krank geworden, und der Vertrag mit McLeach aus Edinburgh müsse unbedingt am Montagmorgen unterschrieben vorliegen. Den hatten sie vorhin auf Lapaczinskys Schreibtisch gesehen und vorsorglich mitgenommen.

«Das scheint so wichtig zu sein, dass Menz keine weiteren Fragen stellen wird», meinte Roitzsch. Klar, dass er herkommen und den mitnehmen muss. Hier in unserer Mitte in Hohen-Vietz wird Menz auch keinerlei Verdacht schöpfen.»

Enver meinte, er würde das schon packen, zumal wenn er sich noch ein, zwei Stunden mit dem Lapaczinsky-Video zurückziehen könne, um zu proben.

«Übertreiben Sie mal nicht», mahnte der Ingenieur. «Wenn die Kopie besser ist als das Original, was dann?»

Enver ließ sich nicht beirren und machte sich, auch wenn Mitternacht schon vorbei war, mit Feuereifer an die Arbeit. Immer wieder führte er imaginäre Gespräche mit seiner Sekretärin und mit seinen Mitarbeiterinnen und Mitarbeitern, Menz allen voran, bis er das Gefühl hatte, richtig in der Haut des Bankers zu stecken.

Als er am nächsten Morgen gegen halb acht erwachte, war er indessen wieder Enver Volle, arbeitsloser Schauspieler, und hatte erhebliche Mühe mit der Rekonstruktion des vorangegangenen Tages. Das, was sie vorhatten, erschien ihm nun als hochgradig hirnrissig. Eine Schnapsidee, nichts weiter, völlig undurchführbar. Am besten, er öffnete das Fenster, sprang hinaus und stahl sich davon, bevor dieser Menz in Hohen-Vietz erschien. Weshalb nochmal sollte der überhaupt anreisen? Um einen unterschriebenen Vertrag mit nach Berlin zu nehmen. Die Unterschrift! Mein Gott: die Unterschrift! Es schien ihm, als hätte es in seinem Gehirn eine kleine Explosion gegeben. Das durfte doch nicht wahr sein! Und wie immer in solchen Fällen des unfassbaren Versagens beschimpfte er sich selber in der unflätigsten Art und Weise. Kein Schimpfwort, das er kannte, ließ er aus, und es waren mindestens zehn, zwölf Sprachen, die er dabei plünderte. Gott, was waren sie für Idioten, alle drei. Da hatte seine Rolle als Christian Lapaczinsky nur das eine Ziel: am nächsten Dienstag die Unterschrift unter den Kreditvertrag zu setzen - und sie taten alles, nur das eine nicht: ihn Lapaczinskys Unterschrift üben zu lassen, wieder und wieder. Er verlor nun vollends die Nerven und stürzte in den Flur, von dem die Zimmer der beiden anderen abgingen: «Aufwachen, aufwachen! Ich brauche dringend eine Unterschrift von Lapaczinsky, ich muss sie üben, üben, üben, ich muss sie hundertprozentig draufhaben, wenn Menz hier andackelt!»

Roitzsch, der schon beim Rasieren war, begriff sofort, dass sie da um ein Haar einen kapitalen Bock geschossen hätten. «Mensch, na klar! Eine schreckliche Vorstellung: Sie sitzen da im Kreditausschuss, alles ist gelaufen, Sie müssen nur noch unterschreiben – und wissen nicht, wie …» Er ließ alles stehen und liegen und lief zu Schackstedt, um Alarm zu schlagen. «Entschuldige, Konrad, aber du musst sofort raus aus den Federn und ein Schriftstück von Lapaczinsky suchen, etwas, wo er mit vollem Namen unterschrieben hat. Wir haben ganz vergessen, dass der Volle das ja üben muss.»

Auch Schackstedt war, sofern sein eher phlegmatisches Temperament das zulassen wollte, wie elektrisiert und stürzte noch im Pyjama ins Arbeitszimmer, um ein entsprechendes Dokument zu suchen. «Wenn wir deswegen nochmal nach Frohnau müssen, dann …» Gleich einem Einbrecher, für den Sekunden wichtig waren, fetzte er alles, was ohne Bedeutung für sie war, aus Fächern und Laden heraus. «Ansichtskarten, Briefe … alles nur mit Vornamen unterschrieben. So ein Mist. In Berlin in der Firma, da haben wir Dutzende von Schriftstücken mit seiner Unterschrift, aber hier draußen, da …» Wäre Schackstedt nicht er selbst gewesen, hätte er mit dem Fuß gegen den Papierkorb getreten.

Dr. Roitzsch, wer sonst, hatte dann die rettende Idee. «Du, Konrad, deine Frau liest doch samstagmorgens beim Frühstück immer den *Stern* … auch hier in Hohen-Vietz?»

«Ja … Aber …»

«Da war doch vor ’nem Jahr ein großer Artikel über Lapaczinsky drin. Meiner Meinung nach mit seiner Unterschrift, die in sein Foto hineinkopiert war. Ich erinnere mich noch ganz genau, weil das leicht denunziatorisch war, denn seine Unterschrift wirkt ja auch irgendwie großkotzig. Und ihr hebt ja immer alles auf, vielleicht auch das …»

Schackstedt stieg auf den Dachboden und machte sich auf die Suche nach der Illustrierten mit dem Lapaczinsky-Porträt. Und sie hatten Glück, denn nach etwa zehn Minuten kam die Erfolgsmeldung: «Hier issa!»

Als Enver Volle Lapaczinskys Unterschrift vor Augen hatte, rief er spontan aus, dass er es niemals schaffen würde, sie nachzumachen. Das «Lapa-» ging ja noch, obwohl das L so verschnörkelt war wie von einem mittelalterlichen Klosterbruder geschrieben, aber das «-czinsky» glich dem Versuch eines vierjährigen Kindes, einen Haufen Spaghetti zu malen. Immer wieder hatte Lapaczinsky den teuren Füllfederhalter kreisen lassen, um dann das y am Ende wie einen Drachen in den Himmel steigen zu lassen.

«Da müsste man schon ein so genialer Fälscher wie Kujau sein, um das richtig hinzukriegen», sagte Enver. «Den sollten wir noch zusätzlich engagieren.»

Schackstedt, alles ernst nehmend, warf ein, dass das aus zeitlichen Gründen kaum noch gehe, wenn der Mann überhaupt noch lebe, was keiner wusste. «Was nun?»

«Versuchen wir's eben approximativ», war Roitzschs Antwort. «Herr Volle, Sie nehmen sich bitte einen Stapel Papier und diesen meinen Füllfederhalter, ziehen sich zurück und üben Lapaczinskys Unterschrift so lange, bis nicht einmal der beste BKA-Experte eine Chance hat, sie als Fälschung zu erkennen.»

Und Enver tat, wie ihm geheißen, wobei er sich zwar heftig quälte, aber sehr bald zu der Erkenntnis kam, dass er erst mit dieser Unterschrift und ihrer Nachahmung den Menschen

Christian Lapaczinsky so richtig begriff. Wie sehr der unter Minderwertigkeitskomplexen gelitten haben musste, seiner niederen Herkunft wegen, und versucht hatte, das mit dieser bombastischen Unterschrift zu kompensieren. Das hatte der große Stanislawskij übersehen: dass man die Unterschrift eines Menschen kennen musste, um ihn adäquat auf die Bühne zu bringen.

Bis Mittag hatte Enver einen Grad der Vollkommenheit erreicht, der Schackstedt und Roitzsch zu Lobeshymnen ansetzen ließ.

«Die *Unterchrift* spiegelt die Seele des *Menchen* wider wie nichts anderes», sagte Enver. «Man muss kein Graphologe und kein ausgewiesener *Wissenchaftler* sein, Herr *Chackstedt*, um dies erkannt zu haben, nicht wahr.»

«Menz kann kommen», sagte der Angesprochene.

Nachdem sie etwas gegessen hatten, wurde es langsam ernst, und Dr. Roitzsch übernahm wieder die Regie. Enver hatte sich im Gästezimmer angezogen aufs Bett zu legen, Schuhe aus, Schlips gelockert. Der Vorhang wurde zugezogen, ein Glas Wasser auf den Nachttisch gestellt, der Vorgang McLeach bereitgelegt, der Füllfederhalter für die Unterschrift daneben platziert. «Die Schachtel mit den Tabletten noch … Die Haare noch etwas wirrer ins Gesicht.»

«Sie sollten Regisseur werden», sagte Enver.

Roitzsch winkte ab. «Mir reicht es, mit welchen befreundet zu sein.»

«Seh ich blass genug aus, wirklich wie nach einem Herzanfall?»

Doch bevor sie darauf antworten konnten, drang vom Hof her Motorengeräusch durchs offene Fenster. Die drei Männer erstarrten und flüsterten nur noch. Roitzsch trat ans Fenster und spähte durch den Vorhang. In der Tat: Soeben hatte

Diethard Menz die Bühne Hohen-Vietz betreten, das heißt, er war in seinem Mercedes durch das Tor gerollt und hatte vor dem ehemaligen Schweinestall gehalten. Jetzt stieg er aus und sah sich suchend um. Sein «Hallo …» klang eher schüchtern.

«Hic Rhodos, hic salta», sagte Roitzsch, spuckte dreimal aus und klopfte Enver auf die Schulter. «Toi, toi, toi. Hals- und Beinbruch.»

Schackstedt und Roitzsch verließen das Gästezimmer und traten in den Hof hinaus, um den Besucher willkommen zu heißen. Enver hörte unverständliches Stimmengemurmel. Offensichtlich wurde Menz darüber informiert, dass es Lapaczinsky zwar schon besser gehe, er aber noch immer nicht der Alte sei und man ihn etwas schonen müsse.

Envers Herz schlug schnell und schneller und nun schwitzte er wirklich wie jemand, der einen Infarkt erwartete. *Highnoon-Stimmung* über Hohen-Vietz. Sah Menz seinen Chef und schrie auf, dass er nicht der echte Lapaczinsky sei, dann war dies wie eine Kugel, die Enver in die Schläfe schlug. Aus und vorbei.

Schritte auf dem Flur. Der Countdown lief unaufhaltsam. Fünf, vier, drei, zwei, eins … Menz stand in der Tür.

«*Chön*, dass Sie gekommen sind.» Enver gab sich alle Mühe, matt zu wirken. Mit schnellem Blick hatte er den Besucher erfasst und einzuordnen versucht. Die Designer-Sonnenbrille ein wenig zu teuer. Der dunkle Vollbart zu auffällig, um nicht den Verdacht zu erwecken, dass er nur Maske war und ein Nichts an Gesicht aufzuwerten hatte. Studiobräune, teures Parfüm, ein schwarzes Herrenhandtäschchen, die unvermeidbare Rolex. Zuhälter-Power pur. Aber unglaublich charmant. Ein Schmeichler und Charmeur. Ein großer Junge. Heiter, fröhlich, unbeschwert. Ein Genießer, wie die Figur verriet. Der IQ nicht so hoch, dass man Angst haben musste. Fast ein wenig naiv. Durchschnitt, der bemüht war, sich zum Außergewöhnlichen aufzublasen. Wahrscheinlich war er von Lapaczinsky zum Adlatus auserkoren worden, weil er ständig für gute Laune sorgte. Sein Spitzname – Demenz – schien darauf hinzudeuten, dass Lapaczinsky ihn als eine Art Hofnarr gehalten hatte.

«Ach, Herr Lapaczinsky, Ihr Herz wieder», sagte Menz beim Näherkommen.

Jetzt kam der Augenblick, der alles entschied: Menz gab ihm die Hand. Sie war feucht und schlaff. Enver, der lange darüber nachgedacht hatte, wie fest Lapaczinskys Händedruck wohl gewesen war, konnte nun gar nicht anders, als die eigene Hand schnell wieder wegzuziehen.

«Nehmen Sie den Stuhl da …» Er wollte verhindern, dass der andere ihm zu sehr auf die Pelle rückte.

«Ja, danke …» Menz setzte sich.

Enver glaubte aufatmen zu können. Stimmte die alte Volksweisheit, dass der erste Eindruck der entscheidende war, hatte er gewonnen, denn Menz ließ durch nichts erkennen, dass ihn irgendetwas verwirrt hatte. Er schwitzte allerdings mehr, als es der Temperatur angemessen war. Nun ja, wer seinem Vorgesetzten begegnete, der war naturgemäß nervös. Sein oder Nichtsein … Vielleicht fürchtete er, vom Nachfolger gefeuert zu werden, wenn Lapaczinsky einmal einer Herzattacke erliegen sollte. Enver ging nun in Gedanken die Checkliste durch, wie er zu sein hatte, um echt zu wirken. Irgendetwas zum Thema Frauen war sicher ein guter Einstieg. «Dass wir heute so ganz ohne Frauen sind – das ist nicht gut so. Hätten Sie keine mitbringen können?»

Menz lachte. «Meine vielleicht … und all ihre Freundinnen. Sie war mal beim DDR-Fernsehballett.»

«Die alle zu nehmen: Das wäre mein Tod, nicht wahr. Ein

chöner zwar, aber dennoch … Zweimal sieht kein Mensch die Todesufer …» Erschrocken brach er ab, denn das war Schillers *Phädra* und er damit Enver Volle und nicht Christian Lapaczinsky. «Habe ich Ihnen eigentlich *chon* den Witz von der Hodenfarbe erzählt?»

«Nein …»

«Sie lügen.»

«Ja, aber ich wollte Sie nicht kränken …»

«Sie werden lachen, Menz, der Arzt hat mir jetzt wirklich die Eier gestrichen … also: verboten, Eier zu essen. Zu viel Fett. Auch für meine *Bandcheibe.* Seit *Kristchörch* da … Nun …» Es war ein sehr mühseliger Dialog. Er flüchtete sich lieber in die Arbeit. «Zur Sache … Meine Kräfte … McLeach, wo ist er?» Er angelte sich den Vorgang vom Nachttisch und schraubte, sich aufrichtend, die Kappe vom Füllfederhalter. «Kann ich *unterchreiben* … oder hat noch einer Bedenken gehabt?»

«Nein, alles klar.»

Schwungvoll setzte Enver zur Unterschrift an. O nein! Fast hätte er mit «Enver Volle» unterschrieben. Mit zitternden Fingern versuchte er, aus dem «E» noch ein «L» zu machen, und schob sein Zucken auf die unsichere Unterlage zurück. «Auf den Knien ist das ungewohnt, aber … Es geht *chon.*» Irgendwie kam er mit der Spaghetti-Unterschrift doch noch klar.

Menz stand auf, um ihm den McLeach-Vertrag aus der Hand zu nehmen und in seinem Aktenkoffer zu verstauen. «Sehr schön, dass wir das nun endlich unter Dach und Fach haben. Werden Sie morgen ins Büro kommen?»

«*Wahrcheinlich* erst mittags. Ich hoffe, dass ich abends mit dem eigenen Wagen nach Berlin zurückfahren kann, will aber morgens auf alle Fälle erst noch zum Arzt. Sie sagen Frau Thomas bitte *Becheid*, nicht wahr.»

«Ja, selbstverständlich. Dann gute Besserung, Herr Lapaczinsky, und …» Wieder gab er Enver Volle die Hand, und nun war sie gar nicht mehr feucht.

Dr. Roitzsch erschien in der Tür. «Na, alles auf die Reihe gebracht?»

«Ja.» Menz nickte, und sein Gesicht, eine Mischung aus Faun und Pfannkuchen, war ein einziges Strahlen. «Hohen-Vietz ist immer eine Reise wert.»

«Dann trinken Sie doch noch einen Schluck Kaffee, ehe Sie sich auf den Rückweg machen. Unser lieber Lapaczinsky soll sich aber noch ein bisschen ausruhen.» Damit ließ er Menz an sich vorbei und zwinkerte, bevor er die Tür wieder schloss, Enver noch kurz zu: Hurra, die erste Schlacht gewonnen!

Frohnau war ab 1907 auf dem Reißbrett entstanden. Im Norden Berlins hatte der Fürst von Donnersmarck Teile der Stolper Heide gekauft und eine so genannte ‹Gartenstadt› anlegen lassen. Von der S-Bahn-Linie 1, die Oranienburg mit Wannsee verbindet, wird es in zwei Teile zerschnitten, die jeweils am Bahnhof ein eigenes Zentrum besitzen. Östlich ist dies der Zeltinger Platz mit der Johanneskirche, westlich der Ludolfinger Platz mit dem 30 Meter hohen Kasinoturm. Verklammert werden beide durch die Brücke nördlich des Bahnhofs. Sehenswürdigkeiten sind die Landhäuser von Heinrich Straumer, das Buddhistische Haus von Paul Dahlke am östlichen Ende des breiten Edelhofdammes, der Poloplatz, die Invalidensiedlung, der 344 Meter hohe Fernmeldeturm und der Hubertussee.

Enver Volle entnahm dies alles den Büchern, die er in Lapaczinskys Schrank gefunden hatte. Es war ratsam, sich ein wenig kundig zu machen. Der Kalender zeigte an, dass es Montag war, seine Uhr sprang gerade auf 8:02. Irgendwann würde das Telefon klingeln und seine Sekretärin ihn fragen, wie es ihm denn ginge. Menz sollte ihr ja Bescheid sagen, dass er erst am frühen Nachmittag im Büro erscheinen würde. Er fühlte sich wirklich mehr als elend. Zwar war er schon kurz vor Mitternacht aus Hohen-Vietz gekommen, hatte aber bis vier Uhr morgens kein Auge zumachen können. Und war dann schon um sieben wieder wach gewesen. Die Aufregung. Nun war er zugleich todmüde und schlapp wie auch hellwach und tatendurstig.

Er ging ins Wohnzimmer, das ihm, gemessen an seiner eigenen Behausung in Neukölln, wie ein Salon erschien. Schloss Frohnau. Am frühen Nachmittag wollte, sollte, musste er in der GBE aufkreuzen … aber wie bis dahin die Zeit totschlagen, ohne durchzudrehen? Der Fernseher … Er warf sich in den Sessel und drückte auf die Fernbedienung. Das Morgenmagazin der ARD. Da brachten sie bestimmt etwas über den Tod des weltweit bekannten Bankiers Christian Lapaczinsky. «Nach einer Herzattacke in Hohen-Vietz an der Oder im Landhaus eines Freundes verstorben …» Nein, brachten sie nicht. Enver schrie sich an: «Du bist Christian Lapaczinsky, du bist Lapaczinsky!» Er sprang auf und lief durch das Haus. Vom Keller hinauf bis unters Dach. Das Sein bestimmt das Bewusstsein. Und vielleicht half es, wenn er Lapaczinskys Interieur sozusagen aufsog mit all seinen Sinnen. Ein wenig verstand er von Möbeln, Uhren, Porzellan, Fayencen und Schmuck. So etwas lernte man im Nebenfach. Lapaczinsky schien da alles gesammelt zu haben, was alt und teuer war. Querbeet. Neben einem Aufsatzsekretär, der aus Goethes Jahren stammte, stand ein Eckschrank aus dem Biedermeier und neben einer Rokoko-Kommode ein *Queen-Anne-Teaboard*. Das Porzellan schien alles aus Meißen zu sein: die Kaffeekanne mit den *Reineke-Fuchs*-Szenen, die Helmkanne mit Waschgeschirr, der Teller mit dem wunderschönen Kakiemon-Dekor, der Senftopf. Auch um seine Uhrensammlung hätte ihn so manches Museum beneidet. Die holländische Standuhr, die Pendule mit Pallas-Figur, die französische Kaminuhr. Enver fragte sich immer wieder, wie sich wohl ein Mensch fühlen musste, der dies alles besaß. Wahrscheinlich wie ein Spieler von Bayern München, wenn er zum Pokalspiel beim 1. FC Kleinkleckersdorf anzutreten hatte.

Furchtbar erhaben, alle die verachtend, die so tief unter ihm standen, zugleich aber furchtbar leutselig zu ihnen, Gleichheit heuchelnd, wir sind doch alle Brüder.

In der Bibliothek gab es mehr freie Wände als Regale. Dies ganz augenscheinlich, um Paul Klee zu huldigen. Dicht nebeneinander waren zauberhafte Aquarelle, Gouachen und Gemälde gehängt. Enver war zu wenig Kunstexperte, um eine Kopie vom Original unterscheiden zu können, aber dass viele Millionen teure Originale hier hingen, vergleichsweise ungesichert, erschien ihm doch mehr als unwahrscheinlich. Also lediglich Drucke und Kopien. Dennoch. Auch alles, was über Paul Klee je geschrieben worden war, schien Lapaczinsky gesammelt zu haben. Seine Blicke gingen über die anderen Buchrücken hinweg. Günter Grass, Heinrich Böll, John Le Carré, Herman Wouk, Thomas Mann, Theodor Fontane, Hans Fallada, etliche Kriminalromane. Nichts, was Enver als außergewöhnlich erschien. Mehr Fachliteratur als Belletristik. Neben Büchern über Geld und Banken einige Gesetzessammlungen. Auch das Strafgesetzbuch. Enver zog es heraus, schon ein wenig elektrisiert. Gab es einen Paragraphen, der ihr Tun bestraf? Todesfolge, Todesstrafe, Totschlag, Tötung auf Verlangen, nein … Dann unter L wie Leiche. Ah, ja: 168, Wegnahme. Schnell schlug er nach. Aber auf der Seite 168 ging es um die Einfuhr von Zeitungen und Zeitschriften und das Verbot der Prostitution. Er brauchte ein paar Sekunden, um zu begreifen, dass nicht die Seite, sondern der Paragraph 168 gemeint sein musste. «§ 168. Störung der Totenruhe. (1) Wer unbefugt aus dem Gewahrsam des Berechtigten eine Leiche … wegnimmt, wer daran … beschimpfenden Unfug verübt …, wird mit Freiheitsstrafe bis zu drei Jahren bestraft.» Uff, das war ja weniger schön. Aber das war eben sein Risiko. Und im Übrigen: Man konnte keinen hängen, den man nicht hatte. Und sie bekamen ihn umso weniger, je mehr es ihm gelang, ein lebensechter Lapaczinsky zu sein.

Kleider machen Leute. Dieses Versatzstück tradierter Volksweisheit kam ihm in den Sinn, als er sich in Lapaczinskys Schlafzimmer umsah und die vielen Kleiderschränke erblickte. «Talar und Pelz birgt alles», sagt König Lear. «Und ein schwarzer Nadelstreifenanzug oder einer von Armani erst recht», fügte Enver hinzu. Steckte ein Offizier in einer Uniform der *Garde du Corps*, dann war er auch einer, und steckte einer in einem Maßanzug oder in sündhaft teuren Designerklamotten, dann war er auch ein bedeutender Mensch. Nicht Gott oder die Götter hatten den Menschen gemacht, insoweit hing Enver Volle Feuerbach an, sondern die Menschen sich ihren Gott und ihre Götter. Früher. Heute machten sie sich ihre Medienstars und ihre Prominenten. Auch ihre Bankiers. Bei Karl Marx gab es dafür den schönen Begriff der ‹Charaktermaske›. Christian Lapaczinsky war eine solche. Nichts weiter. Und so hatte er, Enver, es verdammt einfach, Lapaczinsky zu sein, wenn er nur dessen Rollenattribute und dessen Insignien besaß: das Haus, den Wagen, den Anzug, die Arroganz der Macht. Sein Mut wuchs ins Grenzenlose.

Was nun, was tun, es dauerte noch so lange bis zum Auftritt in der Bank. Was hätte Lapaczinsky an einem Morgen wie diesem gemacht? Wahrscheinlich wäre er zum Golfen gegangen, der Platz zwischen Frohnau und Stolpe lag ja nur einen Steinwurf entfernt. Doch das war für Enver ausgeschlossen, denn er hatte nie mehr als Minigolf gespielt, und auch das nur mit mäßiger Kunst. Er nahm die Blätter zur Hand, auf denen Schackstedt und Roitzsch ihm aufgeschrieben hatten, was für Lapaczinsky typisch war. Ein Freund des Billards war er. Nun, da fühlte sich Enver nicht ganz so hilflos, denn ab und an spielte er mit Freunden Poolbillard in irgendeiner Neuköllner Kneipe. Hier nun bei Lapaczinsky gab es ein extra Billardzimmer mit einem Tisch, wie sie ihn bei einer Weltmeisterschaft im Dreiband hatten. Marmor also mit einer Heizung darunter. Dennoch – oder gerade deswegen – brauchte Enver drei Versuche, bis ihm die erste Karambolage gelang. Obwohl die beiden zu treffenden Bälle nahe beieinander in einer Ecke lagen. Sein Frust war groß. Immerhin begriff er, was er unbedingt vermeiden musste: sich in Situationen zu begeben, in denen seine Fähigkeiten objektiv gemessen werden konnten. Obwohl, einen Ausweg gab es immer noch. Auch hier beim Billard. Er improvisierte laut: «Ich habe heute die *falche* Brille … Meine Kreislaufstörungen, vor meinen Augen *verchwimmt* heute alles.» Wer würde es da wagen, ihn mit einer dummen Bemerkung zu verärgern? Keiner. Und auszurufen, dass er ja gar nicht der richtige Lapaczinsky sei, sondern nur ein rotzfrecher Hochstapler, erst recht nicht. Eher hätte man an eine Starkstromleitung gefasst.

Enver trat ans Fenster, um es aufzuziehen und etwas zu lüften. Billard war ein Leistungssport, und man schwitzte nicht wenig dabei. In dieser Sekunde geschah es. Neben ihm gab es eine kleine Explosion, Glas zersplitterte. Den Knall hörte er erst, als er schon am Boden lag. Im Schauspielunterricht hatte er es oft genug geübt, sich so hinzuwerfen. Er brauchte einige Zeit, um zu realisieren, dass man wirklich auf ihn geschossen hatte. Unten auf der Straße heulte ein Motor auf, jemand gab heftig Gas. Der Schütze raste davon … Wer hatte ihn geschickt? Enver dachte sofort an Roitzsch und Schackstedt. «Ihr Schweine ihr!» Im ersten Reflex wollte er aufspringen, um zum Telefon zu laufen und sie fürchterlich zu beschimpfen, bekam sich aber gerade noch rechtzeitig in den Griff, denn es war ja damit zu rechnen, dass sie alles abhörten, was mit der Bank gesprochen wurde. Zum anderen fragte er sich: Warum sollten sie?

Sein Tod hätte ja alles konterkariert. Rätselhaft … Auf alle Fälle musste Lapaczinsky einen Feind gehabt haben, der ihn … Ob Roitzsch und Schackstedt davon gewusst hatten? Hatten sie ihn bewusst ins Messer laufen lassen? Auch das war zu verneinen, oberflächlich jedenfalls. Aber vielleicht war ihr Spiel so komplex, dass er es nicht durchschauen konnte. Was nun? Langsam erhob er sich, dabei instinktiv nach Deckung suchend. Sollte er 110 anrufen? Nein. Der Mensch versuche die Götter nicht. Es wäre idiotisch gewesen. Ein waschechter Kommissar hätte doch sofort gerochen, dass er nicht Lapaczinsky war. Also keine Polizei. Und wenn der Schütze nun ein zweites Mal auf ihn feuerte? «Das ist eben das berühmte Restrisiko», sagte er in großer Pose und verbeugte sich zu einem imaginären Publikum hin. Und morgen Mittag war ja eh alles vorbei. Da fuhr er abermals zusammen.

«Hallo? Guten Tag, Herr Lapaczinsky, alles in Ordnung?» Ein Nachbar. «Hat da nicht einer geschossen? Ihre Scheibe ist ja …»

Enver trat ans Fenster und sah zum anderen Grundstück hinüber. «Guten Morgen. Das war nur meine Billardkugel. Ein echter Kunststoß …»

Der Nachbar, ein Rentner oder Pensionär der höheren Stände, drohte schelmisch mit dem Zeigefinger. «Na, wieder mal die Contenance verloren und mit dem bösen Spielball geworfen, weil der nicht so hat rollen wollen, wie Sie das gern gehabt hätten …?»

«Sie haben mich wieder mal *durchchaut*, Herr …» Enver winkte nach unten und zog sich vom Fenster zurück. Damit die Leute die kaputte Scheibe nicht sahen, ließ er die Jalousie herunter. Das Projektil lag auf dem Teppich. Er hob es auf und steckte es in die Tasche. Dann brach er den Rest der Fensterscheibe aus dem Rahmen und trug die Scherben und Splitter nach vorn zur Mülltonne. Er verbot sich, über die Sache weiter nachzudenken, und beschloss, erst einmal nach draußen zu gehen. Auf offener Straße war er vor dem Schützen sicherer als im Haus.

Es war ein herrlicher Sommertag, nicht zu heiß, nicht zu schwül, und frische Luft war immer das beste Mittel, den Kopf wieder frei zu bekommen. Und wenn er hier jemanden traf, dann sicher nur einen von Lapaczinskys flüchtigen Bekannten. Guten Tag und guten Weg. Und wenn er nicht mal die täuschen konnte, dann brauchte er die GBE gar nicht erst zu betreten. Er beschloss, zum Buddhistischen Haus zu gehen. In der Ruhe wohnt die Kraft.

Langsam ging er den Edelhofdamm in Richtung Stadtgrenze hinauf und kam sich dabei vor wie der deutsche Soldat im Roman *So weit die Füße tragen*, der aus einem sibirischen Lager geflohen war und sich als Russe verkleidet nach Deutschland durchschlagen wollte. Jede Sekunde konnte jemand auftauchen und ihn entlarven.

«Guten Morgen, Herr Lapaczinsky!»

Enver sah sich um. Wo war Herr Lapaczinsky? Es war ein Reflex, gegen den sich nicht ankommen ließ. O Gott! Schon nach einer Minute der erste Fauxpas. Er ließ es regelrecht dröhnen in seinem Gehirn: *Ich bin Lapaczinsky, ich bin Lapaczinsky, ich, ich, ich!* Wer hatte ihn da angesprochen? Er kannte die Frau. Richtig, die Nachbarin, die am Samstag geklingelt hatte, um ihm das Paket zu überreichen. «Ah, Frau …» Ihren Namen hatte er vergessen. Schwache Leistung. Oder gar nicht genannt bekommen. Er flüchtete sich in einen Hustenanfall. «Kommen Sie mir bitte nicht zu nahe, ich muss mir eine Sommergrippe eingefangen haben.»

«Ah, darum sind Sie nicht in die Bank …»

«Erst heute Nachmittag gehe ich … wenn es nicht *chlimmer*

wird.» Wenigstens an dieses blöde «ch» hatte er gedacht. Na, immerhin. Beifall. Und irgendwie war er zu sehr Komödiant, um nicht zu denken: «Und nehmen Sie bitte Abchied von mir, Frau *Checkeler* …» Plötzlich war ihr Name wieder da. «… denn morgen Nacht bin ich tot, und Sie können mir nie wieder mit Hölderlin kommen.» Fast tat es ihm Leid, die kleine Szene nicht mit diesem Gag beenden zu können. Er setzte an, weiterzugehen.

«Dann mal: gute Besserung», wünschte ihm die Nachbarin.

«Gleichfalls …» O Mann, dies schien wirklich nicht sein Tag zu sein. «Äh: einen *chönen* Tag, meine ich. Wenn man Fieber hat, nicht wahr, dann …» Damit wandte er sich endgültig ab. Was hätte die Kritik geschrieben: ‹Volle war das ganze Stück über voll daneben. Nie konnte er der Figur des Christian Lapaczinsky die Aura verleihen, die ein großer Bankier einfach haben muss, wenn man ihm abnehmen soll, dass er die Welt mit seinem Geld beherrscht.› Was ihm mit Sicherheit fehlte, war die Selbstsicherheit. Üben, üben, üben. Er tat es, als er sah, wie ein in Orange gehüllter Straßenkehrer der Stadtreinigung daranging, eine Kotsäule der Marke Doggenschiss vom Gehsteigpflaster dadurch zu entfernen, dass er sie mit seinem breiten Besen weiträumig verschmierte.

«Hallo, Sie da! Das darf doch wohl nicht Ihr Ernst sein. Oder wollen Sie Ihren Job loswerden? Ein Anruf von mir. Sie holen sich sofort einen *Chlauch* und spritzen das weg.» Dazu ein scharfer Blick, und der Mann zog los, der Weisung Folge zu leisten. Obwohl er einen Zopf trug und wie ein Autonomer wirkte. «Bravo, Volle!» Enver lobte sich selber und war sofort besserer Laune.

Er stieg die 73 Stufen hinauf zum Buddhistischen Haus. Dass die in acht Absätze unterteilt waren, erfuhr er, als er mithörte, wie ein Wanderführer seine kleine Gruppe rüstiger Senioren belehrte. «Dadurch wird der ‹Edle Achtfache Pfad› symbolisiert, den Buddha zur Erlösung vom Leid der Vergänglichkeit lehrte. Seine acht Teile sind: rechte Erkenntnis, rechte Gesinnung, rechte Rede, rechte Tat, rechter Lebensunterhalt, rechte Anstrengung, rechte Achtsamkeit und rechte geistige Sammlung.»

Da konnte Enver nicht an sich halten. «Wenn hier rechte Gesinnung verbreitet wird, dann sollte man den Verfassungsschutz einschalten!»

Die Leute sahen ihn an, als sei er reif für die Psychiatrie. Was lernte er daraus? Dass nicht einmal die Attitüde eines Machers eine Garantie war, ernst genommen zu werden. Er musste also vorsichtig sein, wenn es darum ging, Bemerkungen zu machen, die nicht zu seinem Outfit passten. Schnell ging er weiter. Hinter ihm fuhr der Wanderführer mit seinem Vortrag fort. «Fassen wir die buddhistischen Weisheiten so zusammen: Vermeide jede böse Tat, / Vermehre guter Werke Saat, / Beständig läutere den Geist, / Das ist der Weg, den Buddha weist.» Als Enver die kleine Anhöhe erklommen hatte, ein wenig außer Atem, fragte er sich, ob es nicht doch eine böse Tat war, Schackstedt aus der Klemme zu helfen, indem er den toten Lapaczinsky mimte, und wirklich etwas, das guter Werke Saat vermehrte, also Arbeitsplätze sicherte. Wie er es auch drehte und wendete: Es war richtig. Schaden davon hatte niemand.

Er sah auf die Uhr. Zeit, nach Hause zu gehen. ‹Nach Hause›, dass er mit diesem Versatzstück aus dem Unbewussten nicht seine Neuköllner Wohnung in Zusammenhang brachte, sondern Lapaczinskys Villa, freute ihn. Unzweifelhaft war er dabei, Fortschritte zu machen. Langsam, aber sicher. Wenn man zum zweiten Mal geboren wurde, dann ging das nicht von einer Sekunde zur anderen.

Die latente Angst vor einem weiteren Attentat hatte ihn

hellhörig werden lassen, und so fuhr er sofort herum, als hinter ihm ein Wagen viel zu langsam daherkam. Der Mann am Steuer sah eiskalt und verbissen aus. Enver hechtete hinter einen Baum. Der Mann am Steuer ließ die Rechte vor Stirn und Augen kreisen: «Balla, balla!» Wieder einer, der … In Frohnau befanden sich etliche psychiatrische Kliniken. Enver schämte sich ein wenig. Regression war das, Rückfall in kindliche Verhaltensweisen. Kein Schauspielunterricht ohne das Einmaleins der Psychologie. Er kam sich vor wie jemand, der unter einer schweren Herzneurose litt. Jeden Augenblick konnte die Pumpe stehen bleiben, jeden Augenblick konnte ihn die Kugel treffen. Die Muster glichen sich. «Augen zu und durch!» Im Ernstfall reduzierte sich das Leben auf wenige Formeln.

Als er die Haustür aufgeschlossen hatte, erstarrte er, denn mitten auf der Diele stand eine Frau, die er nie zuvor gesehen hatte und die sich, so schien es ihm, in diesem Haus sehr heimisch fühlte. Ziemlich aufgedonnert war sie, der Typ der strengen Domina, wie man sie zuweilen als Vorgesetzte in Frisiersalons oder der Kosmetikabteilung großer Kaufhäuser findet. Bei ihrem Anblick glaubte Enver zu Zwergengröße zu schrumpfen. Sein Herzschlag setzte aus.

«Müssen Sie so herumlaufen!», herrschte sie ihn an. «Sie gehören ins Bett.»

Dass sie ihn siezte, ließ Enver etwas aufatmen, weil es ausschloss, dass sie besagtes Bett mit ihm zu teilen gewohnt war. Er überlegte. Sie hatte Schlüssel zum Haus, sie spielte sich hier als Herrscherin auf … Vielleicht Lapaczinskys Exehefrau? Quatsch. Die sollte ja schon vor einiger Zeit gestorben sein. Und außerdem hätte sie ihren Ehemaligen sicherlich geduzt. Wer dann? Gott, ja: diese Haushälterin. Hohen-Vietz, der Zettel in Lapaczinskys Koffer: «Gute Reise wünscht Ihnen Ihre Petra O.» Diese Petra also. Schön, dass er das herausgefunden hatte, immerhin, aber was sollte er nun sagen: «Natürlich, Frau O.» Idiotisch. Aber «Natürlich, Petra» ging wohl auch nicht. Also beließ er es bei der einfachsten Variante und sagte nur: «Natürlich ...» Ohne sie eines weiteren Blickes zu würdigen, ging er ins Schlafzimmer hinauf und warf sich aufs Bett. An die Decke starrend, stellte er sich vor, wie es nun in ihrem Kopfe ratterte: «Was ist denn heute mit dem Herrn Lapaczinsky los, der ist ja ganz anders als sonst. Das ist der doch gar nicht, das ist doch 'n ganz anderer. Klar, der Schauspieler da aus dem ‹Theater ohne Namen›, für das mir der Herr Lapaczinsky neulich die Karten geschenkt hat. Mir ist da gleich aufgefallen, dass der dem Herrn Lapaczinsky so mächtig ähnlich sieht. Der hat den bestimmt ermordet und sich nun ins gemachte Nest gesetzt. Die Polizei!» Er sah Petra O. zum Telefon stürzen. Und in der Tat: auf dem Nebenstellenapparat, der auf dem Nachttisch stand, knackte es verdächtig. Enver sprang auf und lief zum Balkon. Die Tür stand offen. Als er draußen angekommen war, sah er, dass er ohne große Mühe ein Spalier hinunterklettern und über das Nachbargrundstück entkommen konnte. Sollte er, sollte er nicht ... Es zerriss ihn fast. Nein, nicht so. Wenn schon ein Ende des Unternehmens Lapaczinsky, dann eines ohne Schrecken. «Er lag im Bett des Bankiers, als die Bullen kamen». Das hätte eine schöne Überschrift gegeben.

Enver wartete. Die Minuten dehnten sich zur Ewigkeit. Irgendwie verlor er sich in Zeit und Raum.

Unten an der Haustür klingelte es aggressiv und beharrlich. Enver fuhr hoch und lauschte. Die Haushälterin schien inzwischen geöffnet zu haben. Der Dialog, den sie führte, war deutlich zu verstehen.

«Polizei!»

«Ja, bitte, was ist denn?»

«Wir suchen jemanden. Ist Ihnen etwas aufgefallen?»

Die Natur hat für ihre Lebewesen vorgesorgt und stellt ihnen in Situationen wie dieser im Wesentlichen zwei Möglichkeiten zur Verfügung: einmal das Totstellen mit und ohne Mimikry und zum anderen die Flucht. Enver entschied sich für Letzteres. Doch als er auf dem Balkon angekommen war, sah er, dass hinten im Garten ein Beamter stand. Der hätte ihn, hing er beim Herabklettern am Spalier, ohne jede Mühe abpflücken können. Also: Hände hoch und aufgeben. Wo blieben die Polizisten? Offenbar hatte Petra O. sie noch aufgehalten.

«… oben ist nur der Herr Lapaczinsky und der schläft, dem geht's nicht gut.»

«Soll ich lieber selber mal …»

«Nein, nicht nötig, ich war doch die ganze Zeit hier.»

«Der Mann ist aber außerordentlich gefährlich. Kickelhahn ist sowohl hinten am Poloplatz wie auch unten an der Burgfrauenstraße gesehen worden. Wir glauben, dass er hier einen Unterschlupf sucht, weil Frohnau total abgeriegelt ist. Er ist bewaffnet und schreckt mit Sicherheit vor nichts zurück.»

«Bitte, dann kommen Sie und durchsuchen alles. Aber oben leise bitte.»

Enver zog sich die Decke etwas über Brust und Hals und stellte sich schlafend. Kickelhahn … Er erinnerte sich. Diese x-mal wiederholte Durchsage: «Die Polizei warnt weiterhin vor dem flüchtigen Gewaltverbrecher Maik Kickelhahn, der vor zwei Tagen aus der Haftklinik Neuruppin entwichen ist und vermutlich in der Nähe von Frankfurt/Oder einen 38-jährigen Autofahrer erschossen hat, um seine Flucht mit dessen Fahrzeug fortzusetzen.» Dass der nun ausgerechnet hier sein sollte. Schritte auf der Treppe. Petra O. und der Fahnder waren auf dem Weg zu ihm.

«Hier haben wir das Schlafzimmer von Herrn Lapaczinsky …»

«Danke, ich guck nur mal schnell.»

Enver wusste nicht, ob er nun mürrisch oder freundlich dreinschauen sollte. «Ja, bitte …»

Der Beamte war aufgedreht und drahtig. «Ah, Herr Lapaczinsky! Ich kenn Sie aus der Talkshow im Dritten.»

«Freut mich», sagte Enver und winkte lässig.

«Entschuldigen Sie die Störung, aber wir haben Grund zu der Annahme, dass sich dieser Maik Kickelhahn hier irgendwo versteckt hat … Frohnau, Hermsdorf, Lübars. Er ist mit dem gestohlenen Wagen in Birkenwerder von der Autobahn runter und dann über die B 96 nach Berlin gekommen. Und gleich hier an der Stadtgrenze ist er dann mit Motorschaden liegen geblieben. Da hatten wir ihn fast, aber … Er ist dann den früheren Grenzstreifen entlanggelaufen und hält sich wahrscheinlich hier irgendwo versteckt. Zu fürchten ist, dass er sich eine Geisel nimmt, um dann mit der …»

Enver schwitzte und war einem Herzinfarkt nahe, denn wer eignete sich wohl am besten als Geisel: ein Bankier natürlich …

«Danke. Das heißt also: erhöhte *Alarmbereitchaft* bei uns hier im Haus. Sehen Sie sich nur weiter um. Ich war ja übers Wochenende nicht hier, und vielleicht hat er sich wirklich …»

«Wir suchen auf alle Fälle alles ab.»

Der Beamte grüßte, indem er die Hand an den nicht vorhandenen Mützenschirm legte, und bat Petra O., ihm die anderen Räume zu zeigen. Enver sprang aus dem Bett, so sehr er auch den Kranken mimen musste, denn kam der Beamte ins Billardzimmer und schöpfte Verdacht, war die Kacke am Dampfen. Also ging er den beiden voran, öffnete ihnen auch die Tür zum Billardzimmer und knipste das Licht an. «Nicht erchrecken, dass hier die *Cheibe* kaputt ist … Das war ich selber mit meiner Billardkugel.» Dabei hatte er die rechte Hand in der Hosentasche stecken, und seine Finger spielten mit dem Projektil. Der Beamte nickte nur und verfolgte die Sache nicht weiter. Petra O. führte ihn weiter durchs Haus, Enver blieb zurück.

Er konnte aufatmen. Wirklich? Er war kein guter Schachspieler und konnte nicht einmal den Zug, den er gerade ausführte, mit all seinen Folgen richtig einschätzen, geschweige denn den nächsten und übernächsten. War es gut oder verderblich, wenn ein leibhaftiger Polizist später einmal aussagen würde, Christian Lapaczinsky am Montagvormittag in seiner Frohnauer Villa höchst lebendig angetroffen und mit ihm geredet zu haben? Wahrscheinlich war es von Vorteil, aber ... Dieses Aber machte ihn noch völlig verrückt. Es war ebenso fatalistisch wie das ewige ‹Der Mensch denkt, Gott lenkt› seiner Mutter.

Seine innere Unruhe wurde immer quälender. Am liebsten wäre er aufgesprungen und hätte sich durch etwas total Irres abgelenkt. Bungee-Jumping am liebsten oder Surfen auf dem Dach eines U-Bahn-Wagens, unten der Landwehrkanal. Er zwang sich, liegen zu bleiben, indem er sich vorstellte, jemand würde ihm eine Pistole an die Schläfe halten und ihm den Befehl dazu erteilen.

Als er sich etwas beruhigt hatte, versuchte er, seinen ersten Auftritt in der Bank zu simulieren. Er sah sich aus dem Wagen steigen und auf das Portal zugehen. Erste Frage: Wo ließ er den Wagen? Zweite Frage: Kam irgendein subalterner Mensch und fuhr ihm das Auto auf den Parkplatz? Dritte Frage: Betrat ein Mann wie er die GBE durch den Eingang für die Allgemeinheit, oder gab es eine Extratür für ihn? Vierte Frage: Ging er direkt in sein Büro, oder erreichte er es durch sein Vorzimmer? Fünfte Frage: Gab es einen ‹Abfangjäger›, der ihm die Tasche tragen half und ihm die Türen öffnete – Menz womöglich?

Fünf Fragen - und auf keine hatte er eine klare Antwort. Wieder war ihm so bange zumute wie einem Kind, das sich im Wald verlaufen hatte. Seine Brust war ihm so eng geworden, dass er sich aufrichten und sie massieren musste. Nein, es ging nicht anders, er musste Menz anrufen und ihn bitten, nach Frohnau zu kommen und ihn abzuholen. Schnell, ehe ihm wieder Zweifel kamen, wählte er die Nummer.

«Hallo, ich bin's, *Lapachinsky*. Mir geht es noch immer nicht so, dass ich allein am Steuer sitzen möchte. Sind Sie bitte um 12 Uhr 30 hier bei mir. Danke.» Und aufgelegt, bevor Menz sein «Ja, natürlich» zu Ende gebracht hatte.

Der Beamte, der den geflohenen Gewaltverbrecher suchte, verließ die Villa. Eine schöne Szene für das Drehbuch, dachte Enver, wenn sie das *Unternehmen Lapaczinsky* im nächsten Jahr verfilmen sollten, mit ihm in der Hauptrolle. Kein schlechter Gedanke und allemal ein Grund, die Geschichte später einmal exklusiv an die Medien zu verkaufen. Später einmal …? Ja, dann, wenn Schackstedt gerettet war und sich nichts mehr umkehren ließ. Er erschrak. Wenn nun Roitzsch ihn umbringen ließ, um das zu verhindern …? Der Mohr hat seine Schuldigkeit getan, der Mohr kann gehen. Unsinn. Erstens waren beide Ehrenmänner und keine Mörder, und zweitens konnten sie sich keine zweite Leiche leisten. Nun … Einen Killer aus den ehemaligen GUS-Staaten bekam man für 'n Appel und 'n Ei.

Enver trat ans Fenster und sah die Polizisten bei der Nachbarin klingeln. Ging er jetzt und legte ein Geständnis ab, dann … Dann blieb er weiterhin ein armer Schlucker, ohne Ruhm und ohne Rollen, hatte er umsonst gelebt. Eine zweite Chance bekam er nicht. Also …!

Er sah auf die Uhr. Noch anderthalb Stunden. Immer näher rückte sein Auftritt in der Bank und immer größer wurde seine Angst vor der entscheidenden Sekunde. Wenn er sein Büro betrat, wenn er seine Sekretärin sah. Schau mir in die Augen, Kleines. Ob Lapaczinsky und sie etwas miteinander gehabt hatten? Hoffentlich nicht, hoffentlich hatte sich Lapaczinsky an die eiserne Regel gehalten, nie mit seinen engsten Mitarbeiterinnen ins Bett zu gehen. Mit wem hatte er es überhaupt getrieben? Es war ein wenig voyeuristische Lust, mit der er nun in Lapaczinskys Fächern und Schubladen nach Liebesbriefen, Fotos und erotischen Andenken zu suchen begann. Und schon beim dritten Kleiderschrank wurde er fündig, denn dort hatte Lapaczinsky ganz offenbar die Röcke gesammelt, die seine Partnerinnen getragen hatten. Wobei, ließ sich denken. Der Gedanke daran erregte ihn.

Anderes, was er entdeckte, war womöglich von größerem Nutzen, zum Beispiel Lapaczinskys Notizbuch aus dem vergangenen Jahr. Dort stand auch drin, wann und wo er zu welchem Arzt gegangen war. Alles konnte wichtig sein. Enver versuchte, die Angaben mit seinen Augen gleichsam zu scannen. Geburtstage, Golf- und Saunatermine, Ausflüge, Reisen, Essen mit Freunden, Restaurants und Bars, Hotels – und vieles andere mehr. Dabei begriff er, dass ein Mensch nichts anderes war als die Summe seiner Daten. Neben dem genetischen gab es auch einen kommunikativen Code. Und wer den kannte, konnte jeden anderen kopieren, wenn er ihm äußerlich nur in etwa ähnlich sah. So wie er dem Lapaczinsky.

Er stieß auf das Familienalbum. Die ältesten Fotos, graubraun und mächtig vergilbt, stammten aus dem Jahre 1891. Der Urgroßvater in «Königsberg i. Ostpreußen», wie der Name des Ateliers erkennen ließ. In Ulanen-Uniform. Der Vater als Hausmeister, die Mutter als Zugabfertigerin auf dem U-Bahnhof Stadtmitte. Enver nickte. Das alles stand so auch in Schackstedts Memo. Viele Seiten und unzählige Fotos waren seiner Exehefrau gewidmet. ‹Mit Elke am Brandenburger Tor›, ‹Mit

Elke auf dem Wannsee›, ‹Elkes 1. Schwangerschaft›. Enver stutzte. Das hieß, dass Lapaczinsky Kinder hatte. Mehrere sogar. Hatte Schackstedt das vergessen aufzuschreiben oder er es überlesen? Schnell fasste er in die Brusttasche seines, das heißt Lapaczinskys Jacketts und holte die Blätter heraus. Nein, weder unter «Herkunft» noch unter «Beziehungen, Freunde, Affären» stand etwas von Kindern. Ein schrecklicher Gedanke, wenn plötzlich eines vor der Haustür stand: «Sie wünschen?» Nun, die Wahrscheinlichkeit war nicht eben groß. Oder doch? Seine innere Stimme warnte ihn: Hör auf, an sie zu denken, sonst lockst du sie mit deinen Gedanken herbei. Wie konnte er als Lapaczinsky in Erfahrung bringen, wie viele Kinder er hatte, ohne sich lächerlich und damit verdächtig zu machen? Überhaupt nicht. Spontan tat er das, was er in solchen Situationen immer getan hatte: Er beschimpfte sich fürchterlich: «Enver, du bist doch wirklich der letzte Arsch! Jeder IQ-Idiot hätte doch geschnallt, dass das mit Lapaczinsky nicht funktioniert, nicht funktionieren kann! Nur du nicht. Du machst da mit bei diesem Himmelfahrtskommando. Mann! Du bist wirklich zum Scheißen zu dämlich!» Nicht genug damit, er ohrfeigte sich auch derart kräftig, dass es wirklich wehtat und der Kiefer fast ausgerenkt wurde.

«Is was, Herr Lapaczinsky!?», rief Petra O. von unten.

«Nei-en. Ich übe nur für eine Rede, die ich nachher halten muss. Da muss ich mich künstlich aufregen …»

«Dann is ja gut.»

Von wegen, es funktionierte nicht: Es funktionierte doch. Bei Petra O., bei der Nachbarin, bei Diethard Menz. Und ebenso würde es bei allen anderen funktionieren, mit denen er zusammenkam. Wenn er es nur schaffte, Lapaczinskys Aura zu erzeugen. Er erinnerte sich daran, wie Stanislawskij den Hamlet eines jungen Schauspielers kritisiert hatte: ‹Sie haben Ihre

Gedanken sehr lieb und menschlich zum Ausdruck gebracht. Aber ich werde jetzt kritisch zu Ihnen sein: Wie würden Sie sich benehmen, wenn Sie ein Erbprinz wären, der Achtung einflößen muss?› Das war es: Achtung, Macht, Furcht.

Noch eine Stunde, dann kam Menz, um ihn zur Bühne zur fahren, zur GBE am Potsdamer Platz. Noch einmal das Schackstedt-Memo durchgehen und sich alles einprägen. Und üben, üben, üben. «Der Mench als solcher ist nicht *chlecht*. Herr *Wichnewski* aus *Chaumburg*-Lippe *chlich* im *Chlafanzug* zum *Frühstückstich* und aß *Chichtkäse*. *Cheußlich* trocken. *Chade*.» Nun, das war ihm schon in Fleisch und Blut übergegangen. Die Füße nach außen setzen, ‹stempeln›. Beim Aufstehen stöhnen: «Meine *Bandcheibe*!» Attraktiven Frauen mit kurzen Röcken hinterherstarren und so tun, als könnte man seiner Erregung kaum mehr Herr werden. Komisches Englisch sprechen, Friedrich der Große als Maß aller Dinge. «Wissen Sie noch, wie er nach der *Chlacht* bei …» Gott, Enver kannte keinen der Orte, wo der Alte Fritz als junger Mann als Sieger oder Verlierer in die Annalen eingegangen war. Thema also meiden. Golf … «Seit ich Tiger Woods live gesehen habe, konnte ich mein Handicap auf 23 verbessern.» War 23 gut oder schlecht? Enver wusste es nicht. Also stets so diffus sein wie ein Bundespressesprecher. Skat … Enver hatte seit Ewigkeiten nicht mehr gespielt. Wie hoch konnte man reizen, wenn man einen Null ouvert auf der Hand hatte. 46 – oder? «Am liebsten wäre es mir, wenn wir in ein urdeutches Restaurant gehen würden, wo ich endlich mal wieder eine *Chlachteplatte* essen kann.» Dabei konnte er dann den Witz mit der Hodenfarbe erzählen. «Kommt ein Mann in einen Heimwerkermarkt und fragt den Verkäufer: ‹Wo gibt es denn hier Hodenfarbe?› – ‹Wie kommen Sie denn auf Hodenfarbe?› – ‹Na, als ich wegen meines Cholesterins beim Arzt war, hat der gesagt: Zuerst müssen wir die Eier streichen.›» Das hatte er nun wirklich drauf.

Da ihm weiteres Üben nun eher als kontraproduktiv erschien, ging er in die Bibliothek, um sich beim Betrachten der Bilder ein wenig zu entspannen. Paul Klee. *Garten in der tunesischen Europäer-Kolonie.* Was für Farben, welch ein Traum. Ebenso die *Tempelgärten* und die *Blüten der Nacht.*

Nebenan dudelte das Telefon. «Lass es klingeln, ich schlafe.» Da rief die Haushälterin von unten herauf: «Herr Lapaczinsky, nehmen Sie doch bitte mal ab: Ihre Tochter.»

Das saß wie eine Kugel mitten ins Herz. Aus und vorbei. Doch er war eine Kämpfernatur. Nein, nur ein Automat. Auch nicht. Eher einer, der die Lust am Untergang schätzte. Sehen, was passierte. Etwas haben, das man erzählen konnte. Ein Mann lebte nur, wenn er Geschichten erzählen konnte. Und dies war eine wahnsinnig gute Geschichte. Mit einer jungen Frau zu telefonieren, die ihn für ihren Vater hielt, von der er aber nicht einmal den Vornamen wusste. Hatte Schackstedt, dieser Idiot, in seinem Info glattweg vergessen, dass Lapaczinsky eine Tochter hatte. Was für ein Kunstfehler.

Enver ging aufs Ganze, als er zum Telefon eilte und Petra O. fragte: «Meine Tochter, welche denn?» Doch die Haushälterin lachte nur und merkte an, dass es ihm so schlecht ja nicht mehr gehen könnte. Spontan entschied er sich, einen gestressten und übel gelaunten Vater zu geben.

«Du … Zu Hause, was ist denn!? Mir geht's nicht gut, nicht wahr, ich hab mich *krankgechrieben.* Gleich kommt aber Menz, mich abzuholen.»

«Entschuldige, Dad … Du klingst so komisch …»

«Ja, ich kann mich kaum auf den Beinen halten, eine Sommergrippe *wahrcheinlich.* Dazu mein Kreislauf, nicht wahr. Aber …» Er hielt ein Papier vor die Sprechmuschel und fuhr mit der freien Hand die Schnur auf und ab. «Hallo …!? Bist du noch da? Die Verbindung ist so *chlecht*. Erzähl doch mal …» Diese Wendung hatte er von seiner Therapeutin. Sie wirkte fast immer.

Und Lapaczinskys Tochter begann auch wirklich loszulegen. «Du, Dad, ich will ja in den Semesterferien nach Neuseeland, weil ich ja nächstes Jahr in Palmerston studieren will, mal sehen, wie es dort so ist, Tim will aber unbedingt nach Indien. Schließlich studiere er Indologie. Sag mal, kannst du da nicht was machen und ihm im nächsten Jahr einen Job in Bangalore verschaffen, damit er dieses Jahr nach Neuseeland mitkommt …» Enver fand ihre Stimme sehr sympathisch. Überhaupt die ganze Tochter. Und da sie ja nicht seine Tochter war, konnte er sie vielleicht an Land ziehen, wenn er wieder er war und nicht mehr ihr Vater. Ein schönes Drehbuch.

Petra O. rief etwas von unten herauf. Er hielt den Hörer ein Stückchen weg, um sie besser verstehen zu können. «Schöne Grüße an Carolyn.»

Enver beschloss, ihr zum Zeichen seiner Dankbarkeit ein doppeltes Urlaubsgeld zu geben. Carolyn. Diese Information konnte Gold wert sein. Und sofort nutzte er sie: «Du, Carolyn, du hast mich überzeugt. Voll und ganz. Tim geht nächstes Jahr nach Bangalore, ich kümmere mich noch heute drum. Du, ansonsten … Ich muss jetzt. Menz wartet *chon* auf mich.»

«Dad, lass dich umarmen.»

Dazu war er gern bereit. Dass alles so gut gelaufen war, machte ihn euphorisch, und so kam es, dass der Komödiant wieder einmal mit ihm durchging. «Ja. Küßchen. Und grüß deine Mutter *chön* von mir.»

Beim Auflegen fiel ihm ein, dass Lapaczinskys Exfrau ja schon längst ins Reich der Toten eingegangen war.

EINS ZWEI DREI VIER FÜNF **SECHS** SIEBEN ACHT NEUN

Die GBE hatte ihr Berliner Domizil im Philip-Johnson-Haus in der Friedrichstraße, nahe dem legendären Checkpoint Charlie, einem Koloss aus Stein und Glas mit der Farbe trockener Elefantenhaut. Eine Festung war es geworden, was vor allen an den steinverkleideten, turmartigen Segmenten lag, die den Fassaden ihr Gepräge gaben und wie Zinnen wirkten. Extra aus Brasilien hatte man ihren hellgrauen Granit geholt, der geflammt war mit einem Stich ins Violette. Zwischen ihnen zogen sich in breiten Streifen die bleigrauen Glaspaneele und die grünlich schimmernden Fenster zum breiten Band aus Stein hinauf, das in Höhe des fünften Geschosses die Türme und mit ihnen das ganze Gebäude zusammenhielt wie eine Daube das Fass. Und dennoch, so seriös und langweilig das Ganze aussah, also der perfekte Gegensatz zur Spaßkultur war und damit das richtige Objekt für eine Bank, so wurde dies durch die schräg herausgekippten Glasdächer über den vier Eingängen gehörig konterkariert, denn die vermittelten den Eindruck, dass hier alles ein wenig aus den Fugen geraten sei und das Ganze im nächsten Augenblick wie ein Kartenhaus in sich zusammenstürzen könnte. Seit dem Fiasko der Bankgesellschaft Berlin, das den Regierenden Bürgermeister Eberhard Diepgen den Job und die Unsterblichkeit und den Steuerzahler einige Milliarden Euro gekostet hatte, war man in der Hauptstadt für diese Art Symbolik sehr empfänglich.

Enver Volle, der neben Diethard Menz in Lapaczinskys Wagen saß und sich der Friedrichstraße von Norden her näherte, hatte das Philip-Johnson-Haus deutlich vor Augen. Nicht etwa, weil er ein Konto bei der GBE besaß, die ließ Hungerleider wie ihn kaum an ihre Schalter, sondern weil er vor einiger Zeit in ihrer Eingangshalle einen Werbespot gedreht hatte. Er erinnerte sich nur noch dunkel daran: Es ging um eine besondere Form der Geldanlage, die einen Menschen zum Millionär machte, wenn er fünfhundert Jahre lang im Monat hundert Euro beiseite legte. Enver hatte damals abgewinkt. So lange zu leben, das schaffte er schon, aber wo sollte er die hundert Euro hernehmen?

Während Menz ihn chauffierte, trug er ihm vor, was es an diesem Nachmittag alles abzuhaken galt. Personal- und Sachentscheidungen, Gespräche mit Mitarbeitern, Kunden, Journalisten und Politikern. Auch das geschrumpfte Programm war noch umfangreich genug und jagte ihm Angst und Schrecken ein.

«Hoffentlich habe ich noch die Kraft, nicht wahr, das alles durchzustehen», sagte er und massierte sich die linke Brusthälfte. «Auf alle Fälle gehe ich noch diese Woche in die Klinik, um mich einmal gründlich durchchecken zu lassen. Dieser Kräfteverfall …» Er stöhnte auf. «Wenn es Krebs sein sollte, dann …» Er hatte es mit Schackstedt und Dr. Roitzsch nicht abgesprochen, aber ihm schien es von der Strategie her sinnvoll zu sein, den Suizid-Gedanken schon einmal ins Spiel zu bringen. Vielleicht war es besser, Lapaczinsky durch Selbstmord und nicht durch einen Unfall enden zu lassen.

Während er diesen Gedanken ventilierte, musste er immer wieder an Lapaczinskys Tochter denken. Carolyn. Ob sie ihn durchschaut hatte? Wenn ja, dann war sie sicher schon zur Polizei gegangen. Und die? Die würde sofort in die GBE gefahren sein, um ihm dort auf den Zahn zu fühlen. Was sollte er in diesem Falle machen: gleich aufgeben oder erst noch kämpfen? Was konnten sie ihm eigentlich anhaben, solange sich eine DNA-Analyse nicht dadurch erstellen ließ, dass man in ein Röhrchen pustete? Nichts. Also entschloss er sich zur bewährten Berliner Taktik: Frechheit siegt.

Menz sagte, er würde sich wirklich Sorgen um ihn machen, er sei so grüblerisch heute. «Was ich Ihnen abnehmen kann, Chef, das werde ich Ihnen auch abnehmen. Und alles so vorbereiten, dass Sie dann nachher ohne Mühe …»

«Danke, herzlichen Dank.» Enver legte ihm die Hand auf den Unterarm und nutzte die Gelegenheit, ganz nebenbei seine Sekretärin ins Spiel zu bringen, über die er bis jetzt viel zu wenig wusste. «Einiges wird mir ja auch Christine Thomas abnehmen, nicht wahr, aber in letzter Zeit, da …» Jetzt musste er es aufs Geratewohl versuchen; «… da macht sie mir etwas Sorgen …»

Menz nickte. «Ich kann mir schon denken, warum … Soll ich offen darüber sprechen oder …?»

«Nein, nur raus damit.»

«Sie möchte doch zu gerne noch drüben in den USA studieren. Die GBE bezahlt das, und sie kommt dann zurück und macht wirklich Karriere … Das ist ihr großer Traum. Aber bisher haben Sie ja alles abgeblockt.»

Enver gab sich selbstkritisch. «Aus reinem Egoismus, zugegeben, weil sie mir unentbehrlich *ercheint*. Aber mal sehen, was sich machen lässt.» Das brachte ihn auf eine Idee, die er sehr vergnüglich fand: Warum sollte er nicht seine anderthalb Tage als Lapaczinsky nutzen, um Wohltaten wie diese zu begehen. Harte Kündigungen zurücknehmen, fähige Leute endlich befördern, Leistungsträger mit Sonderprämien belohnen … Wenn Lapaczinsky unter der Erde war, konnte man das schwerlich wieder zurücknehmen, juristisch astrein wie es war. Unterschrift war eben Unterschrift und der Rechtsstaat etwas Wunderbares.

Von Frohnau bis zur Friedrichstraße Ecke Krausenstraße, das dauerte. Und freie Fahrt für die Spitzenkräfte der Banken und Konzerne gab es leider nicht, was Enver wunderte. Politiker und Staatsmänner bekamen ihre Blaulicht-Kolonne, nicht aber die Männer, an deren Strippen sie hingen.

«Da sind wir schon», sagte Menz und lenkte den Wagen in eine Parkbucht für VIPs. «Lassen Sie nur, Herr Lapaczinsky, ich nehme Ihre Tasche.»

Vorhang auf, das Spiel begann. Enver stieg aus und gab sich alle Mühe, nicht ins Parkett zu schauen. Langsam wich das Lampenfieber, und der Auftritt wurde zumindest in einem Maße Routine, dass er vergleichsweise unverkrampft agieren konnte. Wie eine mechanische Puppe, wie in Trance betrat er in Menz' Schlepp das Philip-Johnson-Haus von der Mauerstraße her. Sie überquerten einen kleinen Platz, dessen Pflaster, wie er wusste, den Grundriss der Böhmischen Kirche markierte, die hier einmal gestanden hatte und im Krieg zerstört worden war. An einer Skulptur mit Namen *Houseball* vorbei gelangten sie zu zwei sich rechtwinklig kreuzenden Binnenstraßen. Läden fehlten hier, es gab kein shoppendes Volk. Alles war von vornehmer Kühle und ließ Enver an ein Mausoleum denken. Sie kamen zu einer dreigeschossigen Halle, die ihn stark an ein Schwimmbad erinnerte, und spätestens hier erwartete er die Herren von der Kripo. «Es ist Anzeige gegen Sie erstattet worden. Sie stehen im Verdacht, nicht der Mann zu sein, als der Sie sich ausgeben. Würden Sie uns bitte zur Klärung des Sachverhalts folgen.»

Er hatte die Stimme zwar im Ohr, in Wirklichkeit gab es aber keine Kripo hier. Lapaczinskys Tochter hatte also nichts gemerkt. Erstaunlich. Aber vielleicht dadurch zu erklären, dass sie mit ihrem Vater nur noch selten zusammenkam und sich total von ihm entfremdet hatte. So wie er, Enver, von seinen eigenen Kindern.

Nun kam etwas, mit dem Enver nicht gerechnet hatte, obwohl es dazugehörte wie die Krone zum König: das devote Grüßen und Nicken seiner Untergebenen. Keiner entzog sich diesem Herrschaftsritual, weder der Pförtner, der erst recht nicht, noch der Herr Abteilungsleiter. «Siehst du den Hut dort auf der Stange ...» Das Landvogt-Geßler-Syndrom. Nicht ihm, Enver Volle beziehungsweise Christian Lapaczinsky, galt die Hoheitsbezeugung, sondern dem Amt des Vorstandschefs als solchem. Auch der echte Lapaczinsky war nichts als ein Rollenspieler. Insofern brauchte Enver gar nicht mal ein schlechtes Gewissen zu haben. Und keiner, dem sie bislang begegnet waren, hatte irgendwie das gewisse und von Enver so gefürchtete Erstaunen erkennen lassen.

Als sie nun in den Fahrstuhl stiegen, Menz mit seiner schweren Aktentasche neben ihm, und gleichsam in Tuchfühlung gingen, wurde die Sache auch nicht prekärer, und es blieb beim freundlich-verkrampften «Guten Tag, Herr Lapaczinsky». Bei einigen Praktikantinnen überzog eine leichte Röte die schön hergerichteten Gesichter. Vielleicht auch, weil Enver tat, was die Regie ihm vorgegeben hatte, und auf ihre Rocksäume guckte. Röcke zu tragen war offensichtlich geheime Vorschrift bei der GBE. Das läuft ja alles wunderbar, dachte Enver, wirklich alles bestens.

Da aber öffnete sich im zweiten Stockwerk die Fahrstuhltür, und es stieg eine Dame ein, eine Aktenmappe unterm Arm, bei deren Anblick er am liebsten im Boden versunken wäre: Mandy, seine gewesene Ehefrau aus Rostock. *Der Zufall macht vor keinem Halt.* Schlimmer hätte es nicht kommen können. Aber das war es eben, was das Ganze zum Vabanquespiel machte: dass es so viele Variablen gab, die man einfach nicht alle unter Kontrolle haben konnte. Nicht einmal ein so genialer Regisseur wie Dr. Roitzsch war dazu in der Lage.

Und Mandy Schwinkendorf, geschiedene Volle, starrte ihn wirklich viel länger an, als es einer Subalternen eigentlich gestattet war. Wahrscheinlich hatte sie viel zu wenig Phantasie und einen zu niedrigen IQ, ja, auch nicht die nötigen Informationen, um sich alles zusammenzureimen, doch ihr Erschrecken war ihr deutlich anzusehen: «Mann, hat der Lapaczinsky Ähnlichkeit mit meinem Ex, das gibt's doch nicht!»

Wie sollte er reagieren? Verriet er sich, wenn er sie ansprach? Durfte ein Vorstandschef wie er eine gewöhnliche Mitarbeiterin wie sie mit vollem Namen kennen? War es besser, sie anzusprechen, einfach an die Decke zu starren oder mit Menz belanglose Worte zu wechseln? Wenn Menz sozusagen seine Echtheit als Lapaczinsky garantierte, musste es bei ihr alle Zweifel zerstreuen. Spontan wählte er eine Mischung aus beiden Möglichkeiten.

«Sagen Sie, Herr Menz, Frau *Chwinkendorf* guckt so böse, haben wir irgendetwas getan, was sie hätte erzürnen können?» Dabei bemühte er sich so zu sprechen, wie er annahm, dass es ein hoher Banker tun würde. Viel geschraubter und nasaler jedenfalls als der Enver Volle, den sie vor sieben Jahren Hals über Kopf verlassen hatte.

«Ja …» Mandy wurde so krebsrot wie als junges Mädchen immer. «Ich bin ja erst seit zwei Monaten hier, aber … Ich wollte so gern zum Marketing, bin aber nun in der Kreditabteilung gelandet und da …»

Enver nickte und hätte fast gesagt, dass sie ja schon in der DDR im Außenhandel tätig gewesen sei. «Ja, *chön*, wir kümmern uns drum. Und danke für Ihre Offenheit.» Enver fand, ein sehr fähiger Chef zu sein. Sie strahlte, und er fand sie so süß wie damals, als sie zum ersten Mal ausgegangen waren. Zum Tanzen ins *Riverboat.* Sie musste aussteigen, und als er, um seinem Ruf als Rockfetischist gerecht zu werden, auf ihre Beine sah, wäre er ihr am liebsten gefolgt. Bei ihr wusste er, was er hatte. Nach ihr war nicht mehr viel gewesen. Ob er sie mal anrief, wenn das Lapaczinsky-Stück zu Ende war? Nein, sich mit ihr jetzt noch zu treffen, war ja wohl ausgeschlossen.

Sie waren in der Chefetage angekommen, und Menz hatte ihm den Vortritt gelassen. Natürlich. Aber damit stand er nun vor der Schwierigkeit, voranzugehen, ohne zu wissen, wo es langging. Nach links oder nach rechts? Zwar betrug die Wahrscheinlichkeit, den richtigen Weg einzuschlagen, gute 50 Prozent, was bei Wahlen zwar ein Traumergebnis war, hier aber entschieden zu wenig. Schlug er die falsche Richtung ein, musste auch ein Herr Menz stutzig werden. Was tun? Er bückte sich. «O, mein *Chnürsenkel* …» Damit war sein Assistent gezwungen, an ihm vorbeizugehen. Enver folgte ihm mit weiterhin gestiegener Zuversicht, das Unmögliche möglich zu machen.

Und dennoch bekam er weiche Knie, als Menz nach kurzem Anklopfen die Tür aufdrückte, neben der das Schild

CHRISTINE THOMAS
CHEFSEKRETARIAT

angeschraubt war. Sie stand neben ihrem Schreibtisch und war gerade dabei, Schackstedt ein Papier aus der Hand zu nehmen.

«Ah, Herr Lapaczinsky, endlich!», rief Konrad Schackstedt. «Wir hatten ja schon befürchtet, dass Sie …»

Enver erinnerte sich nicht mehr daran, dass sie Schackstedts gleichzeitiges Erscheinen auf der Bühne GBE in Hohen-Vietz besprochen hatten, aber es war sicherlich gut so. Auch die Sekretärin musste ja wissen, dass Lapaczinsky und Schackstedt sich aus Urzeiten kannten, und wenn Schackstedt ihn sozusagen als echt deklarierte, dann konnte es keine Zweifel geben.

Enver begrüßte erst Christine Thomas und dann Konrad Schackstedt mit festem Händedruck. Den Schweiß hatte er sich beim Eintreten unbemerkt am Anzug abwischen können. Erst danach musterte er ‹seine› Sekretärin. Was für eine Frau. Schick und selbstsicher wie eine TV-Moderatorin. Mitte dreißig vielleicht. Und sie trug keinen Rock, sondern einen Hosenanzug. Sicherlich um zu zeigen, wie souverän sie war, keine Beute für einen altersgeilen Mann wie Lapaczinsky. Enver war hingerissen von ihr. Wenn er in ein, zwei Jahren oben auf der Bühne stand, um den ‹Bambi›, die ‹Lola› oder den ‹Felix› in Empfang zu nehmen, dann sollte sie unten in der ersten Reihe sitzen. Als seine Begleiterin. Und mehr als das.

Kaum hatte er das gedacht und als Gefühlsaufwallung richtig registriert, da begriff er auch schon, dass er damit seinen entscheidenden Fehler begangen hatte, denn seine Wellen mussten sie erreicht haben, Wellen, die vom echten Lapaczinsky nie ausgegangen waren und sie folglich stutzig machen mussten. Trotz aller Absicherung durch Schackstedt und Menz. Enver sah das Flackern in ihren bernsteinfarbenen Augen, das berühmte Aha-Erlebnis. Und intelligent wie sie war, anders als Mandy, wusste sie, da war sich Enver ganz sicher, auf der Stelle Bescheid: «Schackstedt steht kurz vor der Insolvenz, und nur Lapaczinsky kann ihn noch retten. Und der wird sich geweigert haben, den Kreditvertrag zu unterschreiben. Also haben sie ihn gegen einen Doppelgänger ausgetauscht. Um mich in Sicherheit zu wiegen, turnt Schackstedt hier herum. Menz ist zu dumm, um etwas zu merken.» Das in etwa musste ihr in diesen Sekunden im Kopf herumgehen. Und nun? Würde sie aufschreien und im Handumdrehen alles auffliegen lassen? Nein, das war nicht ihre Art. Sie würde das Problem in aller Stille lösen, auch um ihre Bank zu schonen. Kein Institut überstand eine solche Affäre, kam sie denn ans Licht, unbeschadet. Und richtig, sie zögerte nicht, so zu tun, als ob.

«Herr Lapaczinsky, dann kommen Sie erst mal ...» Sie nahm Menz die schwere Aktentasche aus der Hand und öffnete die Tür zum ‹Allerheiligsten›. «Keinen Kaffee heute, nur Birnensaft. Und ich werde sehen, dass ich Ihnen so viel abnehmen kann wie irgend möglich. Danke, Herr Menz, Sie können dann wohl ... Sie sind ja nebenan im Büro, wenn etwas ...» Damit entließ sie Lapaczinskys rechte Hand und wandte sich, während Enver unschlüssig wartete, Schackstedt zu. «Wollen Sie noch kurz mit Herrn Lapaczinsky reden?»

«Ja ...» Schackstedt, so schien es Enver, war viel befangener als er selber. Nun ja, er war eben kein Schauspieler beziehungsweise, sagte man es mit der allgemeinen Wendung, nur ein schlechter Schauspieler. «Obwohl ja alles ... Aber schaden kann's ja nicht.»

Damit war Enver gezwungen, ihn vorangehen zu lassen, und hätte ihm bei dieser Gelegenheit am liebsten in den Hintern getreten. Das war ja nun wirklich überflüssig. Sollten sie sich hier in der Taubstummensprache unterhalten? Aber nicht einmal das erschien ihm angebracht, denn möglicherweise hatten bei der GBE nicht nur die Wände Ohren, sondern waren auch noch mit versteckten Kameras gespickt. Sicherheitshalber aber legte er den Finger auf den Mund, als er Schackstedt gegenüber Platz nahm. Jedes Wort war nun auf die Goldwaage zu legen.

«Nun, Herr *Chackstedt*, Sie können beruhigt sein, es ist so weit alles in trockenen Tüchern.» Er war sich nicht im Klaren darüber, ob sich Lapaczinsky und Schackstedt auch in offiziellen Gesprächen geduzt hatten, meinte aber: eher nicht. «Morgen um zehn, wir werden das möglicherweise wegen meiner angegriffenen Gesundheit etwas vorziehen, tagt der *Kreditauschuss* ... und wenn ich dann *unterchrieben* habe, können Sie noch am Nachmittag über das Geld verfügen, nicht wahr.» Irgendwie ritt ihn jetzt wieder einmal der Teufel. «Mit meiner *Unterchrift* ist die Sache klar: *Roma locuta, causa finita.*» Er freute sich, dass Schackstedt ihm nicht folgen konnte. Und fast hätte er einen Lachanfall bekommen, als er dachte: Das ist nun der Mann, mit dem zusammen ich die berühmte Leiche im Keller liegen habe.

Schackstedt erhob sich. «Kann ich also nichts anderes machen als abwarten und hoffen?»

«Ach, lieber Konrad, wer weiß, ob mich nicht bald der kühle Rasen deckt. Meine *Chwächeanfälle*, fast jeden Tag ... Gestern nacht im Auto. Fast wäre ich eine *Böchung* runter und ...»

Schackstedt verzog das Gesicht zu einer Grimasse, wie sie eindeutiger nicht sein konnte: Hör auf, du Idiot! Enver ignorierte es. «Und *chönen* Gruß an Dr. Roitzch.» Der war ein großartiger Stückeschreiber. Enver fragte sich aber, ob er die Rolle des Christian Lapaczinsky mit ihm wirklich optimal besetzt hatte, denn vielleicht hatte er doch zu viel Komödiantenblut in den Adern, um die Sache erfolgreich zu Ende zu bringen. Wie auch immer, Schackstedt wurde so verabschiedet, wie es sich schickte.

Dann war Enver allein in ‹seinem› Büro. Vom Grundriss her hatte es mehr Quadratmeter als eine 2½-Zimmer-Wohnung im sozialen Wohnungsbau. Das ist ja fast die Reichskanzlei, dachte er. Chefzimmer der Spitzenklasse. Edle Hölzer, Designer mit Weltruf. Enver stellte die Rückenlehne seines Ledersessels zurück, streckte sich aus und legte die Beine auf den konkav gekrümmten Schreibtisch. So ließ sich's leben. Ob es irgendeinen Dreh gab, sich selber Geld aufs Konto zu überweisen? Nein, hatte er ja gar nicht nötig, weil ihn Schackstedt und Roitzsch schon auf ganz legale Weise fürstlich entlohnen würden. Aber vielleicht konnte er anderen armen Schluckern eine kleine Freude machen? Der Rausch von Macht und Geld hatte ihn erfasst. Vielleicht war es gut, dass es in diesem Augenblick irgendwo auf seinem Riesenschreibtisch leise-vornehm fiepte. Er zuckte zusammen und geriet in Panik. Es gab Dutzende von Knöpfen – wo da drücken? Zweimal erwischte er den falschen, endlich kam die Stimme seiner Sekretärin aus einem der kleinen Lautsprecher: «Haben Sie einen Augenblick Zeit, Herr …» Dass sie das Lapaczinsky vergaß, stärkte Enver in seinem Glauben, dass sie ihn durchschaut hatte. Was nun, kam sie, um ihn zu erpressen oder ihm mitzuteilen, dass die Kripo gleich anrückte und alles ganz diskret behandeln würde?

Da schwebte sie schon herein. Wie im Film. Enver staunte, dass sich die Leute vom Set alle verkrümelt hatten. «Ich bringe nur schnell die Unterschriftenmappen. Es hat sich einiges angestaut …»

Bei mir auch, dachte Enver, als er auf ihre Schenkel starrte. Im Gegensatz zu Lapaczinsky erregten ihn Frauen in Hosen weit mehr als in Röcken. Schnell beugte er sich nach vorn über den Schreibtisch, um sich nichts anmerken zu lassen.

«Wie geht es Ihnen?», fragte sie, abwartend und offenbar doch ein wenig unentschlossen.

«Noch geht es …» Verzweifelt versuchte er sich klar zu machen, dass er hier nicht auf der Bühne eines Boulevardtheaters stand. «Nehmen Sie doch Platz …» Ob Lapaczinsky sie geduzt hatte? Nicht einmal das wusste er. Wahrscheinlich nicht, aber dennoch. Auch hier hatte die Regie versagt. Er verfluchte Roitzsch. Doch was machte das schon, wenn sie wirklich alles durchschaut hatte? Nicht alles, aber das Wesentliche. Sie setzte sich, und er war so fasziniert von ihr, dass es ihm die Sprache verschlug. Wie ein Sechzehnjähriger kam er sich vor, der plötzlich mit der besten Freundin seiner Mutter allein zu Hause ist und sich daran erinnert, dass man ihr nachsagt, alles zu vernaschen, was ihr in die Hände fällt. Hoffen und Bangen. Angstlust. Die Lust, das Tabu zu brechen. Endlich fand er die ersten Worte. «Ich habe etwas mit Ihnen zu besprechen …»

«Das kann ich mir vorstellen …» Sie gab perfekt die Sphinx. Ihre Bernsteinaugen passten zum Wüstensand.

Enver sah aus dem Fenster, hinauf in den Himmel über Berlin. «Ja … Sie wissen, dass es mir nicht gut geht, nicht wahr … Nun, es *cheint* Krebs zu sein, und ich denke daran, allem selbst ein Ende zu machen, bevor …» Ergriffen hielt er inne, sein Spiel selbst als Wirklichkeit nehmend. «Und darum will ich das tun, was ich bisher so strikt abgelehnt habe: Ihnen den Weg ebnen und spätestens morgen früh *unterchreiben*, dass die GBE Ihnen …» Er sah auf sein Telefon, wo neben den Tasten die Namen der engsten Mitarbeiter aufgeklebt waren, und drückte auf die, mit der er seinen persönlichen Referenten an den Apparat bekam. «Ja, hier *Lapachinski*. Herr Menz, sind Sie doch so nett und machen auf der Stelle alles fertig, damit Frau Thomas ein GBE-Stipendium für ein Studium in den USA erhält. Fünf Jahre, nicht wahr, und natürlich mit der Klausel, dass Sie es zurückzahlen muss, nur zurückzahlen muss, wenn sie im *Anchluss* daran nicht wieder zu uns zurückkommt. Danke, ja.» Er legte auf und sah sie an, um ein ausdrucksloses Gesicht bemüht.

«Vielen herzlichen Dank ...» Sie lächelte. «Ich werde zu Ihrer Beerdigung mit einer roten Rose kommen. Und wenn es ein Leben nach dem Tode geben sollte, dann ...»

Fast hätte Enver da erwidert: «Dann kommen Sie in die Volksbühne und sehen mich in einem Stück von Castorf ... oder im Kino auf der Leinwand. Aber dahin können wir auch gemeinsam gehen.» Doch er sagte nur mit allem Ernst, der zu einem Spitzenbanker passte, dass er als Materialist nicht an dieses Leben nach dem Tode glaube. «Aber ...» Doch schon dieses Aber war zu viel und ihm schien, als würde Dr. Roitzsch unten im Parkett sitzen und schreien: «Schluss jetzt!» So stand er nur auf, wusste nicht, wohin mit seinen Händen, und beschimpfte sich selbst in gewohnter Manier: Enver Volle, du blödes Schwein, hör endlich auf zu spinnen! Was sie auch für Motive haben sollte, der Deal mit ihr war gut und sie würde schweigen, was auch immer passierte. Oder? Ein Restrisiko blieb, aber darüber nachzudenken, lohnte sich nicht.

Christine Thomas war nun ebenfalls aufgestanden und wandte sich zum Gehen. «Soll ich Termine absagen, kann ich neue festmachen?»

Das war so geschäftsmäßig, dass seine ganze gedankliche Konstruktion sofort wieder ins Wanken geriet. Oder war es doch so zweideutig gemeint, dass es seine These stützte? «Nun ...» Sollte er nun auf die Selbstmord- oder sollte er auf die Unfallkarte setzen? Wieder hatte ihn die Regie im Stich gelassen. Irgendwie musste er sich entscheiden, und er entschied sich für das Sowohl-als-auch. «Sagen Sie nichts und machen Sie neue Termine ruhig aus, lassen Sie aber durchblicken, dass ich eventuell ins Krankenhaus muss.»

«Ja ...» Damit ging sie wieder, ohne sich noch einmal nach ihm umzudrehen, was ihn in unvorstellbarem Maße kränkte. Er sah sich als einzigartigen Menschen, als tollkühnen Abenteurer, als wunderbaren Schauspieler – und sie behandelte ihn wie jeden anderen 08/15-Vorgesetzten, ließ durch nichts erkennen, dass sie sich mit ihm einlassen wollte, wenn die Komödie hier zu Ende war. Nun gut … Er fiel in seinen Sessel zurück. Als Lapaczinsky war er hier, um zu arbeiten und die Maschinerie am Laufen zu halten. Hohe Summen standen auf dem Spiel, die Schicksale vieler Menschen. Er begann, die Unterschriftenmappe durchzuackern. Gelegenheit genug, für die alles entscheidende Unterschrift morgen Mittag zu üben. Erst jetzt fiel ihm auf, dass er dabei von einer netten jungen Dame aufmerksam beobachtet wurde. Ihr Foto stand am Rande des Schreibtisches. Wahrscheinlich war das ‹seine› Tochter Carolyn. Er zuckte zusammen: Gott, die ahnte ja noch immer nichts, dass ihr Vater schon lange tot war, dass sie es Mittwochmorgen erfahren würde, dass ihr Schreckliches bevorstand. Enver kam sich plötzlich gemein und schäbig vor, unendlich schäbig. «Wir sind alle Schweine …» Doch wie hätte er das ahnen können. Jetzt ließ sich nichts mehr rückgängig machen. Die üblichen Rechtfertigungsmechanismen setzten ein. Dass sie an Lapaczinskys Tod keine Schuld hatten, dass das alles ohnehin auf sie zugekommen wäre.

Enver ging auf und ab. Eine Scheißrolle war das, bei der man sich nur die Hände schmutzig machte. Hätte er bloß nicht zugesagt. Was hinderte ihn eigentlich daran, sich jetzt einfach davonzustehlen, sich am Bahnhof Friedrichstraße in die nächste Regionalbahn zu setzen, in die märkische Einöde zu fahren und für ein paar Wochen unterzutauchen? Nichts, denn genügend Geld hatte er sich vorhin bei Lapaczinsky in Frohnau schon in die Taschen gesteckt.

Schon war er an der Tür. Nein. Dann wäre er schuld an Schackstedts Pleite und am Verlust vieler Arbeitsplätze, schuld am Elend der Entlassenen. Und Christine Thomas käme niemals in die USA … und er niemals auf die große Bühne und in einen preisgekrönten Film. Er trat sich selber in den Hintern. «Weitermachen, Volle!» Er hatte es so laut gesprochen, dass Christine Thomas fragte, ob denn was sei. «Nein, nichts.» Nur, dass er dringend einmal musste. Durchfall drohte. Die Aufregung. Wo war denn hier die Toilette, hatten die Führungskräfte eine eigene? Sicher. Aber wo? Die Sekretärin zu fragen, schien ihm wenig opportun, trotz allem. Also schloss er die Tür auf, die direkt auf den Flur hinausging, und spähte vorsichtig nach links und nach rechts. Unwürdig eines Vorstandschefs, aber nicht anders zu machen. Wenn ihn einer beobachtete, dann … Es rumorte immer heftiger in seinen Därmen, er musste es wagen. Wenn er es nicht schaffte … Er hörte alle lästern: «Volle hat die Hosen voll, Volle hat die Hosen voll.» Unsinn, er war hier Lapaczinsky und nicht Volle. Dann würde sie ihn eben Lapaschisski nennen. Er lief in höchster Not in Richtung Fahrstuhl- und Versorgungstrakt, wo die Toiletten zu vermuten waren. Mehrere Mitarbeiter rannte er fast um. Erschrocken wichen sie zurück. Hatte es eine Katastrophe gegeben, war die GBE ebenso am Ende wie die Bankgesellschaft Berlin? Endlich hatte er eine Toilette gefunden, stürzte hinein - und bemerkte erst, nachdem er sich erleichtert hatte, dass er in die Damentoilette geraten war. Schöne Bescherung. Erwischten sie ihn da, stand ihm womöglich eine Anzeige wegen sexueller Belästigung ins Haus. Ihm, Unsinn, höchstens Lapaczinsky - und der war morgen tot. Die Kabinen nebenan schienen leer zu sein, also schloss er seine Tür seelenruhig und ging in den Vorraum, um sich die Hände zu waschen. Prompt kam eine Mitarbeiterin herein und schrie auf.

Enver schaffte es, cool zu bleiben. «Ich sehe nur nach, ob die Wasserhähne funktionieren. Wir haben den ganzen *Tich* voller *Bechwerden* …»

«O, dann bitte ich um Entschuldigung und bedanke mich …»

«Gern *gechehen.*» Enver wollte in sein Büro zurück, konnte sich aber nicht mehr daran erinnern, in welcher Richtung es lag. Peinlich. Fragte er, unterstellten sie ihm Alzheimer, Parkinson oder senile Demenz. So wollte er Lapaczinskys Ruf denn doch nicht schädigen. Ruf? Nachruf. Er machte sich auf die Suche nach einem Hinweisschild … und wäre fast zum zweiten Mal an diesem Tage seiner Exfrau in die Arme gelaufen. Mandy stand am Fahrstuhl und wartete offenbar auf jemanden. Dieser Jemand stieg auch Sekunden später aus … und erwies sich als Leon Volle, Envers Sohn, beider Sohn, der Herr versnobte Kulturjournalist aus Hamburg, der außer Bruno Ganz, Otto Sander und Legenden wie Emil Jannings, Gustaf Gründgens und Heinrich George niemanden kannte, der in Deutschland den Namen Schauspieler auch nur in etwa verdiente. Er war ihm seit Jahren aus dem Weg gegangen, und wenn er jetzt beim Anblick seines Sohnes die Flucht ergriff, dann schien ihm das normal zu sein. Zum Glück fand Enver nun ein Schild, das ihm die Richtung zu Lapaczinsky wies. Erschöpft sank er in ‹seinen› Sessel und war nahe daran, Roitzsch anzurufen und die doppelte Gage zu fordern. Was hatte sein Sohn in der GBE zu suchen? Wenn er nur hier war, um seine Mutter zu besuchen, dann war das keine unmittelbare Gefahr für ihn, wenn die Bank aber ein Kulturevent sponserte und Leon gekommen war, Lapaczinsky deswegen zu interviewen, dann … Kein schöner Gedanke.

Arbeit war das beste Mittel gegen Panik, aber was sollte er hier anpacken? Nie war die alte Beamtenweisheit richtiger als in seinem Falle: Wer arbeitet, macht Fehler – und darum soll man's lassen. So verfuhr er schließlich wie ein Lehrling am ersten Tag, zog sich einen Leitz-Ordner aus dem Regal und machte sich daran, ihn durchzugehen. Oben abgeheftet war ein

Prospekt, der die Vorteile des Hauses pries. «Herzstück ist das *Checkpoint Charlie Intranet*, das Ihnen neben der Bereitstellung von Internet-, Datenbank- und Network-Computeranschlüssen bedarfsgebündelt nach dem Prinzip der *Economy through Scale* im BBS = *Best-Buy-Service* das organisiert, was Sie bisher selber in die Hand nehmen mussten. Just plug in! Geht es um fällige Schuhreparaturen, Lebensmitteleinkäufe, Kunstwerk-Leasing oder Golfplatzreservierung, dann bemühen Sie den *cc-online-Service*. Für weltweite Anrufe ermittelt Ihnen unser LCR = *Least Cost Routing* den billigsten Tarif. Und wenn Sie ganz spezielle Probleme haben, dann wenden Sie sich bitte an SPOC, Ihren *Single Point Of Contact*.» Enver staunte. Da war er zum Wanderer zwischen den Welten geworden. Die lagen heute ganz eng beieinander, überlappten und überlagerten sich, und er brauchte nicht mehr wie Marco Polo jahrelang zu reisen, um von der einen in die andere zu gelangen.

Er stellte den Aktenordner ins Regal zurück und griff sich eine der Tageszeitungen, die auf dem Besuchertisch lagen. Aus alter Gewohnheit schlug er zuerst den Kulturteil auf. Vielleicht eine verspätete Kritik der *Yerma*-Aufführung. «Ganz besonders wusste Enver Volle als Victor zu gefallen. Ihn wünschen wir uns alsbald in großen Rollen, er hat das Zeug dazu, ein deutscher Dustin Hoffman zu werden.» Natürlich ließen sie sich über jeden hergelaufenen Hansel aus, nicht aber über ihn … Doch, da … Der Name Volle blitzte auf, und ihn zu sehen war wie ein kleiner Orgasmus. Doch sein Glück war nur von kurzer Dauer, schon kam der Frust, denn vor dem Volle stand nicht Enver, sondern Leon. *Ich bin nur, wenn ich in den Medien bin,* war der Artikel seines Sohnes überschrieben. Wollen wir vor uns selbst bestehen, schrieb Leon, und über eine ausreichende Ich-Identität verfügen, so geht das nur, wenn andere uns beachten. Die Aufmerksamkeit anderer ist ein genauso knappes Gut wie das Geld, und darum wird erbittert um jedes Quäntchen Aufmerksamkeit gerungen. Insofern wird man erst richtig reich, reich an Beachtung, wenn man im Fernsehen ist. Und um ins Fernsehen zu kommen, muss man immer schräger und schriller werden, sich seinen Samen rauben lassen oder erst zehn Menschen ermorden, zerstückeln und verzehren und dann einen Jungen retten, der im Zoo ins Krokodilbecken gefallen ist. Wir alle sind verdammt dazu, uns gut darzustellen, und dabei gilt: Wir sind, was wir scheinen.

Enver legte die Zeitung auf den Tisch zurück. Wir sind, was wir scheinen ... Das hieß, dass er für die anderen wirklich Lapaczinsky war, wenn er ihnen wie Lapaczinsky erschien. Das erklärte dann auch den Erfolg, den er bisher gehabt hatte, denn alle waren ja auf ihn hereingefallen. Alle, bis auf Christine Thomas. Aber die schien auch außergewöhnlich intelligent zu sein, insbesondere was die Empathie anging.

Kaum hatte er an sie gedacht, stand sie in der Tür. «Entschuldigung, aber um 16 Uhr wollten Sie noch einmal mit Herrn Zwotental reden ...»

«Zwotental, ja ...» Nie gehört, aber inzwischen hatte er schon einige Kniffe parat, sich aus der Affäre zu ziehen, sofern das bei seiner Sekretärin überhaupt noch nötig war. Er hatte einmal die Rolle eines Legasthenikers gespielt, der seinem Vorgesetzten verschwiegen hatte, dass er nicht lesen und schreiben konnte, und sich folglich dauernd Tricks ausdenken musste, dies zu kaschieren. «Tut mir Leid, ich habe gerade meine Brille verlegt ... Würden Sie bitte mal vorlesen, was da ...» «Zwotental, ja ...» wiederholte er also. «Mein Namensgedächtnis ... Warten Sie ... Zwotental ist der, der mir *chon* die ganze Zeit über auf die Nerven geht. Mit seiner Politik, da ...» Ihm war eingefallen, dass einmal ein Stadtrat namens Zwotental ein Off-Theater beehrt hatte.

Seine Sekretärin nickte. «Er sitzt in der Bezirksverordnetenversammlung von Charlottenburg-Wilmersdorf, will aber nun ins Abgeordnetenhaus.»

Da war Zwotental schon, und Enver begrüßte ihn zwar freundlich, ließ aber mit jeder Geste durchblicken, dass er wohl Wichtigeres zu tun hatte, als hier mit ihm zu sitzen und Kaffee zu trinken. Den ließ Christine Thomas gerade von einer Praktikantin bringen.

Enver hatte sehr viel gegen die Partei, für die Zwotental kandidieren wollte, und außerdem fand er den Mann herzlich unsympathisch. So ließ er sich auf keine langen Diskussionen ein. «Ich bin nun mal von altem *Chrot* und Korn, nicht wahr, und da heißt es bei mir ganz klar: Entweder – oder. Entweder die Bank – oder das Parlament. Ich verlange von meinen Mitarbeitern volle Hingabe, und diese volle Hingabe *chließt* aus, dass Sie viele Stunden im Monat im Abgeordnetenhaus zubringen. Und außerdem: Ich mag es nicht mehr lesen, wie verfilzt das alles in Berlin ist, das Bankgewerbe und die Politik. Sie müssen sich also *entcheiden.*»

Zwotental, ein Mann von etwa 35 Jahren, der sich alle Mühe gab, wie der junge Bill Clinton zu wirken, war nicht bereit, sich so abspeisen zu lassen. «Nein, Herr Lapaczinsky, Sie hatten mir doch bei unserem ersten Gespräch zugesichert …»

«Jetzt liegen die Dinge aber ganz anders.» Enver erhob sich. «Und da ich Ihrer *politichen* Karriere nicht im Wege stehen will, möchte ich Sie bitten, doch von sich aus zum nächstmöglichen Termin zu kündigen.» Enver genoss es, zum ersten Mal in seinem Leben Macht zu haben, Macht über Menschen. Bislang war er immer nur der Wurm gewesen, der sich gekrümmt hatte, nur der, der gefeuert worden war, nun hatte er die Macht, andere zu feuern. Bis morgen Mittag jedenfalls. So ließ sich das Leben genießen. Zwotental, in einer schlagenden Verbindung groß geworden, wie sein Schmiss vermuten ließ, blickte finster, als er wieder zur Tür ging, bewahrte aber die Contenance und drohte nicht etwa, Lapaczinsky zu entlarven. Also konnte Enver davon ausgehen, dass er nichts gerochen hatte. *Wir sind, was wir scheinen.* Sein Sohn schien damit Recht zu haben.

Enver sah auf die Uhr. Kurz vor fünf. Konnte er schon gehen oder musste ein Mann wie er so lange bleiben, bis er als Letzter das Licht ausmachen konnte? Waren die Mächtigen wirklich so frei, wie allenthalben geglaubt wurde? Er blickte auf seinen Terminkalender. Da war nichts weiter. Aber vor seiner Sekretärin konnte er ja schwerlich gehen. Also galt es durchzuhalten. Der 23. war heute schon … Er sah aus dem Fenster. 23 … 23 … Mit dieser Zahl hatte er früher einmal angenehme Gefühle assoziiert, was aber nur …? Mensch, ja: Mandys Geburtstag! Darum war also Leon nach Berlin gekommen. Schon griff er nach dem Hörer, um seine Sekretärin zu bitten, ihn mit Mandy zu verbinden. «Ja, eine Nummer hier im Haus, Frau *Chwinkendorf* …» Da traf es ihn wie ein elektrischer Schlag. «Nein, doch nicht, danke!» Und wieder aufgelegt. Gott, das wäre *der* Fehler seines Lebens gewesen, von Lapaczinskys Telefon aus über die hausinterne Leitung als Enver Volle bei Mandy anzurufen. Wenn sie auf ihrem Display Lapaczinskys Nummer gesehen und seine Stimme gehört hätte …

Sein Adrenalinspiegel war so in die Höhe geschnellt, dass er sich gar nicht mehr beruhigen konnte. Christine Thomas, die ihm die Unterlagen für die morgige Sitzung des Kreditausschusses brachte, fragte ihn, ob er nicht nach Hause fahren wolle. «Sie sehen wirklich schlecht aus. Soll Herr Menz Sie wieder … Nein, der muss ja gleich nach Eisenhüttenstadt … Wie jeden Montag.»

«Ja, na … Ich werd's *chon* alleine *chaffen.*» Er verabschiedete sich mit knappen Worten, um mit dem Fahrstuhl zu ‹seinem›

Wagen hinunterzufahren. Man stand dicht gedrängt, aber zwei jüngere Männer stiegen extra aus, um ihm Platz zu machen. Er nahm es hin, als hätte er nie anderes erlebt. Wie schnell man sich an eine solche Rolle gewöhnte, an die Rolle eines Privilegierten. Und da war keiner, der irgendeinen Zweifel an seiner Identität zu haben schien. Er spielte den Lapaczinsky nicht mehr, er war Lapaczinsky.

In Lapaczinskys Limousine fühlte er sich dann noch um einiges wohler. Wie in einem Panzer. Was sollte ihm noch passieren? Kaum hatte er es gedacht, da sah er beim Hinausrollen auf die Straße seine beiden Kinder am Rinnstein stehen. Leon und Peggy. Und er musste dicht an ihnen vorbei. Zum Glück schauten sie gerade zum anderen Eingang, wohl um ihre Mutter zu erwarten. Schnell setzte er sich Lapaczinskys Sonnenbrille auf. Gab es auch noch einen Hut? Nein. Na, dann … Die Scheibe schnell noch hoch. Der Verkehr war so dicht, dass es ewig dauern würde, bis er eine Lücke fand, sich einzufädeln. Er musste genau dort halten, wo sie standen. Sein eigen Fleisch und Blut. Sie sahen ihn an und tuschelten. Er konnte ihnen von den Gesichtern ablesen, was sie dachten: Das ist er! Unmöglich. Wie soll ein arbeitsloser Schauspieler zu so einem Schlitten kommen? Das ist Lapaczinsky. Aber diese Ähnlichkeit. Man müsste mal seine Stimme … Die Wagentür … Hör auf. Wir sehen Vater nur alle Jubeljahre mal. Siehst du nicht, wie ihn seine Leute grüßen.

«Schönen Feierabend noch, Herr Lapaczinsky. Ich hätte Sie ja noch gerne gesprochen, aber heute ist ja Montag und ich muss nach Eisenhüttenstadt.»

Wer hatte ihn gerettet: Menz. In diesem Augenblick konnte er endlich zu einem Vorstoß ansetzen, und mit einem wahren Formel-1-Start schoss er an seinen Kindern vorbei. Auch das war geschafft. Richtig euphorisch fuhr er nach Frohnau hinaus. Als er das Gartentor aufschloss und die Villa in der milden Nachmittagssonne vor sich sah, fühlte er sich ganz als Lapaczinsky: stolz über das Erreichte. Und zugleich wurde ihm schmerzhaft bewusst, dass er das alles ja nur etwa dreißig Stunden lang genießen konnte. In der Nacht vom Dienstag zum Mittwoch war ja alles vorbei. Oder? Während er die Haustür öffnete und in den Windfang trat, spielte er abermals durch, was wohl geschehen würde, wenn er sich Roitzsch und Schackstedt gegenüber weigerte, wieder Enver Volle zu werden. Nichts, denn wenn sie nicht mitspielten, konnte er ihnen drohen, jederzeit alles auffliegen zu lassen. Und sie hatten viel, viel mehr zu verlieren als er. Aber konnte er den Lapaczinsky auf Dauer durchhalten, auch wenn ihn ‹seine› Tochter Carolyn wirklich zu Gesicht bekam, wenn die Ärzte noch alte Röntgenbilder hatten und sie mit neuen verglichen, wenn es um die Blutgruppe ging? Warum nicht, andere hatten es doch geschafft, unzählige Naziverbrecher, die nach 45 mit anderer Identität ungestört weitergelebt hatten. Das waren andere Zeiten … Und dass Leon und Peggy ihren Vater irgendwann als vermisst melden würden, das war ja auch noch ins Kalkül zu ziehen, aber wahrscheinlich das kleinere Problem.

Er ging in die Küche und nahm sich ein Bier aus dem Kühlschrank. Aber wollte er das wirklich, für den Rest des Lebens Lapaczinsky sein? Nie mehr auf der Bühne stehen, nie mehr spielen, nie mehr den Beifall der Menge genießen? Nein, unvorstellbar für ihn, dafür war er zu sehr Vollblutschauspieler.

Das Telefon. Er musste erst einmal gucken, wo es stand, woher das Klingeln kam. Und sich dann, als er es hinten auf der Fensterbank entdeckt hatte, ermahnen, nicht «Enver Volle, ja bitte …» zu sagen. Er beließ es bei einem abweisenden: «Hallo …»

«Hier Konrad. Guten Abend, Lappa. Ich wollte mich nur mal

erkundigen, wie es dir gesundheitlich so geht. Bist du in der Bank gut über den Tag gekommen?»

«Ja, danke für die freundliche Nachfrage.» Enver hatte schnell begriffen, dass sie sozusagen verschlüsselt kommunizieren mussten. «Keine Probleme ... keine neue Herzattacke.» Dass Christine Thomas ihn aller Wahrscheinlichkeit nach durchschaut hatte, verschwieg er, ebenso wie den Schuss, den er ohnehin fast erfolgreich verdrängt hatte.

«Wie ist es heute mit einem kleinen Abendspaziergang? Wie immer: so gegen zehn?»

«Ist mir recht, ja. Du holst mich ab?» Das musste er fragen, da er nicht wusste, wo in Frohnau Schackstedt zu Hause war.

«Ja. Wir gehen dann an der S-Bahn lang und ...» Fast hätte sich nun Konrad Schackstedt verplappert.

«Gut. Bis dann.» Enver legte auf. Irgendwie war er übermütig und hätte gern noch etwas ganz Verrücktes angestellt, sich zum Beispiel 100 000 Euro von Lapaczinskys auf sein Konto überwiesen oder ... Er fuhr zusammen, denn das war eine Wahnsinnsidee ... oder als Lapaczinsky ein Testament verfasst, in dem dann unter anderem stand: «Der Berliner Schauspieler Enver Volle hat mir in meinem Leben so viel Freude gemacht, dass ich ihm meine Villa am Edelhofdamm vermache ...» Noch zögerte er, denn ... Wie genau würden sie die Unterschrift prüfen? Wie gut würden die Rechtsanwälte sein, die Carolyn Lapaczinsky womöglich in Bewegung setzte? Gleichzeitig leuchteten bei ihm Warnlampen auf: Der Mensch versuche die Götter nicht ...

Abermals das Telefon. Wer denn nun schon wieder? Wahrscheinlich Dr. Roitzsch, der auch gern wissen wollte, wie es in der GBE gelaufen war. Nein, eine Frauenstimme, leicht nörgelnd.

«Wo bleibst du denn?»

Ach du Scheiße! Eine von Lapaczinskys vielen ‹Damen›, das

war ihm auf der Stelle klar. Wie konnte er sich da aus der Affäre ziehen, ohne dass die Gute irgendwie Verdacht schöpfen konnte. Da fiel ihm nur sein beziehungsweise Lapaczinskys angegriffener Gesundheitszustand ein. «Du, ich hatte am Wochenende eine *chwere* Herzattacke …»

«Deswegen kannst du doch herkommen. Man muss ja unseren ‹jour fick› nicht immer wörtlich nehmen.»

Enver druckste herum. «Ja, gerne, aber …» Wenn er nur gewusst hätte: wohin. Und zu wem eigentlich.

«Was heißt hier: aber …!? Soll das heißen, dass du mit mir Schluss machen willst …?»

«Übermorgen ist sowieso Schluss mit uns», dachte er, sagte aber: «Nein, natürlich nicht, du weißt doch, dass ich dich … Nein, aber …» Endlich fiel ihm das ein, was ihn retten konnte. «Nein, aber Carolyn ist gerade gekommen und da …»

«Lügner du!»

«Wieso …?»

«Weil du mir letzten Montag erzählt hast, dass sie frühestens in den Semesterferien kommt. Eine Frau hast du schon bei dir, du Hurenbock, aber bestimmt nicht deine Tochter. Aber die lässt du jetzt schön in Ruhe und kommst her, sonst …» Das klang nicht nur wie das «Gehorch mir!» aus der Sexwerbung im nächtlichen Fernsehen, sondern nach einer echten Erpressung. Wer die Dame am anderen Ende der Leitung auch immer war, sie hatte Lapaczinsky in der Hand. Ließ sie sich mit ihrer Rache, wenn er heute nicht bei ihr erschien, bis morgen Abend Zeit, konnte man die Sache vergessen, sonst aber … Doch wenn er auch wirklich gewollt hätte, wie denn hinkommen zu ihr, wie sie finden, ohne sich mit diesbezüglichen Fragen zu entlarven …? Unmöglich. Er saß echt in der Bredouille. Und kein Dr. Roitzsch zur Stelle, der auch in einem solchen Fall einen Ausweg gewusst hätte. Noch ein Regiefehler.

«Was ist denn nun!?»

Enver wand sich. «Ich hätte ja *chon* gerne gewollt, aber …» Er wusste, dass dieses Aber sie wieder fuchsteufelswild werden ließ, aber anderes fiel ihm nicht ein. Gott, dann musste er es eben darauf ankommen lassen, so schnell würde sie ja sicher nicht zurückschlagen. «Du, wenn ich ganz ehrlich sein soll … Lass mir eine Woche Zeit, ich muss alles einmal zu Ende denken … Es tut mir Leid, aber …» Damit hatte er aufgelegt und nahm auch nicht mehr ab, sooft es in den nächsten zehn Minute auch klingelte.

Mit einem «Uff!», wie es Karl Mays Helden nicht besser ausgestoßen hätten, sank er in einen Sessel und ließ per Fernbedienung den Bildschirm aufflammen. In Nahost schossen sie aufeinander. Fast war es tröstlich, dass andere noch größere Sorgen hatten als er. Was gab es denn an Sport? Frauenfußball, Deutschland gegen Russland. Das war es nun wirklich nicht, was ihn ablenken konnte. Er stand auf und streifte durchs Haus. Im Billardzimmer hielt er inne und spielte eine Partie gegen sich selbst, das heißt: Lapaczinsky (gelber Spielball) gegen Volle (Spielball mit schwarzem Punkt). Lapaczinsky führte mit 13:8, als es an der Haustür klingelte. Er erschrak nicht sonderlich, denn im ersten Augenblick dachte er, dass das Schackstedt sei, der ihn ja abholen wollte. Aber war es schon halb zehn? Nein. Wer dann? Die Nachbarin wieder mit einem Paket? Er spähte durchs Fenster. Nein, nicht die Nachbarin, sondern … Gott, eine ungeheuer attraktive Frau im kleinen Schwarzen mit Beinen, die … und Schenkeln … Das konnte doch nur … Ohne jeden Zweifel, aggressiv, wie sie jetzt klingelte. Kairos, dachte Enver, der Moment, in dem sich das Schicksal eines Menschen entschied. Trieb gegen Vernunft. Er rang mit sich … und verlor. Na und? Vielleicht schwieg sie, ebenso wie Christine Thomas schweigen würde. Schon sprang er die Treppe hinunter.

Aber … Der Bedenkenträger in ihm ließ ihn auf die Bremse treten und erst einmal zur Gegensprechanlage gehen. «Wer ist da bitte?»

«Wer soll schon da sein!? Ich natürlich. Oxana.»

Oxana. Sehr exotisch. Nein, wahrscheinlich nur ihr ‹Künstlername›. Egal. Wenigstens wusste er nun, wie er sie anzureden hatte. «Moment, ich mach *chon* auf.» Er drückte auf den Türöffner. Es summte geheimnisvoll. Wie in Trance ging er auf sie zu. Fehlte nur der Trommelwirbel, die aufbrandende Schicksalsmelodie. Sie umarmte ihn stürmisch, leidenschaftlich. Auch wenn sie das weithin nur spielte, da war er zu sehr Schauspieler, um es nicht zu merken, so war er sich sicher, dass sie keine Nutte war, sondern ihn, also Lapaczinsky, wirklich liebte und begehrte, wenn es auch nur mit dem einen Ziel geschah, ihn sexuell abhängig von sich zu machen und dadurch die zweite Frau Lapaczinsky zu werden.

Wie auch immer, sie zögerte nicht lange, zumal sie bei der engen Umarmung, dem Reiben der Körper aneinander schnell bemerkt hatte, dass seine Erektion vom Feinsten war. Schon hatte sie ihn zu Boden gedrückt, noch auf der schummrigen Diele, und ihm, als er nun ergeben auf dem Rücken lag, den Reißverschluss geöffnet. Mit einem filmreif gehauchten «Christian …» spreizte sie die Schenkel, schob ihren weißen Slip zur Seite, ließ sich auf ihm nieder und begann ihren Ritt. Bald schrie er vor schmerzvoller Lust.

Plötzlich hielt sie inne. «Nanu … Sonst kommst du doch immer gleich, wenn er drin ist. Du bist sowieso so anders heute …»

Enver ließ sich nun endgültig fallen. Wenn schon ein Ende, dann wenigstens eines mit Lust und nicht mit Schrecken.

EINS ZWEI DREI VIER FÜNF SECHS **SIEBEN** ACHT NEUN

Leon Volle wohnte während seines kurzen Aufenthalts in Berlin selbstverständlich nicht im Hotel, sondern bei seiner Mutter in Adlershof. Da auch seine Schwester gekommen war, für zwei Tage aus Leipzig, hatten sie nach der kleinen Geburtstagsfeier noch bis weit in den Morgen hinein beisammengesessen und über alles geredet, was sie bewegte. Vor allem über die vergangenen Zeiten. Damals, als Papa noch bei uns war. Und auch jetzt beim Frühstück kam man immer wieder auf ihn zu sprechen.

«Ich kann mir nicht vorstellen, dass er jemals erwachsen werden wird», sagte Mandy Schwinkendorf. «Geht auf die fünfzig zu und lebt immer noch wie der ewige Student. Ständig am Existenzminimum.»

«Wenigstens hat er mich nicht überredet, Schauspielerin zu werden», warf Peggy ein. «‹Mach du bloß was Vernünftiges› – hat er mir immer eingehämmert.»

«Ob Jura nun was Vernünftiges ist», wandte Leon ein. «Ob man nun als Schauspieler arbeitslos ist oder als Juristin …»

«Das ist schon ein gewaltiger Unterschied.»

«Ja, der, dass du deiner Mutter erklären kannst, was Sache ist. Unter Umständen muss sie ihm nämlich Unterhalt zahlen, wenn er null Einkommen hat.»

Mandy Schwinkendorf schrie auf. «Eher bringe ich mich um! Oder besser: ihn …»

Peggy hing an ihrem Vater. «Leben und leben lassen. Du verdienst doch bei euch in der Bank nicht schlecht.»

«Hör mal: *Er* hat mich doch verlassen.»

«Dazu gehören immer zwei.»

Leon war bemüht, die Sache auf die Meta-Ebene zu heben. «Wenn man so will, seid ihr beide Opfer, Enver und du, Mama … Aus der DDR rüber in den Westen, nie so richtig angewachsen …»

«Quatsch!», fiel ihm seine Mutter ins Wort. «Das wäre überall und immer passiert, dass wir uns getrennt hätten. Ich: pünktlich, zuverlässig und penibel – und er: chaotisch und immer ein bisschen schmuddelig. Das kann anfangs gut gehen, da ist man scharf aufeinander, da ist das reizvoll mit den Gegensätzen, aber mit der Zeit, da …»

Leon hob sein Glas. «Auch wenn es nur Orangensaft ist: herzlichen Dank euch beiden, dass ihr in dieser Zeit wenigstens die Gemeinsamkeit hattet, uns zu zeugen. Prost. Und wenn Papa erst die Rollen bekommt, die seiner Schauspielkunst angemessen sind, dann … Es soll ja Wiedervereinigungen geben, die völlig unerwartet gewesen sind und eigentlich nie hätten stattfinden dürfen.»

Seine Mutter sah auf die Uhr. «Ich muss los. Eine Stunde habe ich mir freinehmen können, aber später als zehn darf ich nicht am Arbeitsplatz erscheinen.»

Nun begann auch Peggy zu lästern. «Ach, Mama, leg doch bitte ein Geständnis ab …»

«Was für ein Geständnis?»

«Dass du nur zur GBE gegangen bist, weil da der Chef so viel Ähnlichkeit mit Papa hat.»

«Hör doch auf mit dem Blödsinn!»

«Es lebe das Unbewusste», sagte Leon. «Und an dem wirst du noch viel Freud haben. Drücken wir uns die Daumen, dass

Lapaczinsky mal Präsident der Europäischen Notenbank wird, dann von den Globalisierungsgegnern entführt und monatelang im Dschungel festgehalten wird. Das gibt dann nachher einen Riesenfilm – und die Hauptrolle kann da nur einer spielen: Enver Volle.»

«Jetzt reicht's mir aber … Ich muss los.»

Peggy wollte zurück nach Leipzig und Leon nach Neukölln, um seinen Vater zu besuchen, was die beiden Frauen für sinnlos hielten, weil alle Versuche, ihn anzurufen, fehlgeschlagen waren.

«Das hat doch nichts zu sagen: Wenn er intensiv eine Rolle einübt, nimmt er doch nie ab.»

«Was das schon für 'ne Rolle sein wird», sagte Mandy Schwinkendorf. «Die einzige Rolle, die ich mir bei ihm vorstellen kann, ist die Klorolle … Aber wahrscheinlich fehlt ihm auch dazu das Geld, und er benutzt für diese Zwecke Zeitungspapier.»

«Hoffentlich nicht das der Blätter, wo meine Sachen drinstehen.»

Sie standen auf. Der Abschied war ebenso kurz wie herzlich.

Nun begann Leon sich auf seinen Vater zu konzentrieren. Der hatte ihm vieles vererbt, mit seinen Genen wie seiner Erziehung. Vor allem die Liebe zu Kunst und Kultur, aber auch den Hang zum unsteten Leben. Der Spießbürger als der erkorene Feind, nur nicht so werden wie der. «Wie eure Mutter, haha.» Leon nahm sich vor, einen langen Artikel über seinen Vater zu schreiben, unter einem Pseudonym, damit es nicht zu peinlich wurde, eine Hommage, die ihm vielleicht die Rollen verschaffte, die er verdient gehabt hätte.

In Neukölln stieg er aus und ging die Karl-Marx-Straße Richtung Hermannplatz hinauf. Neukölln, die sprichwörtliche Kulturwüste. Unsinn. Hier an der Karl-Marx-Straße gab es mit der ‹Neuköllner Oper› eine wunderbare kleine Bühne. Daneben befand sich das ‹Marionetten-Museum› mit einem Kindertheater, in dem sie wirklich immer wieder hübsche Stücke spielten. Er hatte neulich gerade einen Artikel darüber geschrieben. Die ‹Passage› mit ihren vielen Kinos und der ‹Saalbau› mit seinem unverwechselbaren Café vollendeten das Ganze. Immer mehr Schauspieler und andere Kulturschaffende zog es, wie er wusste, nach Neukölln. Siehe Enver Volle. Ein komisches Gefühl, über dieselben Steinplatten zu gehen, über die sein Vater immer ging. Leon blieb stehen. Sein Zahlengedächtnis war miserabel, und seinen Vater hatte er hier in Neukölln auch nur bestenfalls anderthalb Mal besucht, sodass es ihm schwer fiel, den richtigen Hauseingang auf Anhieb zu finden. Irgendwo in der Nähe des ‹Marionetten-Museums› musste es gewesen sein. Zu stolz und zu bequem, jemanden zu fragen, suchte er lange allein und sprach erst eine ältere Dame an, als er mit seiner eigenen Kunst am Ende war. «Ich suche meinen Vater, Herrn Volle, Enver, den Schauspieler …»

«Ick gloobe, da im Seitenflügel hinten.»

«Danke, ja …» Enver stieg eine zwar renovierte, aber dennoch sehr museale Treppe hinauf. Treppenstufen, Geländer und Linoleum stammten sicher aus der Gründerzeit. Da war das Namensschild. Leon hatte feuchte Finger, als er klingelte. Der eigene Vater und dann solch Lampenfieber. Nichts. Erneuter Versuch. «Papa, ich bin's, Leon …» Wieder nichts.

Hinter der gegenüberliegenden Tür waren Schritte zu hören, schlurfende Schritte, dann die Stimme eines Greises. «Der ist nich da, der is seit Samstag spurlos verschwunden. Ich hab 'n Paket für ihn abjenommen. Hoffentlich is dem nischt passiert. Wenn Sie der Sohn sind, jeben Se ma 'ne Vermisstenanzeige uff oder rufen Se int Leichenschauhaus an. Wenigstens de Pollizei, et passiert ja so ville heute.»

Enver hatte, als er am Vormittag in der Friedrichstraße in Lapaczinskys Sessel saß und auf den Beginn der Sitzung ‹seines› Kreditausschusses wartete, wirklich eine dunkle Ahnung davon, dass Leon nach Neukölln fahren würde, um mit ihm zu reden, stimuliert von Mandys Geburtstag wie auch der Begegnung vor der Bank. Was würde er machen, wenn er merkte, dass sein Vater nicht zu Hause war? Wahrscheinlich einen Nachbarn fragen, ob sie wohl wüssten, wo …? Enver unterhielt zu keinem engere Kontakte, sodass da nichts zu holen war. Der alte Heinrich nebenan nahm zwar hin und wieder für ihn an, was er per Versandhauskatalog bestellt hatte, aber mehr als ein paar Floskeln über das Wetter und Diepgens ruhmloses Ende tauschten sie nicht aus. War das alles schon ein Grund für Leon, die Wohnung aufbrechen zu lassen oder zur Polizei zu gehen und eine Vermisstenmeldung abzugeben? Nein, sicher nicht, denn er, Enver, galt als unsteter Mensch. Mal hier, mal da. Als Kulturjournalist kam Leon vielleicht auf die Idee, im Theater anzurufen, aber da würden sie ihm nur sagen: «Kommen Sie am Mittwochabend vorbei: Zur nächsten *Yerma* ist ihr Vater bestimmt wieder da.» Leon war also als Gefahrenquelle abzuhaken.

Und Oxana? Enver hätte jeden Eid geschworen, dass sie ihn nicht durchschaut hatte, zumal er sich beim Vögeln nicht entkleidet hatte. Hinterher hatten sie nicht viel gesprochen, sondern nur erschöpft nebeneinander gelegen. Plötzlich war sie aufgesprungen, hatte etwas gemurmelt, das sich wie «Mein Gott, mein Mann!» angehört hatte und war aus dem Haus gestürzt, ihn nur kurz küssend. Was mochte das zwischen Lapaczinsky und ihr für eine Beziehung gewesen sein? Eine sehr merkwürdige zumindest. Aber ihm, Enver, konnte das nur recht sein. Er überlegte, ob er Oxana irgendetwas zukommen lassen konnte oder sollte … Geld, ein Andenken? Am Mittwochmorgen würde sie ja in den Nachrichten hören, dass Lapaczinsky bei einem Autounfall ums Leben gekommen war. Selbstmord nicht ausgeschlossen. Hoffentlich war sie davon nicht so erschüttert, dass sie auch … Er hätte ihr gerne geholfen, denn schließlich verdankte er ihr das, was er in seinem internen Sprachgebrauch als ‹die Nummer meines Lebens› bezeichnete. Aber wie sollte er herausbekommen, wie sie mit vollem Namen hieß und wo sie wohnte? Vielleicht war sie in der GBE beschäftigt und Lapaczinsky hatte sie dort aufgerissen … Enver schaltete seinen Computer ein, doch der ließ sich nicht ohne Passwort in Gang setzen. Und nach dem zu fragen, ging wohl schlecht. Also suchte er nach der guten alten Telefonliste. Die war schnell gefunden, aber nirgendwo fand sich eine Oxana. Also doch nur eine Gunstgewerblerin …? Schon möglich, aber irgendwie hatte Enver das Gefühl, dass zwischen ihr und Lapaczinsky doch mehr war als der Warenaustausch Sex gegen Geld. Die entscheidende Frage war und blieb aber, ob sie ihn durchschaut hatte oder nicht. Wenn nein, dann konnte er ganz beruhigt sein, wenn ja, dann gab es zwei Möglichkeiten: Entweder sie forschte nach und ging danach zur Polizei, oder sie tat so, als ob sie das Ganze nichts anginge. Aber warum sollte sie, wenn sie an Lapaczinsky wirklich ein starkes inneres Interesse hatte … Enver kam zu dem Schluss, dass Oxana durchaus zu fürchten war. Jeden Augenblick konnte sie mit einem Kriminalbeamten zusammen im Vorzimmer erscheinen, und dann war er verloren, denn gegen DNA- und Sprachanalyse hatte er keine Chance. Ja, Gott, warum war sie nicht längst schon hier? Er überlegte. Doch wohl nur, weil sie Angst haben musste, mit seiner Enttarnung selber enttarnt zu werden. War sie womöglich die Gattin oder Geliebte einer einflussreichen Persönlichkeit? Enver gefiel dieser Gedanke, und er glaubte, auch Oxana nicht wirklich fürchten zu müssen.

Blieb Christine Thomas. Wenn sie es sich über Nacht vielleicht anders überlegt hatte …

Enver sah auf die Uhr. Noch anderthalb Stunden bis zum Beginn der alles entscheidenden Sitzung. Er machte sich anhand der ‹Gebrauchsanweisung›, die ihm Schackstedt und Dr. Roitzsch aufgeschrieben hatten, noch einmal mit den Herren vertraut, mit denen er sich zu beraten hatte. Am wichtigsten war Dr. Richter, der wie Guido Westerwelle aussehen sollte, dann kam Frau Klages-Mühlenbeck, die sie ihm als einen Typ wie Sabine Christiansen beschrieben hatten, und schließlich Gunnar Narius, der dem Senator Buddenbrook ähnlich sein sollte. Enver übte es, halblaut vor sich hin sprechend: «Selbstverständlich bin ich da Ihrer Ansicht, Herr Dr. Richter … Nein, Frau Klages-Mühlenbeck, mir ist durchaus bekannt, dass *Chackstedt* mit seinem ‹Railjet› große Probleme gehabt hat, ich kann Ihnen aber versichern, dass die nun alle restlos behoben sind und dieses Fahrzeug weltweit die Nummer eins geworden ist. Richtig, Herr Narius, ich sehe für *Chackstedts* STS durchaus reelle Zukunftschancen, auch wenn der Markt für *Chienenfahrzeuge* im Augenblick gesättigt *cheint.* Man muss nur den längeren Atem haben, denn die *Chiene* wird in den nächsten Jahrzehnten gegenüber der Straße mächtig aufholen. Zählen Sie doch nur einmal die Städte und Regionen, die Straßenbahnen neu bauen oder alte Linien reaktivieren wollen.» Enver fand, dass er gut in Form war. Was er sich die Nacht über zum Thema angelesen hatte, schien auszureichen, zumal wenn er Menz bat, die Sitzung wegen seiner Herz- und Kreislaufprobleme zu leiten.

Es klopfte, Christine Thomas trat ein und erschrak über sein Aussehen. Grau und eingefallen war sein Gesicht, schlaff die Haut, von Furchen durchzogen wie ein Sandberg nach einem starken Regenguss, verquollen und rot geädert die Augen, die

Mundwinkel depressiv nach unten gezogen. Dass sie so erschrocken war, freute ihn, denn er hatte sich alle Mühe gegeben, so auszusehen: ausgelaugt, todkrank, am Ende. Er hatte kaum zwei Stunden geschlafen, viel Kaffee und Wein getrunken und seine Rolle geübt.

Enver fuhr sich mit der rechten Hand über das Gesicht. Der Zeigefinger rieb seinen linken, der Daumen seinen rechten Augapfel, dann glitten sie jeweils auf ihrer Seite nach unten, massierten die Nasenflügel, öffneten sich noch einmal über dem Mund, um schließlich am Kinn zusammenzutreffen. «Ich habe heute Nacht geträumt … Ach, lassen wir das. Was gibt es noch zu tun für mich, ehe ich …»

«Um halb elf kommt Herr Menz, um mit Ihnen noch einmal die Kreditanträge durchzugehen, und in zehn Minuten wäre die Delegation aus China zu begrüßen. Da müssten Sie eigentlich ein paar Worte auf Englisch sagen …»

Er sah sie an. «Wo ist da das Problem?» Und fast hätte er hinzugefügt: «Ich hab schließlich zwei Jahre in London Theater gespielt.» Zu spät machte es nun «Klick» bei ihm, und er bemühte sich, obwohl es bei Christine Thomas wahrscheinlich gar nicht Not getan hätte, um eine schnelle Korrektur seines Fehlers. Klar: Lapaczinskys Englisch dürfte grausam gewesen sein, also sagte er, dass er sich zu dieser seiner Schwäche wohl bekenne. «Man muss auch mal den Mut haben, dass die Leute über einen lachen. Aber mit einem *Dolmetcher* steht man noch *chlechter* da.»

«Wenn Sie es selber sagen … Also wollen Sie in den Sitzungssaal kommen und den Herren kurz etwas über die GBE erzählen?»

«Ich muss, also will ich auch.»

Schön und gut, aber wo lag dieser Sitzungssaal? Zum Glück gab es im Vorzimmer einen Büroplan, und er musste nur den

Augenblick abpassen, wo Christine Thomas einmal draußen war … Das dauerte, aber er schaffte es noch rechtzeitig, sich kundig zu machen. Auf dem Flur traf er auf einen Mann etwa seines Alters, der ihn ganz besonders vertraulich begrüßte. Vorsicht also. Der Mann kam ihm irgendwie bekannt vor. Den hatte er schon mal gesehen, aber wo …? Mensch, ja, die Ähnlichkeit mit dem F.D.P.-Vorsitzenden. So konnte er es wagen. «Hallo, Herr Dr. Richter, auch auf dem Wege zu unseren Chinesen …?»

«Nein, aber wir sehen uns ja nachher, wenn wir über die Kredite …» Lapaczinskys Kollege stutzte. «Es soll Ihnen nicht gut gehen …» Auf seinem Gesicht ließ sich ablesen, was er dachte: «Sie sind ja gar nicht mehr wiederzuerkennen, mein Lieber, Sie sind ja ein ganz anderer Mensch geworden. Gott, Krebs wahrscheinlich …»

Enver sah zu Boden. «Herz und Kreislauf. Ein Virus *wahrcheinlich.* Hoffentlich nur ein Virus und nicht … Ich will mich heute Nachmittag richtig durchchecken lassen. Die Sitzung nachher noch … Die Sache mit *Chackstedt* liegt mir doch sehr am Herzen. Ich hoffe, Sie werden keine allzu großen Bedenken dagegen haben, dass wir die STS mit einem Sofortkredit noch einmal retten …»

«Nein, nein», sagte Dr. Richter, und Enver war sich sicher, dass der eigentlich dagegen war und nur zustimmte, weil er bei Lapaczinsky Krebs vermutete.

Enver konnte aufatmen. Wieder eine entscheidende Hürde genommen. Doch seine Zuversicht war nicht mehr ganz so groß, als er in den Sitzungssaal kam, denn dort hatte sich nicht nur die Delegation aus China eingefunden, sondern auch ein Team der *Berliner Abendschau.* Wenn sie den Beitrag sendeten, war es vielleicht 19 Uhr 40 – und Lapaczinsky starb erst kurz nach Mitternacht. Zeit genug für Leon und den einen oder anderen, sich so seine Gedanken zu machen. Egal, spiel deine Rolle zu Ende und vergiss es. So begrüßte er die Chinesen mit vollendeter Höflichkeit einzeln mit Handschlag und trat dann ans Rednerpult. Die Schwierigkeit bestand nun darin, nicht ein nahezu perfektes Englisch an den Tag zu legen und sich dadurch zu entlarven. Wie mochte Lapaczinsky gesprochen haben? Wenn er vom Berliner Hinterhof kam, dann vor allem mit einem th, das nichts anderes als ein gelispeltes Z war. Und sein Sprachfehler, wie würde sich der im «*Englichen*» bemerkbar machen …? «…ßis wors ä *dezichen*, *witch* was verie riskie for as, bikors aua *chance* to make mannie wors not verie hai.» Die Gefahr war die, dabei zur Knallcharge zu werden. So war ihm ziemlich mulmig zumute, als er begann. Doch die gängigen Begrüßungsfloskeln gelangen ihm gut. Er traf offenbar Lapaczinskys Tonfall und Aussprache so, dass es nicht übertrieben wirkte, sondern von den zahlreich erschienenen Mitarbeiterinnen und Mitarbeitern der GBE durchaus als echt empfunden wurde. Wir sind, was wir scheinen. Er war authentisch für sie, weil es für sie weit jenseits all ihrer Vorstellungskraft lag, dass ihr Vorstandschef gedoubelt werden konnte.

Enver machte seine Sache so gut, weil er, wie Lapaczinsky es getan hätte, seine Sätze im Kopf erst auf Deutsch formulierte und dann zu übersetzen versuchte. Dabei kam ihm zugute, dass er einmal in einer WG mit einem Studenten aus Taiwan zusammen gewohnt hatte, einem Fachmann für chinesische Strategeme, Lebens- und Überlebenslisten. An einige konnte er sich noch erinnern. Zum Beispiel: «Das Feuer am gegenüberliegenden Ufer beobachten.» Das war das Strategem der Nichtintervention. «This is the philosophy of our house. To wait until the other side was exhausted …» Wobei er, echt Lapaczinsky, ‹zse ozser sait› sagte. Er entschuldigte sich, dass er wegen seiner plötzlichen Erkrankung nur wenige Worte sagen und die Gäste leider nicht auf ihrer Rundfahrt durch Berlin begleiten könne. Am Schluss bekam er viel Beifall. Fast hätte er sich verbeugt …

Wieder im Büro, war er mit sich zufrieden. Doch das hielt nicht lange an. Seine nervöse Anspannung kehrte zurück, denn noch war der letzte Vorhang nicht gefallen; die große Schlüsselszene stand erst noch bevor.

Enver setzte sich an den Schreibtisch und ging noch einmal die Unterlagen durch, die Christine Thomas bereitgelegt hatte. Über fünf Kreditanträge war zu entscheiden. Der von Schackstedt kam als zweiter dran. Nein, er konnte sich das nicht alles einprägen, und es langweilte ihn auch über alle Maßen. Wenn er sich wirklich weigerte, die Lapaczinsky-Rolle wieder abzulegen, dann hatte er das Tag für Tag … Nicht schön, aber nicht ganz so schlimm, wie sich zu fragen, woher das Geld nehmen, das man brauchte, um sich eine Pizza zu kaufen. Die Frage war ja noch nicht geklärt, ob er nicht doch … Der erste Schritt war vor dem zweiten zu tun – und dennoch. Sein chinesischer Exfreund mit seinen Strategemen fiel ihm abermals ein. Noch eines hatte er im Gedächtnis behalten: «wu zhong sheng you». Das Kreator-Strategem: «Aus dem Nichtseienden entsteht das Seiende; aus dem Nichts entsteht ein Etwas.» Lapaczinsky war das Nicht(mehr)seiende und er der Seiende.

Während er noch überlegte, ob das Strategem wirklich auf ihn anzuwenden war, erschien Menz, um mit ihm kurz vor der Sitzung die letzten Einzelheiten durchzusprechen. Dann kam der Augenblick, wo sie sich in Richtung Besprechungszimmer in Bewegung setzten. Als Menz einmal kurz zur Seite schaute, spuckte er sich dreimal andeutungsweise über die Schulter und murmelte das rituelle: «Toi, toi, toi. Hals- und Beinbruch.» Dann dachte er in einer Art Selbsthypnose nur noch: Ich bin Lapaczinsky, ich bin Lapaczinsky, ich bin Lapaczinsky.

«Hier entlang», sagte Menz und stupste ihn leicht an den Ellenbogen. «Wir sind doch heute im ‹Märkischen Salon›.»

Enver hatte keine Ahnung, was das war, vermutete aber Bilder mit märkischen Landschaften und Heroen an den Wänden. Womit er dann auch Recht haben sollte. Der Eingang zum Besprechungszimmer war der Flaschenhals, wo sich alles staute: die Damen und Herren des Ausschusses wie die Schar ihrer Mitarbeiter. Enver nutzte die Chance, schon hier auf Distanz zu gehen, indem er auf seine rätselhafte Krankheit hinwies.

«Bitte mir nicht zu nahe zu kommen, denn wer weiß, was ich für einen Virus mit mir *herumchleppe*. Ach, ja, Afrika ... Seit wir mit der *Rienzi* an der Elfenbeinküste angelegt haben, geht das nun *chon* ...» Daraufhin wichen auch alle, Ebola und andere Seuchen im Sinn, prompt ein Stückchen zurück und vermieden es, ihm die Hand zu geben. Dr. Richter kannte er schon, dem nickte er ganz besonders freundlich zu. Wo waren die anderen Protagonisten? Wer sah wie Sabine Christiansen aus, wer wie Senator Buddenbrook? Ah, da waren sie. Er begrüßte sie mit Namen, womit er allerdings den ersten kleinen Fauxpas beging, denn Carola Klages-Mühlenbeck merkte leicht pikiert an, dass er ja im Allgemeinen ihren Namen nicht ganz zusammenbekäme. Das läge wohl am steten Fieber, das er habe. Keine schlechte Antwort, wie sich zeigte, denn alle, die es gehört hatten, waren nun gezwungen, ihn schonend zu behandeln.

Um einen ovalen Tisch aus hellem Edelholz standen viele Stühle, von denen einer etwas gleicher war als die anderen, eine Idee höher nämlich, und er schloss, dass das seiner war. Er machte sich, als er ihn ansteuerte, breiter, als er war. Macht war immer auch eine Sache der Körpersprache. Selbstverständlich warteten alle, bis er Platz genommen hatte, ehe sie sich selber setzten. Enver genoss es. Macht war auf alle Fälle eine schönere Sache als Ohnmacht. Er wusste nicht, dass das Gemälde, unter dem sein Stuhl stand, den brandenburgischen Markgrafen Waldemar den Großen zeigte, auch bekannt unter dem Beinamen «der Falsche». Er war 1319 gestorben, und dreißig Jahre später war ein alter Mann in die Mark gekommen und hatte behauptet, er sei der echte und rechte Markgraf, und damals habe man statt seiner einen toten Landstreicher ins Grab gelegt, damit er inkognito ins Heilige Land pilgern konnte, um für seine vielen Sünden zu büßen. Nun sei er zurückgekommen, um sein Land zu retten. Und alle, Bauern, Bürger, Bischöfe, Adlige und sogar der Kaiser, hielten ihn für echt.

Als alle saßen, eröffnete Enver die Sitzung des Kreditausschusses. «Meine sehr verehrten Damen und Herren, liebe Kolleginnen und Kollegen, ich heiße Sie herzlich willkommen zur …» Da brach er lieber ab, um nichts Falsches zu sagen. «Es dürfte sich herumgesprochen haben, dass ich gesundheitlich etwas *angechlagen* bin, und so wird Herr Menz mir heute einen wesentlichen Teil meiner Arbeit abnehmen. Es ist mir aber wichtig, dass wir die Tagesordnung Punkt für Punkt abarbeiten. Ich danke für Ihr Verständnis …» Er sah zu Menz hinüber, der rechts von ihm saß, und der kam ohne weitere Worte dazu, zum ersten Antrag Stellung zu nehmen. Enver konnte sich zurücklehnen. Irgendwie musste er es schaffen, sich den Schweiß von den Händen und der Stirn zu wischen, ohne dass es sonderlich auffiel. Oder … Sein Fieber. So zog er einfach ein Tempotaschentuch hervor. Kein edles Stück aus Seide. O … Na, ja … Sein Blick ging über die Gesichter der Ausschussmitglieder hinweg. Sechs waren es, fünf Männer, eine Frau. Was sagten die Augen, was sagte die Mimik? Nichts, was geeignet war, ihn zu beunruhigen. Nirgendwo schien Zweifel aufzuflackern, niemand neigte sich flüsternd zum Nachbarn hinüber.

Seine Chancen standen also gut, aber der Knackpunkt kam ja noch: der Antrag Schackstedt. Für ihn der absolute Dreh-

und Angelpunkt, für die anderen nur einer unter vielen. Das war zu berücksichtigen, dass er sich hier nicht in zu auffälliger Art und Weise echauffierte. Wussten eigentlich alle, dass er, Lapaczinsky, und Konrad Schackstedt enge Freunde waren? Wahrscheinlich ja. Was hieß das im Detail? Er kam nicht mehr dazu, dies so richtig zu durchdenken, denn schon hatte Menz die Sache Schackstedt aufgerufen. «Herr Lapaczinsky, möchten Sie dazu …»

«Ja …» Jetzt kam es darauf an. Die nächsten Sekunden entschieden über Sein oder Nichtsein. Und schlagartig war er souverän, eiskalt, echt Lapaczinsky. «Meine Damen und Herren … Beim Geld hört bekanntlich die *Freundchaft* auf, nicht wahr. Auch bei mir, auch im Falle *Chackstedt*. Und wenn ich jetzt dafür plädiere, der STS den beantragten Kredit zu bewilligen, dann *auschließlich* aus den Interessen unseres Hauses heraus, nicht wahr, denn als Sicherheit bekommen wir einen Teil des Firmengeländes … und das ist ein solches Filetstück, dass … Herr Menz, sind Sie doch bitte so freundlich, die Zahlen darüber …» Menz tat das mit einem solchen Geschick, wenn auch ein wenig hölzern und pedantisch, dass Enver nicht so ganz verstehen konnte, woher er den Spitznamen Demenz hatte. Der Neid wahrscheinlich, Mobbing. Enver hakte erst wieder ein, als Menz am Ende war. «Danke, sehr *chön* … Gibt es Fragen, Meinungsäußerungen dazu …? Dr. Richter, ja …» Von dem schien Enver keine Gefahr zu drohen.

«Eigentlich bin ich ja nicht ganz so froh darüber, dass wir nun schon wieder … Dass die STS noch immer keine schwarzen Zahlen schreibt, liegt ja nicht an der Unfähigkeit ihres Managements, denn Schackstedt und Dr. Roitzsch sind ja ganz außerordentlich gute Leute, sondern am total übersättigten Markt.»

«Richtig!», fiel da Carola Klages-Mühlenbeck ein. «Schließlich kann niemand zur selben Zeit in zwei Züge steigen und mit ihnen davonfahren.»

«Nein», merkte Gunnar Narius an. «Aber man kann von zehn Autofahrern sicherlich noch einen zweiten dahin bringen, in Schackstedts *Railjet* zu steigen, sodass dann auch der andere Zug nicht leer losfahren müsste.»

«Nicht bei unserem Autokanzler», warf ein Ausschussmitglied ein, das Enver nicht kannte.

«Aber die Grünen und die Bahn AG stehen dagegen», kam es von anderer Seite. «Von privaten Bahnbetreibern – von der Connex bis zu den Prignitzern – einmal ganz zu schweigen. Da ist genügend Bedarf vorhanden.«

Die Diskussion ging eine gute Viertelstunde hin und her, und es kamen all die Argumente auf den Tisch, die Enver vorher schon mit Menz erörtert hatte. Eine Mehrheit für den Kredit schien sich nicht abzuzeichnen. Wieder stand Enver der Angstschweiß auf der Stirn. Nun nicht deswegen, weil er fürchten musste, enttarnt zu werden, sondern wegen der Gefahr einer Abstimmungsniederlage. Was dann? War dann alles vergeblich gewesen? Sahen die Statuten vor, dass er den Kredit in diesem Falle allein und gegen die Mehrheit der Ausschussmitglieder gewähren konnte? Sicherlich nicht. Er warf sich nochmals in die Bresche. «Meine Damen und Herren … Womöglich ist dies meine letzte Sitzung, bevor ich ins Krankenhaus gehe und … Aber das soll und darf natürlich hier und jetzt keine Rolle spielen. Dennoch: ich würde nicht so gern mit einer Niederlage …» Heftiger konnte er die emotionale Keule nun wirklich nicht schwingen, für einige ging das jetzt schon fast in Richtung einer Nötigung. «Lassen wir rein sachliche Argumente *entcheiden*. Wofür steht denn das ‹Global› im Namen unseres Hauses? Doch wohl dafür, dass wir weltweit denken. Und weltweit denken, das heißt, zur Kenntnis zu nehmen, dass sich der *Chienenverkehr* weltweit im Aufwind befindet, nicht wahr, dass die Straßenbahn überall ihre Renaissance erlebt, als Tram wie als Stadtbahn, dass es überall neue U- und Expressbahnen gibt. Noch haben wir vielleicht Überkapazitäten, aber *chon* morgen wird es einen Mangel an Triebfahrzeugen geben. Denken Sie nur an die ehemaligen Ostblockländer, nicht wahr. Da fahren jetzt noch die Züge, die in Bremen oder Stuttgart ausrangiert wurden, aber wenn diese Staaten erst in der EU sind, werden sie moderne Fahrzeuge kaufen. Auch solche von *Chackstedt.* Und darum ist es klug, nicht wahr, auf die STS zu setzen und sie am Leben zu erhalten. Von der sozialen Komponente der Marktwirtchaft einmal ganz zu *chweigen*: der Erhaltung von Arbeitsplätzen. Ich bitte Sie um Ihre Zustimmung für diesen Kredit.» Schwer atmend lehnte er sich zurück, in der Gewissheit, seine Sache gut gemacht zu haben. Und er hörte die Kritiker sagen: «Genial, wie der Volle den Lapaczinsky angelegt hat.»

«Abstimmen!», rief Carola Klages-Mühlenbeck, und Enver dachte: «Ich könnt dich umbringen, du alte Kuh!»

Menz sah sich noch einmal hilfesuchend in der Runde um. «Ich hatte gehofft, wir würden einvernehmlich zu einer Entscheidung pro Schackstedt kommen ...»

«Sollte es schief gehen, fällt nachher wieder die Presse über uns her», sagte Carola Klages-Mühlenbeck. «Von wegen Berliner Filz.»

Enver wusste, dass dieses Argument ebenso gut wie hinterhältig war, aber was konnte er dagegensetzen? Sollte er sagen, dass er die alleinige Verantwortung dafür übernehme ... oder ging das formal gar nicht? Weil er es nicht wusste, schwieg er lieber.

«Dann bleibt uns wohl nichts weiter übrig, als zur Abstimmung zu schreiten», sagte Menz. «Wer ist dafür?» Drei Stimmberechtigte waren es. Als Enver seinen Arm ebenfalls hochheben wollte, drückte Menz ihn sanft auf den Tisch zurück. «Und wer dagegen?» Auch das waren drei, unter ihnen natürlich Carola Klages-Mühlenbeck. Ein Raunen ging durch den Raum, und Enver dachte: «Aus und vorbei!» Doch Menz sah ihn strahlend an. «Dann muss die Stimme des Vorstandsvorsitzenden den Ausschlag geben. Und da gehe ich wohl recht in der Annahme, dass Sie, Herr Lapaczinsky, für die Kreditgewährung stimmen werden …»

«So ist es», sagte Enver und bemühte sich dabei um einen besonders ruhigen Tonfall. Dabei hätte er am liebsten beide Arme emporgerissen, so stark war das Triumphgefühl, das ihn plötzlich überkam.

«Noch Ihre Unterschrift bitte, dann haben wir's … Machen wir's gleich, wenn Sie nachher sofort wegwollen.»

Enver Volle zückte Lapaczinskys goldenen Füllfederhalter, und es gelang ihm eine vollendete Spaghetti-Unterschrift.

«Die Lösung der Totenstarre ist im Allgemeinen drei Tage nach Todeseintritt abgeschlossen. Sollte das noch nicht der Fall sein, ‹bricht› man sie durch Beugen und Strecken eines Unterarmes oder eines Unterschenkels … Was Fäulnis und Verwesung der Leiche angeht, so findet sich nach zwei bis drei Tagen eine Grünverfärbung im Unterbauch. Fäulnisblasen, Auftreibung des Leibes, Fäulnisflüssigkeit aus Mund und Nase haben wir glücklicherweise erst nach zwei Wochen zu erwarten. Madenfraß kann allerdings schon nach ein bis zwei Tagen einsetzen … Na, wunderbar.» Dr. Roitzsch hatte sich anhand eines Standardwerkes der Kriminalpraxis ein wenig kundig gemacht und referierte nun darüber im Herrenhaus von Hohen-Vietz. Seine beiden Zuhörer, Enver und Schackstedt, hielten sich demonstrativ die Ohren zu, aber er bestand auf dieser kleinen Lektion. «Was sein muss, muss sein. Damit mir nachher keiner umfällt, wenn wir Lapaczinsky wieder anziehen müssen.»

Schackstedt trank den letzten Schluck Champagner, der im Glas verblieben war. «Ich hätte lieber noch ein Weilchen weitergefeiert, jetzt wo der Kredit in trockenen Tüchern ist.» Und so emotional, wie ihn vorher noch niemand erlebt hatte, riss er die Arme hoch und rief: «Hurra, die Firma ist gerettet! Mein Lebenswerk, es wird nicht untergehen.»

Roitzsch hob mahnend die Hand. «Einspruch, lieber Konrad. Gerettet sind wir erst, wenn Lapaczinskys Sarg auf dem

Frohnauer Friedhof ordnungsgemäß in die Tiefe gesenkt worden ist, also in vierzehn Tagen etwa. Offiziell ist er ja noch nicht mal tot. Und so wunderbar unser Freund Enver auch funktioniert hat, wir dürfen nicht verdrängen, dass der Tragikomödie zweiter Teil noch vor uns liegt, und zwar heute Nacht.»

Auch Enver registrierte, wie der Siegesrausch nun unaufhaltsam schwand, um einer geradezu archaischen Angst Platz zu machen. Mit allem ließ sich spielen, aber mit dem Tod … Er musste beide Hände auf den Magen pressen und war von Minute zu Minute stärker von dem Gefühl erfüllt, *verrückt* geworden zu sein, mit zwei anderen Irren in der Psychiatrie zu sitzen und auf den Pfleger zu warten. Was sie machten, war zu absurd, um es weiter zu verkraften. «Einen Toten in den Tod schicken … Müssen wir das Problem Lapaczinsky denn wirklich so lösen?» Enver war erstaunt, dass da einer mit seiner Stimme sprach.

Schackstedt setzte sein Glas auf den Tisch. «Wie sonst?»

«Einfach hier im Oderland lassen. Im Keller oder draußen irgendwo vergraben.»

Roitzsch schlug sich mit der flachen Hand gegen die Stirn. «O Enver, da können wir ja gleich 110 anrufen. Seine Sekretärin weiß doch, dass er in Hohen-Vietz gewesen ist.»

«Seine Sekretärin, du meinst: meine Sekretärin.» Als sie sich vorhin jubelnd in den Armen gelegen hatten, waren er und Roitzsch übereingekommen, sich fortan zu duzen. Komödianten aller Länder, vereinigt euch. «Also: Christine Thomas weiß natürlich, dass Lapaczinsky Freitagnachmittag nach Hohen-Vietz gefahren ist, dass ich es aber heute, am Dienstag also, auch getan habe, das weiß sie nicht. Somit wird es keinen Grund geben, ihn hier zu suchen, wenn die Vermisstenanzeige vorliegt, denn Montag und Dienstag war er höchstpersönlich und höchst lebendig wieder in der Bank.» Dass die Sekretärin ihn wahrscheinlich durchschaut hatte, verschwieg er, ebenso den stillschweigenden Deal mit ihr. Er hielt es für ebenso belanglos wie kontraproduktiv.

Schackstedt kam mit einem Einwand, der nicht so leicht vom Tisch zu wischen war. «Es geht das Gerücht, dass dieser ausgebrochene Psychopath mit dem komischen Namen …» Er kam nicht drauf, aber Roitzsch konnte ihm aushelfen. «Kickelhahn, ja … dass dieser Kickelhahn hier in der Gegend noch jemanden ermordet und irgendwo verbuddelt hat. In Reitwein vermissen sie einen Rentner, der mit dem Rad unterwegs gewesen ist. Sie werden jeden Quadratkilometer absuchen, womöglich mit diesen Phantomdüsenjägern und den eingebauten Infrarot-Kameras.»

Roitzsch gab ihm Recht. «Ein zu großes Risiko.» Er dachte nach. «Aber das ist nur zweitrangig. Lapaczinsky muss rechtmäßig für tot befunden und mit allem Drum und Dran beigesetzt werden, nur dann können wir uns sicher fühlen. Bis in alle Ewigkeit, Amen. Bleibt er verschwunden, ist jeder Tag für uns von bohrender Ungewissheit. Ausgeschlossen. Es hilft alles nichts: Wir müssen Lapaczinsky am Frohnauer Bahndamm sterben lassen.»

«Aber es ist doch hirnrissig, mit einem Toten durch die Gegend zu fahren.» Enver gab sich noch nicht geschlagen. «Wo wir jeden Augenblick in eine Verkehrskontrolle geraten können.»

«Du musst ja nicht gerade mit zweihundert Sachen über die märkischen Alleen rasen … auch wenn das alle tun.»

Auch Schackstedt litt Qualen bei dem Gedanken, im selben Auto wie sein toter Freund zu sitzen. «… vielleicht noch neben ihm, um ihn zu stützen …»

«Es ist ja noch gar nicht entschieden, wie wir das machen wollen», sagte Roitzsch. «Ob der Tote auf dem Rücksitz zwischen uns sitzt oder ob wir ihn in den Kofferraum packen …»

«Hör auf!», schrie Schackstedt.

«Nicht die Nerven verlieren!», mahnte Roitzsch. «Konrad, denk daran, dass du deinen Kredit erst endgültig sicher hast, wenn auch die letzten Trauergäste ihre Hand voll Erde auf Lapaczinskys Sarg geworfen haben. Bis jetzt hat im Wesentlichen Enver die Last getragen, nun sind wir alle drei gefordert.»

Enver fand, dass Schackstedts Bedenken nicht so ganz unbegründet waren. «Warum soll Lapaczinsky denn unbedingt in Berlin das Zeitliche segnen ...?»

«Weil es das Einfachste ist», erwiderte Roitzsch leicht unwirsch. «Da braucht man nicht viel zu erklären. Er kommt nachts nach Hause, ist total übermüdet und hat einen tödlichen Unfall.»

«Selbstmord wäre noch besser ... Oder?» Enver brachte seinen alten Gedanken ins Spiel.

«Selbstmord ohne Abschiedsbrief?», fragte Schackstedt.

«Ich kann ja noch schnell einen schreiben.»

Roitzsch winkte ab. «Jeder noch so schlechte Graphologe im LKA könnte das in zehn Minuten als Fälschung entlarven.»

«Aber der ganze Apparat wird doch nur in Bewegung gesetzt, wenn jemand Verdacht schöpft. Und das wird keiner, zumal ich in der Bank immer wieder angedeutet habe, dass ich krank bin und gar nicht mehr so weit vom Suizid entfernt. Christine Thomas wird das bestätigen können, hundertprozentig.»

«Verfallen wir noch einmal in tiefes Nachdenken über die optimale Lösung», sagte Roitzsch, dachte aber gar nicht daran zu schweigen, sondern redete ohne jede Pause weiter. «Ich kenne ja Frohnau seit Jahren und habe da ein ganz bestimmtes Bild vor Augen: wie der Wagen mit Lapaczinsky – tot und hinterm Steuer festgeschnallt – in der Burgfrauenstraße mit hoher Geschwindigkeit von der Fahrbahn abkommt, den Zaun durchschlägt und die Böschung hinunterrutscht … genau vor einen S-Bahn-Zug … und in Flammen aufgeht. Jede Hilfe kommt zu spät, und Lapaczinsky verbrennt bis zur Unkenntlichkeit. Es kann ein Unfall gewesen sein, wahrscheinlich aber Selbstmord, denn er ist in letzter Zeit immer sehr depressiv gewesen, ein ganz anderer Mensch, wie alle bestätigen werden, die ihm in den letzten Tagen begegnet sind.» Er sah erst Schackstedt, dann Enver an. «Was soll denn da schon schief gehen?»

«Wir setzen Murphy außer Kraft», sagte Enver. «Gratuliere.»

Roitzsch fuhr auf. «Murphys Gesetz, das ist doch schöngeistige Scheiße, wenn ich das mal so drastisch sagen darf. Dann dürfte ja kein Flugzeug glücklich landen, keine Operation gelingen … Das berühmte Restrisiko bleibt immer, aber unseres ist wirklich so gering, dass wir es darauf ankommen lassen können. Etwas anderes bleibt uns ja auch gar nicht übrig. Wer im Flugzeug sitzt und sich mitten über dem Atlantik befindet, kann ja auch nicht sagen: Kinder, jetzt hören wir mal auf zu fliegen.»

Enver war an dem Punkt angekommen, wo er genauso in Panik geriet wie vor dreißig Jahren bei einer Mathe-Klausur: die Gleichung bestand nur noch aus Unbekannten. Und gleich war abzugeben, irgendetwas musste er hinschreiben.

«Gehen wir mal ganz pragmatisch vor», sagte Roitzsch und zog einen beidseitig bedruckten DIN-A4-Bogen aus der Tasche. «Ich habe mir hier mal die Abfahrtzeiten der S-Bahn aus dem Internet geholt … Frohnau–Hermsdorf und Hermsdorf–Frohnau zwischen null und zwei Uhr. Ab Frohnau 0:09, 0:29, 0:49 und 1:49. Da wäre der Zug etwa eine halbe Minute später am Unfallort. Ab Hermsdorf 0:13, 0:33, 0:53, 1:13 und 1:35. Wobei der Zug anderthalb Minuten später an der Stelle wäre, wo wir … Gleich an der Fischgrundbrücke.»

Enver stellte die entscheidende Frage. «Timen wir die Sache

nun so, dass der S-Bahn-Zug in den brennenden Wagen rast – oder eben nicht …»

«S-Bahn-Züge rasen nicht», korrigierte ihn Schackstedt so nüchtern, als befände er sich in einem ganz normalen Kundengespräch. «Zumindest nicht an dieser Stelle, wo der Zug entweder gerade beim Anfahren ist oder aber schon abgebremst hat. Wegen der ab Frohnau eingleisigen Strecke, die direkt hinter dem Bahnhof beginnt, muss er schon vorher seine Geschwindigkeit herabsetzen.»

«Rast er also nicht, sondern …» Enver suchte nach dem passenden Wort. «… donnert, fährt, kracht der Zug also in Lapaczinskys Wagen … oder kracht er nicht?»

«Größer wäre der Effekt schon, wenn er es täte», urteilte Roitzsch. «In unserem Sinne jedenfalls.»

Schackstedt winkte ab. «Ich möchte nicht, dass Menschen zu Schaden kommen, wenn der Zug dann Feuer fangen sollte. Abgesehen davon, dass so ein Triebwagen Millionen kostet, denn sie setzen auf der S 1 ja keine alten Wagen mehr ein, sondern lassen nur noch die Baureihen 480 und 481 fahren.»

«Das ist ja nun auch egal, welche Baureihe da …» Enver verlor langsam die Geduld. «Lasst es uns schnell zu Ende bringen.»

Roitzsch atmete tief durch. «Der Wagen sollte in der Tat so auf die Schienen stürzen, dass er von keinem Zug erfasst wird. Dann würde der Fahrer womöglich rausspringen und gleich zu löschen anfangen. Und wenn nicht, dann vergeht auf alle Fälle eine viel längere Zeit … Ehe jemand von den Anwohnern das Feuer bemerkt und die Feuerwehr anruft … Weiter brauche ich das wohl nicht zu präzisieren …»

Enver dachte es dennoch mit halblauter Stimme. «Je verkohlter die Leiche, desto besser für uns.»

«Hören Sie auf!», rief Schackstedt.

«Ruhe, lasst mich mal rechnen.» Roitzsch warf ein paar

Bleistiftzahlen auf das Blatt mit den Fahrplanauszügen. «So … Zu früh darf es nicht sein, da sind zu viele noch wach und gehen mit ihrem Köter spazieren … Zu spät aber auch nicht, weil wir das nicht mehr verkraften … Ich schlage also vor: Punkt 0:57. 0:49 hat der Zug Richtung Innenstadt den Bahnhof Frohnau verlassen, und 0:56 ist der Zug aus Berlin in Frohnau eingetroffen und gleich weitergefahren nach Oranienburg. Wenn wirklich einer ausgestiegen ist, kann er nicht schon in der Burgfrauenstraße sein, höchstens am Zeltinger Platz, von wo er keine Sicht auf die Gleise hat. Alle einverstanden?»

«Was bleibt mir weiter übrig», sagte Schackstedt.

«Ja, einverstanden …» Auch Enver nickte. «Aber was soll denn dann mit mir passieren …? Ich kann mich doch nicht in Luft auflösen, nachdem ich aus dem Wagen gesprungen bin, in dem Lapaczinsky sitzt und … Laufe ich zu Fuß davon, ist das doch Mist. Und einen eigenen Wagen habe ich nicht.»

«Solltest du aber.»

«Haha.»

Schackstedt überlegte. «Zu mir nach Hause kommen … wie sieht's denn damit aus?»

Roitzsch schüttelte den Kopf. «Mir wäre wohler, wenn er so schnell wie möglich wieder in Neukölln ist und sein altes Leben aufnimmt. Ich werde Burgfrauenstraße, Ecke Am Biberbau auf Enver warten und ihn in deinem Wagen nach Hause fahren.»

«Das heißt dann praktisch, dass Herr Volle mit Lappas Leiche in Lappas Wagen nach Berlin fährt und wir beide in meinem hinterher …?» Schackstedt war anzusehen, dass ihm das ganz gut gefiel.

Enver hingegen war weniger angetan davon. «Ich allein mit Lapaczinsky – nee, Leute!»

«Tote beißen nicht», sagte Roitzsch.

«Sie stinken nur.»

Sie brauchten noch eine gute halbe Stunde, bis Roitzsch glaubte, die optimale Lösung gefunden zu haben. Und die sah dann so aus: «Du, Enver, fährst als Lapaczinsky verkleidet mit Konrads Wagen nach Berlin, hältst vor seinem Haus, steigst aus, klingelst … und wirst als ganz normaler Besucher von ihm eingelassen. Wir beide, Konrad und ich, sind nämlich schon eine Viertelstunde vorher eingetroffen … und zwar in Lapaczinskys Wagen, mit ihm als Leiche im Kofferraum. Unterwegs angehalten und kontrolliert zu werden ist dann unser Risiko, aber das geht sicherlich gegen null, abgesehen davon, dass uns hinten einer reinfährt oder wir anderweitig ‹verunfallen›. Aber das anzunehmen, wäre Unsinn. So … Wir fahren also mit Lapaczinsky in Konrads Garage und warten da auf dich. Wenn du dann am Fürstendamm eingetroffen bist, gibt es den Kleidertausch: Lapaczinsky bekommt seinen Anzug, seine Uhr und seine Schuhe zurück … und du ziehst deine alten Klamotten wieder an. Enver Volle wird wieder Enver Volle. Gut … Bis 0:50 muss das alles über die Bühne gegangen sein. Dann setzt du dich ans Steuer von Lapaczinskys Wagen und fährst in die Burgfrauenstraße, um den Unfall einzuleiten … Alles klar?»

Schackstedt nickte, Enver auch. Er war Schauspieler, und damit war es ihm in Fleisch und Blut übergegangen, widerspruchslos das zu tun, was Regisseure und Produzenten von ihm verlangten. Und ihm war klar, dass er die nächsten Stunden am besten bewältigte, wenn er immerzu dachte: «Das ist ja nur ein Film.»

Mit diesem Prinzip, so gut es war, stieß er aber bald an seine Grenzen, denn Lapaczinsky war kein Kollege, der kunstvoll einen Toten mimte, sondern ein wirklicher Leichnam. Die beginnende Verwesung, der süßliche Geruch, ein einziger Horrortrip. Ein wenig half es aber, dass Roitzsch sich nun endlich überwinden konnte, dem Toten die Augen zuzudrücken. «Wenn er uns nicht mehr so vorwurfsvoll anstarrt, dann …» Es waren für Enver die schrecklichsten Minuten seines Lebens, Lapaczinsky aus dem Keller zu holen, zum Wagen zu tragen und ihn so ‹zurechtzufalten›, wie Roitzsch es nannte, dass er in den Kofferraum passte. Es gelang nur, indem er sich selbst zum Roboter machte.

Außerdem kam nun seine Angst wieder hoch, dass die beiden ihn doch hereinlegen wollten, dass er ihr Spiel nicht voll durchschaute. «Ich will ja nicht nachkarten», begann er, «aber … Ich nehme euch aber immer noch übel, dass ihr mir verschwiegen habt, dass einer Lapaczinsky umbringen will – vielleicht sogar ihr beiden selbst? Am ersten Abend in seiner Villa hat jedenfalls jemand auf mich geschossen!»

Schackstedt wurde blass und stammelte: «Auch das noch! Hat er also wirklich Ernst gemacht … Entschuldigung, aber wir haben das nicht für wichtig gehalten … Ja, so ein armer Schlucker, ein Verlierer, der glaubte, eine Rechnung mit Lappa offen zu haben, hat ihm ein paarmal gedroht. Aber Lappa hat ja selber immer gesagt: ‹Hunde, die bellen, beißen nicht.› Torsten Ramolla heißt er, Elektro-Ramolla.»

«Nach dem Schuss wird er Ruhe geben», sagte Dr. Roitzsch. «Das Ventil einmal geöffnet und dann …»

«Wenn sich die Polizei in Lapaczinskys Villa etwas genauer umsieht, wird sie vielleicht doch noch eine Einschussstelle finden», gab Enver zu bedenken. «Irgendwo in der Wand.»

«Soll sie.»

«Die Beamten werden sich aber wundern, dass Lapaczinsky nicht angerufen hat …»

Roitzsch gab sich weiterhin gelassen. «Na und: Je mysteriöser denen Lapaczinskys Leben erscheint, desto besser für uns.»

Enver hatte nicht mehr die Nerven, alles bis zum Ende

durchzudenken. Er war kein Schachgroßmeister. Sollte kommen, was kam.

Eine Erlösung war es dann, allein in Schackstedts Limousine zu sitzen und nach Berlin zu fahren, das Radio aufgedreht, in die sinkende Sonne hinein. Schackstedt und Roitzsch im ‹Leichenwagen› waren schnell seinen Blicken entschwunden. Sie mussten ja auch um einiges schneller sein als er. So etwas wie ‹Flow› erfasste ihn, das rauschhafte Einssein mit sich und dem Kosmos. Augenblick, verweile doch, du bist so schön. So liebte er das Leben. Prall und exotisch. Wie immer die Sache auch ausgehen würde: es war *der* Höhepunkt seines Lebens. Und für den lohnte sich ein jedes Risiko.

Pünktlich um 23 Uhr hielt er vor Schackstedts Villa am Fürstendamm. Ein wahrhaft fürstliches Anwesen hatten sich die Schackstedts zugelegt. Er stieg, als er keinen Fußgänger sah, schnell aus, um zu klingeln. Schackstedt verzichtete darauf, durch die Gegensprechanlage zu fragen, wer er denn sei, und betätigte ohne jede Verzögerung den Türöffner. Enver ging durch den Garten … Ein Gedanke durchzuckte ihn: ‹Wenn sie mich jetzt hier im Haus …› Ihn einfach abknallten. Der Mohr hatte seine Schuldigkeit getan … Nein, die beiden hatten auch so genügend Probleme. Was blieb ihm anderes, als ihnen zu vertrauen … Aber er wollte auf der Hut sein, jede Sekunde auf eine Attacke gefasst. Diesem Dr. Roitzsch war alles zuzutrauen. Dann stand er in der Halle.

«Schön, dass Sie da sind», sagte Schackstedt, und es klang so, als würde er den Klempner begrüßen, der ihm das verstopfte Abflussrohr wieder frei machen sollte. «Möchten Sie noch etwas trinken, Herr Volle?»

«Ja, so viel, dass es zum Vollrausch reicht.»

«Er bekommt höchstens ein Glas Mineralwasser bewilligt», sagte Roitzsch. «Und dann ab in die Garage: Rollentausch.»

Nun galt es, Lapaczinsky, der nur mit Unterhemd, Slip und Socken bekleidet war, wieder mit Oberhemd, Krawatte, Anzug und Schuhen zu versehen. Es war ein Horrortrip.

«Wenn die STS wirklich einmal Pleite gehen sollte, können wir wenigstens ein Bestattungsunternehmen aufmachen», sagte Roitzsch.

Schackstedt war wie gelähmt, konnte kaum mit anpacken und stammelte immer wieder: «Lappa, verzeih mir, ich wollte das nicht … Lappa, verzeih mir …»

Enver war davon so entnervt, dass er nicht mehr an sich halten konnte und mit Lapaczinskys Stimme wie aus dem Jenseits zu Schackstedt sprach: «Ja, mein lieber herzensguter Konrad, es ist *chon* alles vergeben und vergessen. Die Freundesliebe höret nimmer auf.»

Daraufhin wollte Schackstedt ihn ohrfeigen, doch Roitzsch ging dazwischen. «Kinder, macht mir nicht noch in letzter Sekunde meine kühne Konstruktion kaputt.»

Schließlich schafften sie es aber trotz allem Ekel und aller psychischen Erschütterungen, Lapaczinsky wieder anzukleiden und auf dem Beifahrersitz seines Wagens anzuschnallen. Infolge der wohl noch immer partiell vorhandenen Leichenstarre saß er so aufrecht, dass man meinen konnte, er sei gerade eingeschlafen.

Roitzsch sah auf die Uhr, die 0:50 zeigte. «So … Dann ab! Und viel Glück. Ich warte Am Biberbau auf dich.» Damit öffnete er das Garagentor. Im Wagen stank es furchtbar nach Benzin. Roitzsch hatte doch etwas ausgekippt. Als Brandbeschleuniger und um der Selbstmordthese Nahrung zu geben.

Enver fuhr hinaus in die Nacht. Es war wie beim Start einer Weltraumrakete. *Three … two … one … Ignition.* Nichts war mehr aufzuhalten. Aufstieg in den Himmel oder Explosion, das war hier die Frage. Enver genoss die Spannung, er war süchtig nach solchen Augenblicken. Wie ein Rennläufer hatte er sich die Strecke vorher eingeprägt und war sie in Gedanken x-mal abgefahren. Da war der Einschnitt der S-Bahn, da war die Fischgrundbrücke, der Zaun …

Menschenleer die Straße … Kein anderer Wagen in unmittelbarer Nähe … Schon der erste Landeanflug musste glücken.

Das Gaspedal durchgetreten, den Wagen herumgerissen … Der Crash … Durch den Zaun hindurch. Auf die Bremse. Er stand, etwas im Gebüsch verfangen. Schon hatte er sich abgeschnallt und die Tür aufgestoßen. Sie ging nicht recht auf, er musste dagegen treten. Doch er brauchte den Platz, um Lapaczinsky, nachdem er dessen Gurt gelöst hatte, auf den Fahrersitz zu ziehen. Die große Frage, ob schon ein anderer Autofahrer den ‹Unfall› entdeckt hatte und nun womöglich aus seinem Wagen sprang, um ihm zu helfen …? Das wäre der GAU gewesen. Nein. Dennoch geriet er in Panik, denn in der Hast gelang es ihm nicht sofort, Lapaczinskys Gurt einschnappen zu lassen. Dass er angeschnallt war, wenn er auf die Schienen krachte, war aber unabdingbar, denn wurde er vorher hinausgeschleudert, verbrannte er nicht. Und war die Leiche nicht verkohlt, hätte jeder Laie erkennen können, dass der Tod ihn schon lange vorher ereilt hatte. Also … Endlich machte es «Klick». Enver schlug die Tür zu und sprang nach hinten, um sich gegen den Wagen zu stemmen und ihn die Böschung hinunterzustoßen. Er war zu schwach dazu. Hilfe, ich … Er aktivierte die letzten Kraftreserven. Umsonst. Hilflos starrte er zu den Sternen hinauf. Was blieb ihm noch? Wegzurennen. Dann war alles verloren. Ohne sich weiter zu besinnen, lief er um den Wagen herum, riss die Tür auf der Beifahrerseite auf, hechtete mit dem Oberkörper hinein und angelte mit der rechten Hand nach dem Gaspedal. Lapaczinskys Füße waren ihm im Wege. Als wollte der verhindern, dass er … Da war es! Er drückte es nach unten. Der Wagen machte einen Satz nach vorn. Enver wurde ein Stück weit mitgeschleift, dann schaffte er es noch, sich zu befreien. Ohne das Stuntman-Training, das er vor Jahren absolviert hatte, wäre ihm das kaum gelungen. So aber konnte er sich mit den Beinen an einem dünnen Baum einhaken und wurde aus dem Wagen gezogen wie ein Korken aus der Flasche. Unten krachte der Wagen auf die S-Bahn-Gleise, geriet, wie vorausberechnet, mit blankem Metall gegen die Stromschiene und löste damit jenen Kurzschluss aus, dessen Funken dafür sorgten, dass alles explodierte und zu einem mächtigen Feuerball wurde. In dessen Schein sah Enver einen S-Bahn-Zug heranrollen und …

Er befreite sich von Ästen und Ranken, die wie Schlingpflanzen waren, und arbeitete sich die Böschung hinauf. Oben stand ja das Fluchtauto, saß Roitzsch wartend am Steuer.

DRITTER TEIL

HANS-JÜRGEN MANNHARDT

EINS ZWEI DREI VIER FÜNF SECHS SIEBEN ACHT NEUN

Hans-Jürgen Mannhardt saß am Schreibtisch und war unfähig, das zu tun, wofür er bezahlt wurde: die Ordner mit den unaufgeklärten Morden der letzten Jahre durchzugehen und zu gucken, ob sich irgendwo anhand neuer Erkenntnisse noch einmal ansetzen ließ. Aktuelle Fälle lagen nicht an, man hatte nur Bereitschaftsdienst. Er stand auf, nahm seine Dartpfeile aus dem alten Kaffeebecher, der eigentlich für Filzstifte, Marker und Kugelschreiber vorgesehen war, und begann mit seinem morgendlichen Training. ‹Round the Clock› hieß die erste Übung. Im Uhrzeigersinn waren alle Segmente der Scheibe hintereinander zu treffen: 1-18-4-13-6 usw. bis zur 20. Als er die vier mit den beiden ersten Pfeilen verfehlte, bekam er seinen ersten Wutanfall und jagte den dritten und letzten Pfeil mitten in den kleinen Bilderrahmen mit dem schönen Spruch

> Wer schaffen will,
> muss fröhlich sein.

Glas splitterte.

Seine geliebte Kollegin Yaiza Teetzmann steckte den Kopf zur Tür herein. «Is was?»

«Ja, ich habe soeben meine Kapsel mit dem Zyankali zerbissen.»

«Und: fühlste dich schon tot?»

«Ja.» Was gar nicht mal sonderlich gelogen war.

Um sich wenigstens ein bisschen Lustgewinn zu verschaffen, holte er sein Baguette aus der Schublade, belegt mit ökologisch angebautem Putenfleisch. Dazu gönnte er sich einen Blick in die Tageszeitung. Vielleicht gab es eine junge Schöne im kurzen Rock, einen Bericht über eine Razzia im Bordell oder eine farbige Beilage mit den Dessous der Saison. Doch stattdessen stieß er auf schreckliche Bilder und eine Überschrift, bei der ihm der Bissen im Halse stecken blieb.

Tod auf den Schienen: Bankier bei lebendigem Leibe verbrannt

Natürlich kannte er Christian Lapaczinsky. Wie alle in der Hauptstadt. Schon wegen seiner vielen Spenden an diese und jene Partei. Jene ganz besonders.

«Gegen 0 Uhr 57 Uhr», hieß es in der Zeitung, «hörten die Anwohner der Frohnauer Burgfrauenstraße ein explosionsartiges Krachen, als Christian Lapaczinsky, der Vorstandschef der *Global Bank Europe* (GBE), die Umzäunung durchbrochen hatte und mit seinem schweren BMW auf die S-Bahn-Gleise gestürzt war. Die Wucht des Aufpralls war so groß, dass der Wagen sofort in Flammen aufging. Der 46-jährige Vater zweier Kinder hatte offenbar eine Herzattacke erlitten und die Gewalt über das Steuer verloren. Die letzte S-Bahn der Linie 1, die den Bahnhof Frohnau mit fünf Minuten Verspätung verlassen hatte, konnte mit einer Notbremsung gerade noch wenige Zentimeter vor dem brennenden Fahrzeug zum Halten gebracht werden. Der Triebwagenführer ist mit einem Schock in ein nahe gelegenes Krankenhaus eingeliefert worden.»

Mannhardt erinnerte sich sofort an ähnliche Fälle. Vor einigen Monaten war an der U-Bahn-Linie nach Krumme Lanke ein Mann nach einem Schwächeanfall mit seinem Wagen auf den Schienen gelandet. In England hatte es bei der Eisenbahn eine Riesenkatastrophe gegeben, als ein Auto auf die Gleise gestürzt war.

Das Klingeln des Telefons riss ihn aus seinen Gedanken. Es war Heike, seine Lebensgefährtin. «Du – weißt du, wer gestorben ist?»

«Nein. Ich …?»

«Onkel Ernst!», rief Heike.

«Das kann doch nicht dein Ernst sein.»

«Hör doch mal auf, dich so infantil zu geben!»

Sie wurde nun regelrecht barsch. «Ich muss in die Redaktion. Ich wollte dir nur schnell sagen, dass sie mich angerufen haben und ich was erben soll.»

Mannhardt war erstaunt. «Ich hatte nie gewusst, dass du einen Onkel namens Ernst dein Eigen nennst.»

«Ich auch nicht. Das muss ein Cousin meiner Mutter sein. Ernst-August Glissen. Ein Kriegsblinder. Er soll sich meine Artikel immer gerne vorlesen lassen haben.»

«Wie viel hast du denn geerbt?»

«Keine Ahnung. Alle, die im Testament bedacht worden sind, treffen sich morgen nach der Beerdigung draußen in Lichtenrade in seinem Haus. Lortzingstraße.»

«Wer war Lord Zing?», fragte Mannhardt – und provozierte damit den Abbruch ihres Liebesgeflüsters. Es war nicht unbedingt sein Tag, obwohl die Sache einigen Spaß versprach. Immerhin hatte sie seine Lebensgeister so weit geweckt, dass er sich nun wieder seinen Akten zuwenden konnte.

Obenauf lag der von der Presse so genannte ‹Stullen-Mord› aus dem Jahre 1995. Da war der kaufmännische Angestellte Jürgen Reinholdt im Berliner Westhafen erschossen worden. Geraubt hatte man ihm seinen schwarzen Aktenkoffer, in dem sich statt der vermuteten Millionen nur ein Stadtplan, Kugelschreiber, die Zeitung und seine Butterbrote befunden hatten. Von den Tätern keine Spur. 1997 war der Bäckermeister Wolfgang Heinze in Lichtenberg in seinem Verkaufswagen ermordet worden. 1999 war der Geschäftsmann Piotr Blumenstock am späten Nachmittag in Zehlendorf erschossen worden, inmitten einer bürgerlichen Oase. Auf nichts war mehr Verlass …

Mannhardt flüchtete sich in die Idylle der «guten alten Zeit». Seit einigen Jahren sammelte er alles, was mit Dampfern zu tun hatte. Dampfer hießen in Berlin alle weiß gestrichenen Fahrgastschiffe, auch wenn sie schon längst mit einem Dieselmotor ausgerüstet waren. Auf Mannhardts Schreibtisch stand ein Modell des Haveldampfers ‹Berlin›, erbaut 1895 in Danzig für die ‹Oberspree-Dampfschiffahrts-Gesellschaft Tismer & Co›. Was er vor allem sammelte, waren aber alte Postkarten mit Dampfern drauf. Vorhin hatte ihm ein Kollege eine vom 18. August 1907 geschenkt, geschrieben von einem gewissen Karl Buhlmann an eine Dame namens Martha in der Kreuzberger Wrangelstraße. «Liebes Fräulein! Aus der Sommerfrische sende ich Ihnen herzliche Grüße …» Mannhardt rechnete. 1907 … Wenn der Mann da zwanzig Jahre alt gewesen war, hatte ihn der HErr spätestens 1980 heimgerufen, vorausgesetzt, er hatte die beiden Kriege überlebt. Mannhardt drehte die Postkarte um und erfreute sich am kolorierten Foto. An einem schmalen Wasserlauf lagen zwei weiße Ausflugsdampfer, ein dunkler Schleppdampfer und ein schwarzer Lastkahn, in Berlin auch Zille genannt, wie ‹Vater Zille›. Mannhardt schloss die Augen und versetzte sich zurück ins Jahr 1907, war jener Karl Buhlmann, der um die Gunst des Mädchens Martha buhlte … Da rief sie ihn an. Nein, es war noch einmal Heike.

«Ach, du …», entfuhr es ihm.

«Wen hattest du denn erwartet. Jennifer Lopez vielleicht? Und nun bist du enttäuscht …»

«Ganz im Gegenteil.»

«Danke. Du, ich hab Theaterkarten.»

Mannhardt reagierte auf diese Information, als hätte sie ihm mitgeteilt, ihre Tage zu haben. «Da kann man nichts gegen machen …» Nahezu an jedem Wochenende saßen sie mit ihrem Sohn in einem der vielen Berliner Kindertheater. So unlieb war es ihm nicht. Weil die Eltern, damit sie den lieben Kleinen die Sicht nicht versperrten, immer hinten oder ganz am Rande saßen, konnte er während der Vorstellung ungestört sein Nickerchen machen. Sich einfach fallen lassen. Der Theaterschlaf war das Schönste. «Was darf's denn diesmal sein: *Kasperle macht das Internet kaputt* oder was …?»

«Zwei Karten für uns. Heute Abend. *Yerma.*»

«Ah, was Griechisches.»

«Nein, was Spanisches, von Federico García Lorca.» Sie gab sich als Oberlehrerin. «Eine Tragödie um eine junge Frau, die ein Kind haben will, von der Gesellschaft gezwungen wird, eines zu wollen, aber keines bekommt. Kommst du mit?»

«Wo soll denn dieses Top-Event stattfinden?»

«Im ‹Theater ohne Namen›.»

Mannhardt stöhnte auf. «Und dann auch noch mit No-Name-Schauspielern …?»

«Ja, aber einer von ihnen könnte bald ein Shooting Star sein … und den soll ich interviewen. Ruben Uding heißt er. Die Oma holt Silvio nachher ab, und wir treffen uns dann gleich vorm Theater.»

«Wie heißt das nochmal? Ich kann mir doch nie Namen merken …»

Wieder endete ihr Gespräch ohne die landesüblichen Abschiedsrituale. Gerade wollte Mannhardt sich wieder in seine Aktenlektüre vertiefen, da klopfte es. «Ja, bitte, herein …»

Yaiza Teetzmann mit ihrem zweiten Aufritt. Sie kam an seinen Schreibtisch und setzte sich auf den Besucherstuhl. «Ich bin gekommen, um ein Geständnis abzulegen …»

Mannhardt stöhnte. «Du, ich bin wirklich in festen Händen und … Im nächsten Leben vielleicht.»

«Kannst du nicht mal ernst sein!?»

«Das Lied kenn ich irgendwie …»

Sie kam ohne lange Vorbereitung zum Schmetterball. «Ich bin schwanger …»

«Ich war's nun wirklich nicht. Sag: wen soll ich umbringen?»

«Er kommt aus Austin/Texas und ist Basketballer.»

Mannhardt stutzte. «Was denn: doch nicht etwa dieser Michael McGraw, der mal eine Woche bei Alba trainiert hat … bis sie ihm einen Korb gegeben haben. Anders als du …»

«Es war 'ne irre Zeit mit ihm.»

«Und was meinst du, wie schön das erst wird, wenn du mit deinem Kind später mal spazieren gehst. Ich meine, einmal im Jahr, wenn Fasching ist und alle 'ne Maske aufhaben.» Das bezog sich auf die Tatsache, dass Michael McGraw Farbiger war und Yaiza vor kurzem nach Brandenburg gezogen war … und zwar in eine Gemeinde, die als Hochburg militant-krimineller Rechter galt.

Yaiza Teetzmann schloss die Augen. Ihr Image als knallharte Powerfrau verbot es ihr, Tränen zu zeigen. Jeden Augenblick konnte ja die Tür aufgehen. «Michael ist zurück in die USA und spielt jetzt irgendwo an der Westküste … Wahrscheinlich hat er alles schon vergessen. Aber ich will ja sowieso nicht rüber … Auf keinen Fall. Und eine Abtreibung kommt auch nicht infrage. Aber dann …? Gerade bin ich raus aus Berlin … Die schöne Wohnung draußen …»

Mannhardt stand auf und legte ihr die Arme um die Schultern. Er kannte das. Seine Tochter hatte ähnliche Probleme gehabt. «Irgendwie wirst du's schon schaffen, so kräftig, wie du gebaut bist.»

«Als allein erziehende Mutter in unserem Beruf ... Die ungewissen Dienstzeiten immer, wenn akut was los ist.»

«Wenn eine das schafft, dann du. Es sind ja noch ein paar Monate Zeit, alles einzufädeln.»

Yaiza Teetzmann stand auf und küsste ihn auf die Stirn. «Danke ...» Als sie gegangen war, starrte Mannhardt lange aus dem Fenster. Wenn Yaiza Teetzmann eine Weile ausfiel, ob er da nicht versuchen sollte, seinen Abschied zu nehmen ...? Zum Amtsarzt gehen und alle Wehwehchen aufzählen, die er hatte ... «Alles hat seine Zeit», murmelte er.

Der Tag verging, ohne dass er hätte sagen können, wie und womit.

Kurz vor Feierabend rief Heike abermals an. «Wie kommt man denn mit Bahn und Bus zur Kollwitzstraße?»

«Keine Ahnung ...» Das war für einen eingeborenen Berliner eine schwache Leistung, aber er wusste es nicht. Noch immer waren bestimmte Ostberliner Areale für ihn als Westberliner die berühmten weißen Flecken auf der Landkarte. Gar nicht glücklich darüber, sah er auf dem Stadtplan nach. «U-Bahn Senefelderplatz.» Kaum hatte er den Namen ausgesprochen, erschrak er. Gab es den denn wirklich in Berlin ...? Es war ihm, als hätte er ihn nie gehört.

Beide schafften es pünktlich ins Theater. Mannhardt saß inmitten von Menschen, die so taten, als fände gleich ein Gottesdienst statt. Federico García Lorca ... Mannhardt überlegte, woher *er* einen García kannte ... War der nicht in der argentinischen Mannschaft gewesen, die 1990 im WM-Endspiel gegen die Deutschen 0:1 verloren hatte ...? Wie viel lieber hätte Mannhardt im Stadion als im Theater ohne Namen gesessen. Schon allein das Wort Theater schreckte ihn. Wie oft hatte sein Vater ihn angebrüllt: «Hör doch endlich auf, so ’n Theater zu machen!» Oder: «Was soll denn das ganze Theater!?» Theater hing immer mit negativen Sanktionen zusammen. Entweder man wurde angeschrien, mit dem Teppichklopfer verhauen oder zur Strafe in die Toilette gesperrt. Da hatte Katja Ebstein später noch so inbrünstig «Theater, Theater ...» singen können, es blieb für ihn negativ besetzt. Dazu kam, dass er, geboren noch im Lande Preußen, eine instinktive Abneigung gegen alles hatte, was prätentiös und aufgesetzt war, also auch gegen alle Menschen, die sich als Schöngeister gaben und bis zum Affigen kulturbewegt waren. Heike hingegen genoss die Szene.

Das Stück begann. Während sich der Vorhang hob, saß Yerma schlafend auf einem Stuhl, ein Nähkörbchen zu ihren Füßen. Auch Mannhardt wurde sofort schläfrig. Mein Gott, schon jetzt tat ihm der Hintern weh. Die Bühne war finster. Ein Hirte erschien, ein weiß gekleidetes Kind an der Hand. Endlich wandelte sich die Beleuchtung zur Helle eines Frühlingstages, und prompt erwachte auch Yerma. Nachdem sie im Off ein Kinderlied gesungen hatten, erschien der männliche Hauptdarsteller.

«Das ist Ruben Uding», flüsterte Heike.

So wie der hätte Mannhardt auch liebend gerne ausgesehen. Auf so einen Latin Lover flogen die Frauen. Als sie auf der Bühne dann von Windeln redeten, nahm er seine erste Auszeit. Wohlig ließ er sich fallen, und eine Ewigkeit schien vergangen zu sein, als ihm seine Gefährtin den Ellenbogen in die Rippen stieß. «Aufwachen!» Yerma war gerade dabei, hohe Poesie unters Volk zu bringen. Mannhardt registrierte nur, dass sie offenbar auch in Spanien Schwierigkeiten mit der Geburtenrate hatten. Dann schlief er abermals ein. Diesmal weckte ihn Yerma, die plötzlich schrie: «Verflucht sei mein Vater, der mir das Blut eines Vaters von hundert Söhnen vererbte!»

Mannhardt als Leiter einer Mordkommission kannte den Schluss, ohne von dem Stück jemals gehört zu haben. Und so kam es denn auch: Als sich herausstellt, dass ihr Mann zwar ein fürchterlicher Macho ist, aber keine Kinder zeugen kann, erwürgt Yerma ihn. Und zwar so echt, dass Ruben Uding noch immer etwas röchelte, als sie sich mit ihm eine halbe Stunde später zum Interview in einem nahen Bistro trafen.

«Ich hab noch einen Freund und Kollegen mitgebracht», sagte er.

Mannhardt gab auch dem anderen Schauspieler die Hand und fragte: «Wie hat Ihnen denn das Stück gefallen?»

Der andere staunte anhaltend. «Wie meinen Sie das? Sie haben doch eben das Stück gesehen ...»

«Ja ...» Mannhardt schaute ihn so ahnungslos an wie früher seine Mathematiklehrerin.

«Da habe ich doch mitgespielt! ... Als Victor, grüblerisch und unerschütterlich ernst. Ich bin es, von dem die Yerma sagt: ‹Eine so mächtige Stimme. Wie ein Wasserstrahl, der dir den Mund ganz ausfüllt.› Ich hätte ihr auch noch ganz was anderes ausfüllen können, aber ich muss fortgehen ... Das ist die wahre Tragödie ... Und das haben Sie nicht mitbekommen?»

«Doch, doch», log Mannhardt. In Wahrheit hatte er bei Victors Auftritten immer tief und fest geschlafen. «Nur ... hier im Halbdunkel sehen Sie ganz anders aus als vorhin auf der Bühne. Im Scheinwerferlicht, da ...» Peinlich.

Heike hatte den Programmzettel in der Hand. «Sie sind also Enver Volle ...?»

«So ist es. Und Sie von der Zeitung?»

«Von mehreren Zeitungen ... Heike Hunholz ...»

«Ah, natürlich! Jeden Ihrer Artikel sammle ich, nachdem ich sie mehrmals verschlungen habe.»

Ruben Uding riss ihn zur Seite. «Enver, die Dame ist hier, um *mich* zu interviewen.»

Mannhardt war an diesem Morgen furchtbar schlecht gelaunt. Die Nacht war viel zu kurz gewesen. Anstatt schlafen zu gehen, nachdem sie die Babysitterin nach Hause geschickt hatten, hatte seine Lebensgefährtin plötzlich nach einem feurigen Lover verlangt. Und exzessives Verhalten verzieh ihm sein Organismus in seinem Alter nicht mehr so schnell. Aber auch der Kopf schmerzte, was am Rotwein und passiven Rauchen lag. Dieser lange Abend in der Bar … Diese Theaterleute …

Es wäre ja alles noch gegangen, wenn sein Sohn ihm nicht so auf die Nerven gegangen wäre.

«Papa, Schornsteinfeger spielen!» Wegen der anstehenden Beerdigung von Onkel Ernst war Mannhardt schwarz gewandet.

«Nein, nicht nochmal!»

Heike grinste. «Das kommt mir doch bekannt vor.»

Silvio stimmte sofort ein Protestgeheul an. Da Mannhardt mit dem Geläut der Freiheitsglocke und ihrer Inschrift aufgewachsen war, also darauf eingeschworen war, jeder Tyrannei Widerstand zu leisten, wollte er sich auch seinem Sohn nicht beugen und rief nur: «Hör endlich auf zu heulen, die Nachbarn holen ja noch das Jugendamt.»

Daraufhin stürzte Heike aus dem Bad und fuhr ihn an: «Kannst du dem Kind nicht mal den Gefallen tun!?»

«Okay.» Mannhardt fügte sich in sein Schicksal. «Tu ich ihm

den Gefallen … Damit du dann in meiner Traueranzeige schreiben kannst: Im Ehekrieg nach tapferer Gegenwehr gefallen. Wie es euch gefällt. Euch Feministinnen.» Er nahm sich den Besen und spielte Schornsteinfeger. «Wo Kinder sind, da ist ein goldnes Zeitalter.» Novalis, hatte Heike mit dunkelrotem Filzstift an die sonnengelben Kacheln überm Herd geschrieben.

Nachdem der Ruß aus allen fiktiven Schornsteinen entfernt war, fiel Mannhardt dann die Aufgabe zu, das Prachtkind in die Kita zu bringen. Das nun allerdings war ein herrliches Gefühl, das kleine Händchen zu halten. Silvio plapperte in einem fort. Wenn er es noch lernte, mit verzückter Miene Ochsenschwanzsuppe zu kosten und mit geringer Fehlerquote tief schürfende Sätze vom Teleprompter abzulesen, stand einer großen Fernsehkarriere nichts mehr im Wege.

Zufrieden fuhr Mannhardt anschließend mit der U-Bahn in den Dienst, und als er gleich am Eingang seiner Kollegin Yaiza Teetzmann in die Arme lief, schien der Tag endgültig gerettet. Trotz der anstehenden Beerdigung.

Sie strahlte. «Du, ich bin doch nicht schwanger!»

«Warst du's also gestern nur ein bisschen …»

«Der erste Test war nicht genau genug.»

«Und nun?»

Yaiza Teetzmann wirkte enttäuscht und ratlos. «Eigentlich hatte ich mich schon darauf gefreut.»

«Wenn wir keine Frauenbeauftragte hätten und das kein Grund wäre, mich rauszuschmeißen, würde ich fragen: Kann ich dir irgendwie behilflich sein …?»

Sie musterte ihn von Kopf bis Fuß. «Warum nicht: Wenn ich mir die drei Kinder ansehe, die du schon in die Welt gesetzt hast …»

«Gut, dass wir darüber gesprochen haben», sagte er grinsend und leicht verlegen.

Um 13 Uhr war die Beerdigung auf dem Friedhof in Friedenau. Je näher er der Friedhofspforte kam, desto langsamer wurde er. Heikes Mischpoke zu treffen, war in etwa so lustvoll wie eine Wurzelextraktion ohne Betäubung. Ein besonderes Ärgernis war sein nichtehelicher Schwager Marius, ein Oberstudienrat für Deutsch und Geschichte aus Bremen, das Genie der Familie, mit einer Arroganz, gegen die selbst Helmut Schmidt, Otto Schily oder Michel Friedman wie Anfänger wirkten. Und ausgerechnet ihm lief er als Erstem in die Arme.

«Kommst du auch zur Beerdigung?», fragte Dr. phil. Marius Hunholz.

«Nein, ich bin auf diesem Friedhof zu Hause, seitdem Marlene Dietrich hier bestattet worden ist, und liege jede Nacht im Schlafsack neben ihrem Grab.»

«Die liegt hier begraben?»

«Das weißt du nicht ...» Mannhardt guckte indigniert. «Hunholz, setzen, Fünf.»

Der Schwager ließ ihn stehen. Marlene Dietrich. Welch schlichtes Grab für eine große Frau. Hätte es Hitler, hätte es Krieg und Auschwitz gegeben, wenn all die anderen Prominenten so gehandelt hätten wie sie, all die Heroen dieser Zeit: Max Schmeling, Hans Albers, Heinz Rühmann, Gustaf Gründgens, Heinrich George, Willy Fritsch?

Als Heike ankam, gingen sie Hand in Hand durch die Reihen der Gräber, um nicht zu früh in der Nähe der Witwe zu sein und qualvoll lange mit ihr reden zu müssen. Isolde, erfuhr Mannhardt, war die dritte Frau von Onkel Ernst.

«Er war ja Journalist und Redakteur, und da brauchte er natürlich immer eine Vorleserin», erklärte ihm Heike. «Und nach einiger Zeit wurden die dann geheiratet. Natürlich erst, wenn ihre Vorgängerin weggestorben war.»

«Klingt sehr nach Serientäter», murmelte Mannhardt. Wie

aufs Stichwort klingelte in dem Moment sein Handy und erlöste ihn von allen Trauerpflichten. Denn der Anrufer war der Koordinator aller Berliner Mordkommissionen.

«Hans-Jürgen, du musst mal wieder ran. Die Staatsanwaltschaft meint, dass da was sein könnte. Es geht um diesen Bankier da, diesen Lapaczinsky …»

Mannhardt konnte sich erinnern, verstand das Ganze aber nicht. «Wieso das: das war doch ein Unfall, wie der da auf die S-Bahn-Gleise geraten ist, bestenfalls Selbstmord.»

«Dachte ich ja auch, aber da hat sich jetzt ein Zeuge gemeldet: der S-Bahn-Fahrer, und der schwört Stein und Bein, dass aus dem Auto ein Mann rausgesprungen und weggelaufen ist, bevor er auf die Schienen gekracht und in Flammen aufgegangen ist. Der Mann soll die Böschung wieder hoch sein, die Burgfrauenstraße rauf.»

Mannhardt blieb skeptisch. «Und das ist ihm jetzt erst eingefallen?»

«Ja. Er hat ja mit einem Schock im Krankenhaus gelegen. Und als er dann so darüber nachgedacht hat, da ist ihm das mit dem Flüchtenden plötzlich in den Sinn gekommen. Also: kümmert euch mal drum.»

Der Triebwagenführer der S-Bahn hieß Thiel und wohnte am Mariendorfer Damm weitab jeder S-Bahn-Station.

Seine Wohnung lag in der dritten Etage. Schaute man aus dem Fenster, konnte man auf der anderen Seite des Mariendorfer Dammes die Trabrennfahrer in ihren Sulkys sitzen und trainieren sehen. Thiel hieß Patrick mit Vornamen und war von so zierlicher Figur, dass er einen guten Jockey abgegeben hätte. Aber Galopp, das war ja Hoppegarten. Er hatte weizenblonde Haare und trug einen goldenen Ring im rechten Ohr. Mannhardt hätte eigentlich wissen müssen, welches Bekenntnis sich dahinter verbarg, tat es aber nicht. Thiel bot ihnen, als sie auf dem Balkon Platz genommen hatten, Selterswasser an, doch sie lehnten dankend ab.

«Dienst ist Dienst, Wasser ist Wasser», sagte Mannhardt. «Auf dass Ihre Beobachtung nicht verwässert werde.»

«Erzählen Sie doch mal.» Seit ihrer letzten Fortbildung hatte sich Yaiza Teetzmann die Eröffnungsfloskel der Psychologen und Psychiater angewöhnt.

«Da gibt es nicht viel zu erzählen», sagte Thiel. «Ich sitze vorn im Führerstand … Frohnau ab 0:49. Eigentlich. Aber wir haben ein paar Minuten Verspätung, eine Signalstörung. Dann fahre ich los … und nehme gerade Fahrt auf, als … Vor mir donnert ein dicker Schlitten auf die Schienen und geht in Flammen auf. Kurzschluss. Ich kann trotzdem noch bremsen … und … Ich also meinen Feuerlöscher gegriffen und rausgesprungen … Aber da war nichts mehr zu machen, ich hab den Mann nicht mehr aus dem Wagen rausholen können. Ist ja auch alles explodiert. Mein Zug ist zum Glück nicht … also auch in Brand geraten. Ich dachte aber, dass er auch … Jedenfalls haben sie mich dann mit einem Schock ins Krankenhaus gebracht.»

«Und da ist Ihnen dann eingefallen, dass …»

«Ja, die Bilder, die gehen einem ja immer wieder durch den Kopf, wenn man so daliegt.» Thiel schloss die Augen, als müsse er es demonstrieren. «Im Führerstand vorne, da sieht man das ja nur so aus den Augenwinkeln … also, was so rechts und links von den Gleisen passiert. Noch dazu nachts. Aber ich sag mal so: Ich könnte schwören, und wenn sie mich foltern, dass da oben auf der Böschung noch ein Schatten war.»

«Ein Schatten?» Mannhardt war das nicht präzise genug. «Von einem Baum, oder was?»

«Von einem Mann.»

Auch Yaiza Teetzmann war skeptisch geblieben. «Nachts um eins, was kann man da noch groß erkennen?»

Thiel versicherte ihnen, dass das eine ganze Menge sei, wenn man sich zur Nachteule entwickelt habe. «Zehn Jahre nachts als S-Bahn-Fahrer. Und ein bisschen Licht ist ja immer: meine drei Spitzenlichter, der Mond, die Straßenlaternen rechts und links. Und in der Großstadt da … Ganz dunkel ist es nirgends bei uns, so richtig schwarze Nacht. Mein Nachbar, der hat sich ein Fernrohr gekauft und jammert immer, dass er keinen Stern zu sehen kriegt. So hell isses.»

Mannhardt fasste zusammen. «Sie haben also einen Mann gesehen. Hat der denn bei Lapaczinsky im Wagen gesessen und ist rausgesprungen, bevor …»

«Nein, hab ich nicht gesehen. Der war schon draußen.»

«Schon?», fragte Yaiza Teetzmann nach. «Schon, das hieße ja, dass er vorher drin gewesen ist.»

«Nein. Ich hab nur gesehen, dass da oben einer langgelaufen ist. Da ist der Wagen schon unten gegen die Stromschienen … und hat sofort in Flammen gestanden.»

Mannhardt begriff das nicht. Wenn noch ein anderer bei Lapaczinsky im Auto gesessen hatte, warum war ihm der nicht zu Hilfe geeilt? Doch nur, um nicht identifiziert zu werden. «Eine Frau kann es nicht gewesen sein?»

«Ich glaube schon, dass es ein Mann gewesen ist.»

Mannhardt sah sich Patrick Thiel genauer an. Konnte es sein, dass der Mann auch mal in die Medien wollte und sich das Ganze nur ausgedacht hatte? Möglich schon, aber eher unwahrscheinlich.

Yaiza Teetzmann schien einen anderen Gedankengang zu verfolgen. «Ein Fußgänger, ein Passant könnte es nicht gewesen sein, jemand, der gerade vorbeigekommen ist, als der Wagen unten explodiert ist? Aus Neugierde? Oder um zu helfen?»

Thiel überlegte einen Augenblick. «Ja, schon, aber … Nein, der ist doch so schnell da gewesen, dass ich automatisch … also …»

«Gedacht habe: der kann nur mit im Auto gesessen haben», half ihm Mannhardt weiter.

«Ja.»

Yaiza Teetzmann ging noch einen Schritt weiter. «Dass der Unbekannte den Wagen auch noch geschoben hat, ich meine: ihm einen Schubs gegeben hat, dass er schneller unten ist, das haben Sie nicht gesehen?»

«Nein, aber bei dem Schwung, den er hatte … Der Wagen, das Auto … Durch das Gebüsch da durch … Das hatten die zwar vorher erst ausgeholzt, die Bäume abgesägt, damit beim Sturm nichts auf die Gleise … Aber trotzdem …»

Yaiza Teetzmann hatte fast etwas Inquisitorisches an sich, als sie Thiel jetzt ansah. «Sie wissen, dass wir beide von der Mordkommission sind?»

«Ja.»

«Und dass Ihre Aussagen jetzt die ganze Maschinerie in Gang setzen werden, dass es ein teurer Spaß für Sie wird, wenn Sie es nur so aus Spaß sagen.»

«Ich bleibe dabei.»

Mannhardt fand seine Kollegin ein wenig harsch. Wenn der S-Bahn-Fahrer wirklich Recht hatte, dann sprach ja einiges dafür, dass Lapaczinsky nicht Opfer eines Unfalls geworden war und auch keinen Suizid begangen hatte, sondern schlichtweg ermordet worden war. Der oder die Täter schienen nur eines nicht beachtet zu haben: dass die Berliner S-Bahn ab und an, wenn auch äußerst selten, Verspätung hatte.

«Sagen Sie, Herr Thiel, würde es Ihnen etwas ausmachen, einmal mit uns zusammen zum …» Das Wort ‹Tatort› wollte er doch lieber vermeiden. «… zur Unfallstelle zu fahren?»

«Ja, gerne.»

Das ‹gerne› ließ Mannhardt wieder etwas stutzig werden. «Wie wäre es gleich jetzt?»

Thiel zögerte ein wenig. «Ich bin doch noch krankgeschrieben.»

«Sie sollen ja auch nicht selber fahren», sagte Yaiza Teetzmann. «Nun kommen Sie mal.»

Von Mariendorf nach Frohnau, das war einmal quer durch die Stadt und dauerte fast anderthalb Stunden. Kilometerlang ging es an der ehemaligen Grenze entlang, die unbebauter Grünstreifen geblieben war.

Als sie endlich in Frohnau angekommen waren, stiegen sie

aus, und Thiel sprach mit der örtlichen Aufsicht, sodass sie vom südlichen Bahnsteigende unbehelligt auf den Gleiskörper hinabsteigen konnten. «Aber nicht an die Stromschiene kommen!» Mannhardt erinnerte sich an die Warnung seiner Mutter, nicht darauf zu pinkeln. «Sonst ist dein Puscher ab.»

Thiel ging voran. Sie hielten sich rechts vom rechten Streckengleis, wo sich auf der Abdeckung des Kabelschachtes bequem wandern ließ. Als sich von hinten ein Zug näherte, sprangen sie aber doch zur Seite, denn zu furchteinflößend waren Geräusch und Anblick. Ein Urtier kam da herangeschossen, um sie zu verschlingen. Tödlich funkelten die Stromabnehmer, die auf ihrer Seite weit ins Freie ragten.

Der Zug rauschte vorbei, und sie kamen zur Fischgrundbrücke, wo Lapaczinskys Wagen auf den Gleisen ausgebrannt war. Trotz aller Aufräumarbeiten gab es noch immer Spuren genug. Die Schwellen, die nur angesengt worden waren, hatte man nicht ausgetauscht. Die Abdeckung der Stromschiene war zwar erneuert worden, aber nicht mit den ursprünglichen grauen Plastikkästen, sondern mit gelben. Der nagelneue Schotter war von einem Kranz alter Steine umgeben, die Flecken von Ruß und Öl erkennen ließen. Auch Glassplitter hatte man liegen lassen.

Mannhardt bat den S-Bahner, die nächtliche Szene noch einmal zu schildern, und Thiel tat es mit denselben Worten wie zuvor. Auch ohne Lügendetektor hätte Mannhardt jede Wette darauf abgeschlossen, dass er nicht log.

«Da oben, wo der kleine Absatz ist, da hat der Mann gestanden … und ist dann weggelaufen.»

«Wann ist er weggelaufen?» Mannhardt wollte eine Suggestivfrage vermeiden, doch es ging wohl nicht anders.

«Gute Frage. Ich weiß schon, worauf Sie hinauswollen …»

«Sollen Sie aber nicht.»

Thiel zögerte keinen Augenblick. «Ich sag mal so: Ich glaube schon, dass der sehen wollte, ob der Wagen auch wirklich unten gelandet ist und in Flammen aufgegangen ist.»

«Hm …» Yaiza Teetzmann schrieb es in ihr Notizbuch. «Können wir mal über die Schienen rüber und drüben die Böschung rauf?»

«Ja, aber Vorsicht.» Thiel führte sie zur Burgfrauenstraße hinüber.

Obwohl es zwischendurch kräftig geregnet hatte, waren die Furchen von Lapaczinskys BMW noch immer deutlich zu erkennen. Wahrscheinlich wäre der Wagen stecken geblieben, wenn es an dieser Stelle nicht vorher den absoluten Kahlschlag gegeben hätte. Der Täter musste davon gewusst haben, also über Ortskenntnisse verfügen. Wer zufällig oben die Straße entlangkam, konnte diese Schneise nur schwerlich entdecken. ‹Der Täter›? Mannhardt korrigierte sich sofort in: ‹der Beifahrer›, denn es konnte ja auch sein, dass der Mann, den Thiel gesehen hatte, nur in Panik geraten war. Was aber eher für eine Frau sprach, die eine Affäre mit Lapaczinsky gehabt hatte und nicht entdeckt werden wollte. Er fragte Thiel noch einmal, ob der Mann nicht doch eine Frau gewesen sein konnte, mit Jeans und kurzen Haaren, doch der S-Bahner verneinte dies entschieden. Trotz des schlechten Lichts war er sich sicher, einen Mann gesehen zu haben.

Yaiza Teetzmann sah den Triebwagenführer an. «Ja, Herr Thiel, dann hätten wir's wohl. Hast du noch Fragen, Hans-Jürgen?»

«Nein, nicht dass ich wüsste. Ja, Herr Thiel, herzlichen Dank auch im Namen des Staates.» Er drückte ihrem Augenzeugen die Hand. «Ich rufe Ihnen einen Wagen, der Sie nach Hause bringen wird.»

Als Thiel abgefahren war, beschlossen Mannhardt und seine

Kollegin, zur nahe gelegenen Villa Lapaczinskys zu gehen. Es war wichtig, einen Eindruck von den Lebensverhältnissen des Toten zu gewinnen, und vielleicht fand sich dort ja ein Fingerzeig für die Richtung ihrer weiteren Ermittlungen. Als sie ein paar Schritte gegangen waren, klingelte Yaiza Teetzmanns Handy. Mannhardt sah schon an ihrem Gesichtsausdruck während des kurzen Gesprächs, dass es offenbar wichtige Neuigkeiten gab.

«Und?», fragte er ungeduldig.

«Das waren die Kollegen vom LKA. Sie haben mit der Untersuchung des Autowracks angefangen, und wie es scheint, ist vor dem Unfall Benzin auf die Sitze gegossen worden.»

«Also war es Mord.»

«Nicht unbedingt. Ein Selbstmörder, der auf Nummer sicher gehen will, hätte auch zusätzlich einen Brandbeschleuniger benutzt.»

«Aber Selbstmord und der Mann, den Thiel gesehen hat – das passt doch nicht zusammen.»

«Und wenn es jemand war, der Lapaczinsky davon abhalten wollte, aber zu spät kam?»

«Warum ist er dann weggelaufen?»

«Schock?»

Lebhaft diskutierend gingen sie weiter. Mannhardt, der jahrelang nebenan in Hermsdorf gewohnt hatte, glaubte Frohnau so gut zu kennen, dass er meinte, nicht nach dem Weg fragen zu müssen. Prompt verliefen sie sich und landeten hinten in dem kleinen Wäldchen an der Oranienburger Chaussee, das früher die Grenze zur DDR gebildet hatte. Aber schließlich fanden sie die Villa Lapaczinsky, an deren Gartentor natürlich kein Namensschild prangte.

Fenster und Terrassentüren standen offen. «Wunderbar, es ist also jemand zugegen.»

Auf ihr Klingeln kreischte die Gegensprechanlage los. «Ja, bitte?»

«Schönen guten Tag. Kriminalpolizei, Mannhardt ...»

«Können Sie sich ausweisen?» Eine harsche Frauenstimme.

«Reicht es Ihnen, wenn ich meine Dienstmarke dicht ans Mikrophon halte?»

«In die Kamera bitte!»

«Und wo ist die versteckt?»

«Rechts oben von Ihnen, in der Laterne am Teich.»

Mannhardt hielt seine Marke in die Höhe. Wahrscheinlich hatten die Leute Angst vor Fotografen und Reportern.

«Sie können reinkommen. Wenn ich drücke, geht das Gartentor auf.» Ein Summer ertönte. «Ich komm Ihnen entgegen.»

«Sehr entgegenkommend.»

Die Frau, die nun aus der Haustür trat, war das, was Mannhardts Vater immer als ‹aufgetakelte Fregatte› bezeichnet hatte, nicht ohne hinzufügen: ‹Wat die sich einbildet, det möchte ick sein.› Wenn er es richtig einschätzte, hatte er es hier mit Lapaczinskys Haushälterin zu tun. Dass der seit dem Tod seiner Frau allein lebte, hatte er am Morgen in der Zeitung gelesen.

«Mein Name ist Olschewski», stellte sie sich vor. «Petra ... Ich hab hier alles besorgt.»

«Mannhardt, wie ich schon sagte. Das ist meine Kollegin Teetzmann. Wir sind von der Mordkommission.» Petra Olschewski sah ihn fassungslos an. «Es ist doch aber ein Unfall gewesen ...»

«Auf den ersten Blick schon, aber wir haben Grund zu der Annahme, dass doch noch etwas anderes dahinter stecken könnte.»

«Dann kommen Sie mal rein, damit wir alle ...»

«Wer ist das bitte: wir alle?», fragte Mannhardt.

«Carolyn, seine Tochter. Dann noch zwei Herrschaften aus seiner Bank. Herr Menz, sein engster Mitarbeiter, und Frau Thomas, Christine Thomas, die Chefsekretärin. Wir gucken hier mal alles durch, was … Privates und Geschäftliches.»

Sie wurden ins Haus geführt und den anderen Anwesenden vorgestellt. Carolyn Lapaczinsky sagte Mannhardt: «Mein herzliches Beileid», bei Menz dachte er automatisch: ‹Graue Eminenz›, und bei Christine Thomas kam er sich furchtbar klein und unscheinbar vor, denn für Frauen von ihrem Format war er ein Leben lang nur Luft gewesen.

«Es tut mir Leid, dass wir hier so hereinschneien», begann er. «Aber es erscheint uns nicht ganz ausgeschlossen, dass der Tod Ihres Vaters … Ihres Chefs kein Unfall war.»

Christine Thomas nickte kaum merklich. Mannhardt sah sie fragend an. «Ihnen ist etwas aufgefallen?»

«Ja, schon … Herr Lapaczinsky war in letzter Zeit schon ziemlich depressiv, und ich will nicht ausschließen, dass er daran gedacht hat, sich das Leben zu nehmen.»

«Manchmal hat er geglaubt, Darmkrebs zu haben», fügte Carolyn Lapaczinsky hinzu. «Montagabend habe ich noch mit ihm telefoniert, da war er ganz verändert. Als hätte er schon Todesahnungen gehabt …»

«Kann es auch sein, dass er sich bedroht gefühlt hat?», fragte Mannhardt.

«Höchstens von diesem Kickelhahn vielleicht», rief Petra Olschewski.

«Sie meinen den Mann, der aus der Psychiatrie ausgebrochen ist und in Frankfurt/Oder einen Autofahrer erschossen hat?»

Die Haushälterin nickte. «Zuletzt ist er hier in Frohnau gesehen worden, in der Burgfrauenstraße und am Poloplatz.»

«Vorhin haben sie in den Nachrichten gebracht, dass er auch

in Lebus zugeschlagen hat», fügte Menz hinzu. «Der Rentner, der seit Tagen vermisst worden war. Mit einem Schlag auf den Kopf.»

Carolyn Lapaczinsky brach in Tränen aus.

«Einen Arzt!», rief Christine Thomas und stürzte zum Telefon.

«Nein, lassen Sie …»

Szenen wie diese waren es, die Mannhardt mehr erschütterten als der Anblick einer Leiche. Schnell stand er auf, um in die Diele zu gehen und den Koordinator anzurufen. «Du, wir sind hier in Frohnau und … Kannst du mir mal sagen, ob es was Neues von diesem Kickelhahn gibt …»

«Willst du mich verarschen?»

«Nein. Wieso?»

«Habt ihr wirklich nichts mitbekommen?»

«Nein, was denn?»

«Kickelhahn hat sich die ganze Zeit über in einem vergessenen Lagerraum im S-Bahnhof Frohnau versteckt gehabt, unter der Brücke, ist aber nun doch aufgestöbert worden. Auf der Flucht über den Zeltinger Platz hat er eine Geisel genommen, um sich den freien Abzug zu sichern. Seit einer halben Stunde verhandeln sie mit ihm. Ein Fluchtauto will er und eine halbe Stunde Vorsprung, ohne dass ihm jemand folgt. Sonst will er die Frau erschießen.»

«Es könnte sein, dass er auch den Lapaczinsky auf dem Gewissen hat.»

«Dann seht zu, dass ihr zum Zeltinger Platz kommt!»

Hastig verabschiedeten sie sich und erreichten schon bald den hermetisch abgeriegelten Platz. Mit Mühe bahnten sie sich einen Weg durch das Gedränge der Schaulustigen und der professionellen Voyeure mit ihren Kameras und Mikrophonen.

Wo stand der Psychopath mit seinem Opfer? Es war schwer

auszumachen. Zwar hatte man einen freien Blick über den Rasen in der Mitte des Platzes, an seinem westlichen Rand aber, wo er über die Frohnauer Brücke mit seinem Pendant auf der anderen Seite der S-Bahn verbunden war, gab es eine dicht bewachsene Balustrade. Dahinter musste Kickelhahn mit seiner Geisel stehen und die Verhandlungen führen.

«Guck mal, da oben!» Yaiza Teetzmann zeigte zum Turm der mächtigen Johannes-Kirche hinauf, wo die Scharfschützen in Stellung lagen. Aber auch auf den beiden Ecktürmen vor der Frohnauer Brücke sah man sie.

«Gott!», rief Mannhardt. «Erschießt mir den Mann bloß nicht: Ich brauche sein Geständnis.»

Doch es half nicht, denn kaum hatte er es ausgesprochen, peitschte ein Schuss über den Zeltinger Platz.

«Herr Mannhardt, Sie können jetzt zu Kickelhahn.» Die Kugel hatte ihn nicht ins Herz, sondern ‹nur› in die Schulter getroffen, und die Ärzte des Humboldt-Krankenhauses hatten ihn für vernehmungsfähig erklärt. Gemeinsam mit Yaiza Teetzmann folgte Mannhardt dem Oberarzt und betrat das Krankenzimmer. Kickelhahn lag mit offenen Augen da und starrte an die Decke. Er hing zwar am Tropf, sah aber ansonsten ganz lebendig aus. Fit für ein Lebenslänglich mit Sicherungsverwahrung. Der Autofahrer in Lebus, der Rentner in Reitwein und Laczinsky in Frohnau … Wer drei Menschen getötet hatte und derart vorbelastet war, konnte nichts anderes erwarten, ob er nun ein Geständnis ablegte oder alles leugnete. Mannhardt war gespannt, für welche Rolle sich Kickelhahn entscheiden würde.

Er trat oben neben das Bett, während Yaiza Teetzmann am Fußende stehen blieb. Trotz seiner vielen Dienstjahre staunte Mannhardt noch immer, dass Gewalttäter selten so aussahen, wie sie laut Lehrbuch eigentlich auszusehen hatten: brutal und dumpf. Kickelhahns Gesicht wirkte drollig, lieb und kindlich weich. Seine Haut war mehlig blass, die Wangen dagegen stark gerötet, was wohl vom leichten Fieber herrührte, sodass er an einen Clown erinnerte. Er war der Typ, bei dem auch die härtesten Richter weich wurden, wenn die Anwälte darlegten, dass auch ihr Mandant ein Opfer sei, ein Opfer der Verhältnisse.

Kaum hatte Kickelhahn Mannhardt wahrgenommen, da fuhr er ihn an. «Sie sind also der Idiot, der gestern nicht getroffen hat! Nich in'n Kopp. Oder in't Herz rin.»

Was sollte Mannhardt darauf erwidern? Er war perplex, und weil er nichts erwiderte, antwortete seine Kollegin für ihn: «Wir sind nicht vom SEK, sondern von der Mordkommission. Das ist Herr Mannhardt, Erster Kriminalhauptkommissar, ich bin Yaiza Teetzmann, Kommissarin. Sie haben uns sicher eine Menge zu erzählen.»

«Nee, warum?»

Mannhardt sah ihn an. «Um mal so richtig in der Zeitung zu sein, ganz groß mit Bild. Exklusiv. Für 'ne Menge Geld.»

«Für't *Guinness-Buch der Rekorde* hätt' ick schon noch 'n paar mehr umlegen müssen.» Kickelhahn versuchte ein schelmisches Lachen.

«Drei sind doch auch schon eine ganze Menge», sagte Yaiza Teetzmann kühl.

Kickelhahn sah sie fragend an. «Dreie gleich?»

«Ich helfe Ihnen da gerne: den Autofahrer in Lebus, den Rentner in Reitwein und den Lapaczinsky hier in Frohnau.»

Kickelhahn verzog das Gesicht. «Schuld sind se alle selba!»

«Wieso'n das?»

«Sie könnten alle noch leben, wenn se mir nur 'n kleines bisschen geholfen hätten. Mich 'n Stück mit'm Auto mitnehmen, mir 'n paar Scheine zustecken, mir wat zu essen abgeben. Aber nee: gleich großet Geschrei machen und nach'n Bullen rufen.»

Mannhardt setzte sich auf den Stuhl, der am Kopfende des Bettes stand. «Und wie war das zuletzt mit Lapaczinsky?»

«Der ...» Kickelhahn richtete sich ein wenig auf, griff nach seiner Tasse, um einen Schluck Tee zu trinken.

Yaiza Teetzmann zog ihr kleines Diktiergerät aus der

Hosentasche. «Darf ich mein kleines Tonband mitlaufen lassen?»

«Lassen Se's laufen.» Kickelhahn gab sich geradezu leutselig. «Also … Der kommt da nachts in seinem großen Schlitten anjefahr'n. Ick bin unterwegs, um wat zu essen zu finden, in irgend 'na Mülltonne. Ick hatte ja mein Versteck im Bahnhof, aber nischt zu trinken und zu essen. Der Hunger hat mich also aus da Höhle getrieben. Ick bin ja jelernter Koch und … wenn mir mein Chef damals im *Adler* nicht die Gabel in'n Arm jepikt hätte, dann …»

«Da haben Sie zum ersten Mal zugeschlagen …?»

«Als Kind bin ick imma von meim Vata verhauen worden, wenn ick ma nich jewehrt habe.»

Das waren die üblichen Karrieren, Mannhardt kannte hunderte davon. Auflehnung gegen die Welt, bis man dann als Soziopath und Psychopath abgestempelt wurde. «Und wie war das nun in der Nacht zum Mittwoch in Frohnau …?»

«Ich schleiche also durch die Jegend, um wat zu essen zu finden. Wie 'n Tier. Und da kommt 'n jroßer Schlitten anjefahrn und hält da … Edelhofdamm oda weeß ick wo … vor eim Haus und ick frage ihn, ob a nich wat zu essen für mich hat. Nee. Und als er dann uff seinen Senda jedrückt hat, damit seine Garagentür uffjeht, da …» Kickelhahn berlinerte nun immer stärker. «Da hol ick meine Kanone raus und halt ihm die ann'e Schläfe. ‹Na jut›, sage ick, ‹dann fahr'n wa mal dahin, wo't wat jibt.› Ick hab dabei nich an'n Restaurant gedacht, sondern eher an 'ne Tankstelle. Der steigt also wieder ein, ick neben ihm uff'n Beifahrersitz. Wir los. Plötzlich kriegt der Typ 'n Rappel und hupt janz laut und spielt an seine Lichthupe rum …»

«Warum denn das?»

«Weil da aus da Nebenstraße 'n Funkwagen kommt und er die Bullen uff sich uffmerksam machen will.»

«Was aber nicht geklappt hat.»

«So isset. Ick schreie: ‹Hör uff, du Idiot!›, aber er macht trotzdem weita. Da hab ick ihm mit dem Griff von meiner Kanone eenen übajezogen ... Aus Notwehr sozusagen. Und da hat er dann det Steuer rumjerissen, so nach links, und wir sind uff die S-Bahn runta. Det heißt: Ick konnte im letzten Augenblick noch rausspringen und ... Er kracht unten ruff, und det Auto fängt sofort Feuer. Ob Se mir't glooben oda nich: Im ersten Augenblick wollte ick noch runta, ihn retten, dann aba ... Et hätt' ja ooch nischt mehr jenutzt.» Damit sank Maik Kickelhahn zurück aufs Kopfkissen.

Mannhardt nickte. Was Kickelhahn erzählte, deckte sich hundertprozentig mit der Beobachtung des S-Bahn-Fahrers Thiel und entsprach auch voll und ganz seinem Täterprofil: krankhaft egomanisch und ohne Rücksicht auf andere Menschen die eigenen Ziele verfolgend. «Und wie war das mit den beiden anderen Männern, die Sie eben erwähnt haben ...?»

Scheinbar gleichmütig, so als erzählte er von einem Ausflug seines Kegelclubs, gab Kickelhahn zu Protokoll, wie er im Oderland zugeschlagen hatte, erst in Lebus, dann ein Stückchen weiter in Reitwein. Er schloss mit einem Satz, der wie ein Amen klang: «Tut ma Leid, aba det steckt nun ma so in mir drinne.»

Mannhardt hatte nichts im Repertoire, um darauf angemessen zu reagieren. Um einem dreifachen Mörder Mitleid entgegenzubringen und ihm Trost zu spenden, da müsste man, dachte er, schon Jesus Christus sein. War er aber nicht. Für einen normalen Menschen war es schon eine Leistung, nicht automatisch an das Traumland USA zu denken. Weil die die Todesstrafe hatten.

«Danke sehr, Herr Kickelhahn», sagte er schließlich mit belegter Stimme. «Ich hoffe, Ihr Geständnis hilft Ihnen irgendwie, um selber … Ich such mir hier im Krankenhaus einen Computer und tippe es mal schnell …»

«Das kann ich ja machen.» Yaiza Teetzmann wies auf ihr kleines Tonbandgerät.

«Okay.» Mannhardt ging inzwischen in einen Aufenthaltsraum und rief von dort aus per Handy seine Kollegen in Brandenburg an. «Ich hab frohe Kunde für euch: Euer Kickelhahn hat ein umfassendes Geständnis abgelegt.» Als Yaiza Teetzmann es getippt hatte, unterschrieb er es auch ohne jedes Zögern.

Mannhardt und Yaiza Teetzmann fuhren zurück in die Keithstraße in ihre Büros und freuten sich, dass der Fall Christian Lapaczinsky so schnell abzuhaken war.

«Schneller als wir kann kaum einer sein», sagte Yaiza Teetzmann.

Mannhardt schüttelte den Kopf. «Richtig zufrieden bin ich erst, wenn wir einen Mord schon aufgeklärt haben, bevor er begangen worden ist.» Immerhin glaubte er, an diesem Tage für das Geld, das er verdiente, genug getan zu haben, zögerte aber dennoch, nach Hause zu fahren, denn gegen Erziehung und Partnerschaft zusammen war ein wenig Büroschlaf das Paradies auf Erden. Also klebte er außen an seine Tür einen Zettel mit der Aufschrift ‹Bin in zehn Minuten wieder zurück. Bitte warten … Bitte warten …›, schloss ab und legte sich auf drei nebeneinander gestellte Stühle, um sich süßen Träumen hinzugeben. Doch sofort klingelte das Telefon. Es war nur ein Kollege aus dem LKA-Labor.

«Muss das sein», brummte Mannhardt. «Ich bin eigentlich schon zu Hause. Wir haben Lapaczinskys Mörder und eine kleine Belohnung verdient, die darin besteht, heute nichts mehr zu machen.»

«Werdet ihr aber wohl oder übel doch noch müssen …»

«Wieso …?»

«Weil …» Und nun setzte der Mann vom Landeskriminalamt zu einem längeren Vortrag an. «Wir waren uns anfangs nicht ganz einig und haben noch einen anderen Pathologen hinzugezogen, aber nun steht es fest, dass Lapaczinsky schon an die drei Tage tot gewesen sein muss, bevor sein Leichnam verbrannt ist.»

Mannhardt war so geschockt, dass er das, was der andere ihm erzählte, nur in Bruchstücken aufzunehmen vermochte.

«… nicht alle Teile des Körpers verbrannt … An der Innenseite der linken Hand ist die Haut auf einer Fläche von knapp zwei Quadratzentimetern unversehrt geblieben. Da haben wir dann das Gewebe entnommen und … Dazu die Blutuntersuchung … Wie haben sich die Enzyme verändert? Wie lange hat der Zersetzungsprozess schon gedauert? Wie sieht es mit dem Kalium und mit den Elektrolyten aus? Wie hat sich die Haut verändert? Auf alle Fragen gibt es nun eine Antwort, und es ist mit an Sicherheit grenzender Wahrscheinlichkeit davon auszugehen, dass Christian Lapaczinsky schon drei bis vier Tage tot war, bevor man ihn verbrannt hat, also am Freitag oder Samstag letzter Woche gestorben sein muss.»

«Das ist doch hirnrissig!», rief Mannhardt. «Am Montag und am Dienstag ist er doch noch in der Bank gewesen und von x Leuten gesehen worden.»

«Muss er einen Doppelgänger gehabt haben.»

«Quatsch.»

«Was dann?», fragte der Kollege am anderen Ende der Leitung.

«Ihr habt den falschen Lapaczinsky auseinander geschnitten.»

«Seine Haushälterin, seine Tochter, seine Sekretärin und sein engster Mitarbeiter haben ihn eindeutig identifizieren können.»

«Ja, eine total verkohlte Leiche», wandte Mannhardt ein.

«Na, schön, lassen wir das mal vorerst offen. Interessiert Sie denn gar nicht, woran der Mann gestorben ist, den wir hier vor uns haben?»

«Doch, schon, aber ich dachte ...» Mannhardt hatte das schöne Gefühl, einen Kunstfehler begangen zu haben. «Ich dachte immer noch ... Ich habe immer noch gespeichert, dass Kickelhahn ihn erschlagen hat. Das hat Kickelhahn ja auch in seinem Geständnis ... Aber das ist ja nun falsch, wenn Lapaczinsky wirklich schon tot war, bevor Kickelhahn ... Ach, Unsinn, geht ja gar nicht ...» Er kam nicht mehr klar.

«Erschlagen worden ist das Opfer schon ... Kopfwunde oben rechts unter dem Haaransatz. Schädelbeinbruch ... Orbitafraktur ... Fissur in der Orbita und Schädelbasisfraktur ...»

Mannhardt hatte das Gefühl, nun wirklich dem Wahnsinn nahe zu sein, die Welt nicht mehr deuten zu können. Die ganze Konstruktion war zusammengebrochen: Wenn Lapaczinsky nicht von Kickelhahn erschlagen worden war, von wem dann? Und wenn Lapaczinsky Montag und Dienstag schon tot war, wie konnte er dann fröhlich seiner Arbeit nachgehen? Unmöglich, dass die im LKA den richtigen Lapaczinsky liegen hatten. «Das ist alles so ungeheuerlich, dass ich mich weigere, ohne DNA-Analyse noch weiter über diese Sache nachzudenken. Bei Lapaczinsky zu Hause müsste sich doch noch so viel verwertbares Material finden lassen, dass ... Außerdem haben wir ja seine Tochter.»

«Das dauert aber, und das kostet ...»

«Das ist doch nun egal. Sehen wir zu, dass wir's auf den Weg bringen.»

Es dauerte bis zum Montag der darauf folgenden Woche, dann hatten sie das Ergebnis der DNA-Analyse: Bei dem

Mann, der im Auto verbrannt war, handelte es sich ohne jeden Zweifel um den Banker Christian Lapaczinsky.

«Was nun?», fragte Mannhardt.

«Dass uns Kickelhahn angelogen hat, steht damit außer Frage.» Yaiza Teetzmann nahm seine Akte zur Hand. «Die Motive dürften auf der Hand liegen. Aber müssen wir uns jetzt wirklich darum kümmern, dass er sein Geständnis widerruft?»

«Nein, das ist schon durch die Wirklichkeit widerrufen genug, Kickelhahn hat Zeit. Die große Frage ist jetzt die: ob es etwas bringt, wenn wir bei allen, mit denen Lapaczinsky an den fraglichen Tagen, also dem Samstag, Sonntag, Montag und Dienstag, etwas zu tun gehabt hat, mal nachhaken, ob ihnen an Lapaczinsky etwas aufgefallen ist?»

Auch Yaiza Teetzmann war unschlüssig. «Wenn seine engsten Bezugspersonen etwas gerochen hätten, wären sie doch schon längst zu uns gekommen, um Alarm zu schlagen. Und schließlich haben wir doch am Edelhofdamm mit ihnen gesprochen. Da hätten sie uns doch was sagen können, wenn sie wirklich einen Verdacht gehabt haben sollten, dass Lapaczinsky nicht ganz echt gewesen ist.»

Mannhardt nickte. «Dem lässt sich kaum widersprechen. Aber ob nicht doch so ein kleines Störgefühl bei ihnen vorhanden war, von dem sie uns noch nichts mitteilen wollten, um sich nicht lächerlich zu machen?»

«Ruf doch seine Sekretärin an», riet Yaiza Teetzmann. «Wie hieß sie nochmal?»

«Christine Thomas. Aber …» Mannhardt kam das alles ein wenig albern vor. Nein, albern nicht, peinlich war es. Er war ratlos. Lapaczinsky geklont … Ein Doppelgänger …

«Manche glauben ja an Bilokation, dass ein Mensch zur selben Zeit an zwei unterschiedlichen Orten sein kann – ich nicht. Und woran ich nun erst recht nicht glaube, ist der Umstand, dass einer irgendwo als Toter daliegt und zugleich in seiner Bank sitzt und arbeitet.»

Mannhardt stand auf. «Wir gehen jetzt zu unseren Vorgesetzten und tragen vor, was wir wissen. Sollen die sich den Kopf darüber zerbrechen – dafür bekommen sie ihr Geld.»

Nach anderthalbstündiger Beratung wurde der Beschluss gefasst, diese ganze hanebüchene Sache an die Presse zu geben und die Bevölkerung um zweckdienliche Hinweise zu bitten. Wer Lapaczinsky in der fraglichen Zeit begegnet war und was ihm/ihr dabei aufgefallen war.

Da man die Informationen zum Fall Lapaczinsky auch ins Internet gestellt hatte, brauchte man auf die ersten Anrufe keine zehn Minuten zu warten. Es war allerdings mehr als enttäuschend, denn die Kunden und Mitarbeiter der GBE und die Frohnauer Nachbarn, die sich meldeten, gaben alle an, dass sie keinen Augenblick an Lapaczinskys Echtheit gezweifelt hätten, allerdings habe er ziemlich elend ausgesehen, fast so wie einer, der vom Krebs gezeichnet sei. Aber dennoch. «Das war er ganz sicher selber, Herr Kommissar, da würde ich jeden Eid drauf ablegen.» So der Tenor.

Dann kam der Anruf, von dem sie später sagen sollten, er sei die Wende im Fall Lapaczinsky gewesen.

Eine Frauenstimme. «Ich kenne jemanden, der so aussieht wie Lapaczinsky … und dem auch zuzutrauen ist, dass der das gemacht hat, also den Lapaczinsky gedoubelt.»

«Können Sie uns auch einen Namen nennen?»

«Sicher kann ich das.»

Am Boxhagener Platz sollte es sein. Die *mox!*-Film sollte da drehen. Einen Film über den Berliner ‹Ausbrecherkönig› Ekke Lehmann.

Schon von weitem sah Mannhardt die Scheinwerfer und die Kameras, den ganzen Set. Scheinbar gleichgültig schlenderte er weiter und stellte sich in die zweite Reihe der Gaffenden. Für die hatte man einen schönen Begriff gefunden: Erlebnisproletariat. Rentner, männlich, überwogen, aber auch arbeitslose Bierbüchsen waren reichlich vertreten. Mannhardt warf einen scheuen Blick nach links und rechts. Nein, von seinen alten Stammkunden schien niemand dabei zu sein.

Was drehten sie denn gerade? Er versuchte sich an dem zu orientieren, was die Schauspieler an Dialogen hören ließen. «Herr Senator, hier bitte geht's lang zur WG, wo Ekke Lehmann Unterschlupf gefunden hat!», rief ein subalterner Beamter. Ah, ja ... Der Herr Spitzenpolitiker versuchte sich vor Ort ein Bild von der letzten Heldentat des Berliner ‹Ausbrecherkönigs› zu machen. Ein wenig konnte sich Mannhardt noch an die 60er und 70er Jahre erinnern, die seligen Zeiten der Westberliner Idylle.

Da fuhr er zusammen. Dieser Senator, dieser Schauspieler, das war doch der, den er vorgestern im «Theater ohne Namen» gesehen hatte. Den Namen hatte er vergessen, aber dieser Mann hatte eine unheimliche Ähnlichkeit mit Christian Lapaczinsky. Eigentlich hätte ihm das schon viel eher in den Sinn kommen müssen. Er fluchte leise vor sich hin. Die Vorstufe seniler Demenz. Was hatte die anonyme Anruferin gesagt, nach wem er suchen müsse? Enver Volle. Dann war der Senator dieser Enver Volle. Er fragte einen jungen Mann am Rande des Sets, wahrscheinlich ein Schnupperpraktikant der Filmhochschule Babelsberg, ob dem so sei, und erhielt ein freundliches «Ja» als Antwort.

Mannhardt ließ sich Zeit, auf Enver Volle zuzugehen. Filmarbeit war eine heilige Handlung, und da wollte er nicht stören. Außerdem bot sie ihm eine günstige Gelegenheit, die Schauspielkünste dieses Mannes unmittelbar zu beobachten. Er musste ein Genie sein, wenn er es geschafft hatte, der Welt drei Tage lang einen Top-Bankier vorzuspielen. Hut ab. Jubel für ein Double.

Mannhardts neueste Arbeitshypothese war schnell formuliert: Enver hat sich seine außergewöhnliche Ähnlichkeit mit Lapaczinsky zunutze gemacht, diesen erschlagen und für einige Tage seine Banker-Rolle übernommen, um in dieser Zeit Gelder aufs eigene Konto zu überweisen. Anschließend hat er Lapaczinsky die S-Bahn-Böschung hinunterrollen und dessen Wagen in Flammen aufgehen lassen. Nun lebt er wieder als Enver Volle, wartet, bis Gras über die Sache gewachsen ist, und räumt dann die Konten ab, um zu leben wie Gott in Frankreich.

Gelassen wartete Mannhardt auf die nächste Drehpause. Als der Mann, der für ihn ein Mörder war, sich auf eine leere Parkbank setzte, um ein wenig zu verschnaufen, aber auch, das Drehbuch in der Hand, den Text des nächsten Bildes noch einmal zu memorieren, trat er von hinten an ihn heran. Da niemand anders in der Nähe war, musste er nicht flüstern.

«Entschuldigung, Hans-Jürgen Mannhardt, Mordkommission … Sie sind Enver Volle?»

Der Schauspieler fuhr herum, und Mannhardt mit seiner jahrzehntelangen Berufserfahrung glaubte zu erkennen, dass er sich besondere Mühe gab, sehr überrascht zu wirken. «Ja, warum? Ich habe eben, als ich meine Cola austrinken wollte, eine Wespe erschlagen. Aber dass Sie so schnell hier sind und das …»

Mannhardt verzichtete darauf, nun ebenfalls witzig sein zu wollen. «Wir haben uns schon einmal gesehen?»

«Ja, sicher. *Yerma.* Als Ihre Frau Ruben interviewt hat.»

«Ah, ja …» Mannhardt ertappte sich dabei, diese Begegnung immer wieder zu verdrängen, weil sie ihm peinlich war. Peinlich deswegen, weil ihm da nicht aufgefallen war, wie sehr sich Volle und Lapaczinsky ähnlich sahen. Schön, er hatte zu dieser Zeit von Lapaczinskys Ende nichts gewusst, aber dennoch … Zu oft war Lapaczinskys Foto in den Zeitungen zu sehen gewesen. Aber er kam ja kaum zum Lesen. «Heike hat Ruben Uding ein paar Fragen gestellt … und dasselbe wollte ich nun auch mit Ihnen machen.»

«Arbeiten Sie nebenher auch als Kulturjournalist?»

So viel Chuzpe war für Mannhardt doch ein wenig verwirrend. «Ich, nein. Wieso? Es geht um Lapaczinsky …»

«Ah, den von der *Global Bank.* Meine Exfrau arbeitet da und hat mir einiges erzählt. Hinter jedem Rock soll er her gewesen sein. Ein bunter Vogel, aber nun hat sich's ja ausgevögelt.»

Es war beeindruckend, wie der andere das Spiel eröffnete. Aber ein wenig zu aufgeräumt und spritzig. Menschen, die etwas überspielen wollten, reagierten so. Genug des Vorgeplänkels. «Sagen Sie, Herr Volle, ist Ihnen Ihre Ähnlichkeit mit Christian Lapaczinsky schon einmal aufgefallen? Sie könnten glatt sein Double spielen?»

«Wieso? Wird sein Leben schon verfilmt? Sagen Sie mir:

wann, wo, von wem? Da will ich dann gleich hin, die Rolle will ich haben.»

«Die hatten Sie doch schon.» Mannhardt war richtig stolz auf sich, diese Vorlage eiskalt ausgenutzt zu haben.

Um seine Verwirrung sichtbar zu machen, schüttelte sich Volle wie ein Boxer nach einem schweren Kopftreffer. «Da kann ich Ihnen nicht ganz folgen.»

Mannhardt trug ihm nun seine Arbeitshypothese vor, immer wieder von Volles Ausrufen unterbrochen. «Das ist doch absurd!» oder «Das ist doch so hirnrissig, dass Ihnen das jeder Produzent um die Ohren hauen würde, wenn Sie's ihm als Stoff anbieten würden!» Mannhardt nahm das gelassen hin und schloss damit, dass Volle ihn ja auf der Stelle widerlegen könne. «Sie müssen mir nur das berühmte hieb- und stichfeste Alibi nachweisen. Streng genommen zwei Alibis: einmal für die Nacht vom Dienstag zum Mittwoch, wo Lapaczinsky auf den S-Bahn-Gleisen verbrannt ist, und dann für den Tag, an dem er ermordet worden ist. Freitag, Samstag ...»

«O Gott, hätte ich das gewusst ...» Volle verbarg das Gesicht in der Schüssel seiner Hände, um anzuzeigen, dass er in tiefes Nachdenken verfallen müsse. «Ich bin Single, einsam und allein. Wahrscheinlich habe ich zu Hause auf dem Bett gelegen und von den Rollen geträumt, die ich nie bekommen werde. Dem Prinzen von Homburg, dem Hamlet, dem Faust, von Euripides und Äschylus mal ganz zu schweigen ...»

Ehe Volle die ganze Theaterliteratur des Abendlandes durchgehen konnte, ging Mannhardt dazwischen. «Noch einmal ganz präzise: Haben Sie einen Zeugen, der bestätigen kann, dass Sie in der Nacht von Dienstag auf Mittwoch nicht in Frohnau gewesen sind?»

Volle sprang von der Bank und baute sich vor Mannhardt auf. «Ja, den habe ich.»

«Wenn Sie mir noch den Namen nennen könnten.»

«Ja, kann ich: Dr. Thomas Roitzsch. Ein Ingenieur, aber mit einem ganz besonderen Faible fürs Theater und insbesondere für meinen Freund Ruben Uding. So hat er unter anderem auch die *Yerma*-Produktion gesponsert. Er hat so viele Verbindungen, und ich suche händeringend ein paar Rollen, die was bringen …»

Mannhardt nickte. Das klang logisch, und seine Hypothese geriet etwas ins Wanken. «Gut. Ich werde mich nachher mit Dr. Roitzsch in Verbindung setzen. Wenn wir das mal abhaken, bliebe aber noch die Frage, wo Sie zur eigentlichen Tatzeit gewesen sind, also am Wochenende?»

Wieder nahm sich Volle viel Zeit zum Nachdenken. «Am Freitag? Am Freitag habe ich Theater gespielt. *Yerma* mal wieder. Dann bin ich nach Hause gefahren. In meine Wohnung in Neukölln, Karl-Marx-Straße. Und am Samstag habe ich vormittags getrödelt und bin dann mittags nach Hohen-Vietz gefahren.»

Mannhardt, ausgewiesener Fontane-Kenner, war freudig erschrocken. «Ah, *Vor dem Sturm*. Berndt von Vitzewitz, Tubal, der alte Bamme …»

«Ja. Und das Herrenhaus da hat Schackstedt gekauft und wieder herrichten lassen. Und da war ich eingeladen. Mit Dr. Roitzsch zusammen.»

Die Sicherheit, mit der Enver Volle dies vortrug, ließ bei Mannhardt keinen Zweifel daran aufkommen, dass der Schauspieler in diesem Punkt die Wahrheit sagte. Also gab es zwei Möglichkeiten: Entweder er hatte wirklich nichts mit Lapaczinskys Doppelgänger und Lapaczinskys Tod zu tun – oder die beiden Genannten steckten mit ihm unter einer Decke. Was durchaus sein konnte. Mannhardt kannte den Berliner Filz. Und wenn der S-Bahn-Zug den Frohnauer Bahnhof wirklich auf die Minute genau verlassen hätte, wäre ihnen der große Coup ja ganz sicher auch gelungen. Mannhardt sagte: «Ja, mein Lieber, so ist es nun einmal: Der Zufall macht vor keinem Halt.»

«Da kann ich Ihnen nicht folgen.»

«Werden Sie aber: und zwar in die U-Haft.»

«Sind Sie denn …!?» Volle deutete an, dass er kurz davor war auszurasten.

Mannhardt trat einen Schritt zurück. «Passen Sie auf, so wird es jetzt im Drehbuch weitergehen: Wenn Sie wirklich als Lapaczinsky in der Bank waren und dort zwei Tage lang an seinem Schreibtisch gesessen haben, werden Sie hundertprozentig einiges hinterlassen haben. Zunächst einmal viele Fingerabdrücke. Ganz klassisch also. Wenn nicht, bleiben uns ja noch ausgekämmte und ausgerissene Haare und dergleichen für die DNA. Und dann fangen wir mit den Gegenüberstellungen an.»

«Das können Sie ruhig machen. Meinen Sie denn, die Leute sind so dumm, dass sie darauf reingefallen wären, wenn ich Ihnen den Lapaczinsky vorgespielt hätte? Danke für die Blumen. Aber leider habe ich's nicht getan.»

Mannhardt zeigte auf die Scheinwerfer ringsum. «Volle, das ist doch Ihre Chance: dass sich alle Scheinwerfer dieser Welt auf Sie richten, wenn Sie ein Geständnis ablegen. Mit einem Schlag kennt Sie ein jeder und Ihr Ruf dringt bis nach Hollywood hinüber. Enver Volle, das Double des Bankiers. Die Rolle, die mehr als einen Oscar verdient. Sie werden in jeder Talk-Show sitzen, man wird Sie mit Rollenangeboten überschütten. Sie sind im Nu ein Megastar.»

«Wie Sie das so sagen, könnte man fast denken, Sie wollten mein Manager werden.»

Mannhardt grinste. «Ich nicht, aber die Gefährtin meines Lebens könnte die PR für Sie machen.»

Volle fand als Erster zum ernsten Ton zurück. «Sie vergessen nur eines in Ihren kühnen Konstruktion: dass ich als Mörder kaum Freigang zum Drehen bekäme.»

Mannhardt erkannte, dass er ihm eine Brücke bauen musste. «Dass Sie Lapaczinsky ermordet haben, will ich Ihnen im Augenblick noch gar nicht unterstellen. Ich behaupte ja nur, dass Sie ihn in der Bank gedoubelt haben. Und so ungeheuer strafbar wird das nicht sein ...»

Enver Volle fiel auf die Parkbank, drehte sich von Mannhardt weg und schloss die Augen. Mannhardt ließ ihn gewähren. Er war sich absolut sicher, auf der richtigen Spur zu sein.

«Ich will Ihnen mal sagen, Herr Volle, was ich annehme. Schackstedt und Dr. Roitzsch haben sich mit Lapaczinsky heftig gestritten, und dabei ist der Bankier unglücklicherweise zu Tode gekommen. Wie auch immer. In ihrer Not ist dann Roitzsch auf die Idee gekommen, Sie als Lapaczinsky auftreten zu lassen. Er kannte Sie ja vom Theater her und wusste, dass Sie Lapaczinsky zum Verwechseln ähnlich sehen. Die Rolle Ihres Lebens. Und Sie übernehmen sie, weil man Ihnen vieles verspricht: Geld und Rollen noch und nöcher. Vom armen Schauspieler zum Megastar. Sie glauben das und machen mit. Und es wäre ja auch alles gelungen, wenn dieser verdammte S-Bahn-Zug keine Verspätung gehabt und der Triebwagenführer Sie nicht gesehen hätte, wenn an Lapaczinskys Leiche nicht ein Stückchen Haut heil geblieben wäre und wenn sein Kopf wirklich so verbrannt und verkohlt wäre, dass die Verletzung durch die Mordwaffe nicht mehr sichtbar gewesen wäre. Als Laien haben Sie das nicht schlecht gemacht, aber vom perfekten Mord sind die Herren Schackstedt und Roitzsch doch noch ein Stück entfernt gewesen. Ihnen wird man den Mord nicht anlasten, nicht einmal der Beihilfe wird man sie schuldig sprechen, denn Sie sind ja erst hinzugezogen worden, als Lapaczinsky schon längst tot gewesen ist.» Mannhardt setzte sich neben Volle auf die Bank. «Nun müssen wir das alles nur noch tippen, bei mir im Büro, und Sie unterschreiben es dann …»

«Ein bisschen anders war es schon, aber im Wesentlichen, da …» Enver begann zu reden.

«Der *Railjet*, den Sie hier sehen, ist genau das Fahrzeug, mit dem wir uns auf dem Weltmarkt behaupten können, etwa gegen den *Talent* von Bombardier und den *Desiro* von Siemens. Hier drüben sehen Sie ihn in Gelb, das ist eine Bestellung der Niederländischen Bahn. Daneben in Blau-Weiß-Gelb für die Nordwestbahn Osnabrück. Jetzt sind wir dabei, für Seattle und Tacoma ein neues Light-Rail-System zu entwickeln.»

Mannhardt und Yaiza Teetzmann hatten sich brav beim Pförtner gemeldet, waren auf Weisung des Chefsekretariats von einem jungen Ingenieur abgeholt und durch die Halle geführt worden, wo die *Railjets* zur Endmontage aufgebockt waren. Das hatte die Begegnung mit Schackstedt und Dr. Roitzsch um ein paar Minuten hinausgeschoben, was Mannhardt nicht ungelegen kam. Ging es den oberen Zehntausend an den Kragen, war das für ihn genauso gefährlich wie die Festnahme von Schwerverbrechern. Die einen drohten mit ihren Pistolen, die anderen mit ihren Kontakten und ihren Staranwälten.

In den letzten Stunden war es sehr hektisch zugegangen. Um Enver Volles Aussagen zu überprüfen, hatten sie von einem Termin zum anderen hetzen müssen. Mit Christine Thomas, Diethard Menz und anderen in der GBE war zu sprechen gewesen, mit Petra Olschewski, Carolyn Lapaczinsky und Mandy Schwinkendorf. Das Fazit war eindeutig: Alle Puzzleteile passten zusammen, alle Befragten bestätigten die Aussagen des Lapaczinsky-Doubles, alle hatten sie sich täuschen lassen. Ja, manches sei ihnen schon etwas merkwürdig erschienen, aber … «Herr Lapaczinsky war mitunter schon ein komischer Kauz, und da … Hätten wir gleich die Polizei rufen sollen?» Nein, davor hatten sie Angst gehabt. Nur keinen Ärger haben, lieber die Augen verschließen und so tun, als wäre nichts. Man wusste ja nie, was es für Folgen haben konnte, wenn man sich zu weit aus dem Fenster lehnte. «Stellen Sie sich vor, ich hätte mich geirrt … dann wäre ich meinen Arbeitsplatz los gewesen.»

Schackstedt und Roitzsch warteten im ‹Salon› auf sie. So hatte der Cicerone das kleine, holzgetäfelte Besprechungszimmer genannt. Mannhardt hätte gar nicht so viele Fortbildungsveranstaltungen zum Thema Körpersprache mitmachen müssen, um zu erkennen, dass die beiden wie Verlierer dastanden. Wie begossene Pudel. Er konnte davon ausgehen, dass sie die Suche nach dem Double des Bankiers in den Medien mitbekommen hatten und aus seinem Besuch bei ihm nur den einen Schluss ziehen konnten: dass Enver Volle gesungen hatte. Sie begrüßten ihn steif wie mechanische Puppen. Das Schweigen nach dem Begrüßungsritual war fast sakral.

«Lassen Sie uns mit offenen Karten spielen, meine Herren. Sie werden kaum ein besseres Blatt haben als ich …», begann Mannhardt.

So schnell aber wollte sich Roitzsch doch nicht geschlagen geben. «Herrschaften, das hier ist kein Spiel. Es geht um Arbeitsplätze, es geht um das Schicksal vieler, vieler Menschen. Wir haben das alles nicht aus Jux und Tollerei getan, sondern aus tief empfundener sozialer Verantwortung.»

Mannhardt winkte ab. «Nett, Herr Dr. Roitzsch. Ich selber finde es höchst ehrenwert, was Sie da gemacht haben, und Sie sollten ein Bundesverdienstkreuz dafür kriegen … aber Mord ist Mord.»

Beide fuhren auf. «Was denn: wir sollen Lapaczinsky ermordet haben?»

Yaiza Teetzmann schlug die mitgebrachte Akte auf. «Unsere Kriminaltechniker lassen keinerlei Zweifel daran, dass Lapaczinsky mit einem stumpfen Gegenstand erschlagen worden ist.»

Schackstedt presste die Hände gegen die Schläfen. «Ich … und meinen besten Freund erschlagen … das ist doch völlig undenkbar.»

«Es spricht vieles dafür …»

Schackstedt war nahe daran, zusammenzubrechen. Roitzsch musste ihn stützen.

Mannhardt hatte Miteid mit ihm, aber an der Sache ließ sich nichts mehr drehen. Zu eindeutig war das, was Enver Volle ausgesagt hatte. Blieb nur zu hoffen, dass Schackstedt milde Richter fand, die seine ‹edle› Intention zu würdigen wussten. Bei Roitzsch lag die Sache etwas anders. Der war eine Spielernatur, und es war ja auch nicht seine Firma, die hier in Konkurs ging.

Roitzsch suchte zu retten, was zu retten war. «Darf ich Ihnen mal die Dinge so schildern, wie sie in Wahrheit sind und waren …»

«Gern, deswegen sind wir ja hier.» Mannhardt gab Yaiza Teetzmann einen Wink, nun alles mitzuschreiben.

«Also … Uns stand das Wasser bis zum Hals, und Christian Lapaczinsky war unsere letzte Rettung. Einzig und allein sein Einfluss konnte den Kreditausschuss seiner Bank bewegen, uns noch einmal Geld zur Verfügung zu stellen.»

Sofort hakte Mannhardt ein. «War es nicht so, dass Lapaczinsky derjenige war, der Ihren Kredit blockiert hat und den Sie eliminieren mussten, wenn Sie ihn bekommen wollten?»

«Wieso?»

«Na, wenn er ohnehin schon auf Ihrer Seite gewesen ist, warum haben Sie ihn denn da noch nach Hohen-Vietz einladen müssen?»

«Um mit ihm die geeignete Strategie zu beraten, seine Kollegen in der Bank auf seine Seite zu ziehen.»

Roitzsch schilderte nun Lapaczinskys Ankunft und wie sie anfangs mit ihm ein sehr fruchtbares Gespräch geführt hatten. «Da ist ihm plötzlich übel geworden, und er ist auf die Toilette gegangen. Als er nach eine Weile immer noch nicht zurück war, nach sechs, sieben Minuten vielleicht, sind wir hinterher, um nachzusehen. Da haben wir ihn dann tot aufgefunden.»

Roitzsch erzählte ihnen, dass er seinen Hausarzt gefragt habe, wie das wohl geschehen konnte. «... natürlich ohne Lapaczinsky beim Namen zu nennen. Und mein Doktor sagt, dass Leute unter bestimmten Bedingungen einen Schwächeanfall erleiden können, wenn sie bei hartem Stuhlgang – Pardon! – so stark drücken, dass ihnen im Kopf die Äderchen platzen. So muss das auch bei Lapaczinsky gewesen sein. Und er ist dann mit dem Kopf auf den Rand der Badewanne geschlagen ... So heftig, dass das tödlich gewesen sein muss.»

«Unmöglich.» Mannhardt konnte nicht anders, als das immer wieder zu betonen. «Unsere Fachleute sagen klipp und klar: Die tödliche Fraktur stammt nicht von einem Sturz, sondern von einem Schlag. Die Wunde ist so scharfkantig, dass sie ganz offenbar von einem Kantholz stammt, einem Stück Dachlatte wahrscheinlich, weil sich in der Kopfschwarte ein grünlicher Holzsplitter gefunden hat. Und meines Wissens bestehen die Ränder von Wasch- und Toilettenbecken wie von Badewannen und Bidets nicht aus getränktem Kiefernholz ... und abgerundet sind sie auch. Nein, meine Herren, auch beim mildesten Richter werden Sie unter diesen Umständen keine Chance haben.»

Nun nahm Schackstedt das Wort und berichtete, wie Dr. Roitzsch auf die Idee mit Enver Volle als Double gekommen war. «Mir sträubten sich anfangs alle Nackenhaare dagegen, doch was sollte ich machen, eine andere Chance hatte ich ja nicht. Entweder Lapaczinskys Unterschrift unter dem Kreditvertrag … oder ich konnte mir den Strick nehmen.»

«Schön und gut», sagte Mannhardt. «Aber das lenkt nur ab vom Eigentlichen. Und das Eigentliche ist die Frage: Wer hat Christian Lapaczinsky ermordet? Und da gibt es nach dem Stand unserer Erkenntnisse nur eine Antwort: die Herren Schackstedt und Roitzsch. Seien Sie bitte noch so nett, uns zu schildern, wie Sie Lapaczinskys Leiche dann in der Nacht vom Dienstag zum Mittwoch in Frohnau in den Wagen gesetzt, die S-Bahn-Böschung hinuntergefahren und in Brand gesteckt haben. Lapaczinskys Double hat uns das zwar alles schon geschildert, doch die Staatsanwaltschaft hätte auch gern Ihre Version.»

Was Roitzsch nun zu Protokoll gab, deckte sich weitgehend mit dem, was der Schauspieler ausgesagt hatte, sodass Mannhardt und Yaiza Teetzmann dies erst einmal abhaken konnten.

Mannhardt erhob sich. «Dann darf ich Sie beide bitten, gleich mit uns mitzukommen, in die U-Haft nach Moabit. Die Haftbefehle habe ich schon, der Richter war, so wie die Dinge liegen, nicht zögerlich.»

Roitzsch hielt Mannhardt, der vorangehen wollte, am Ärmel fest. «Momentchen bitte noch: Mir fällt da gerade etwas ein, was für Sie von einiger Relevanz sein müsste. Kurz nachdem Lapaczinsky in Hohen-Vietz angekommen war, hat er den Anruf eines gewissen Ramolla erhalten, Elektro-Ramolla. Und der hat gedroht, ihn umzubringen. Seine Firma ist Pleite gegangen, seine Frau hat Selbstmord begangen … und an allem hat er Lapaczinsky die Schuld gegeben, weil der ihm, obwohl ein alter Freund des Hauses, keine Kredite mehr gewähren wollte.»

Mannhardt sah Yaiza Teetzmann an, und sein Blick war unschwer zu deuten: Für einen so intelligenten Menschen ist das nun wirklich eine ziemlich schwache Leistung. «Phantasie ist eine schöne Sache, Herr Dr. Roitzsch, und Sie als Liebhaber des Theaters haben uns da sicher einiges zu bieten.»

Roitzsch reagierte unwirsch. «Ramolla ist nicht meiner Phantasie entsprungen, den gibt es wirklich.»

«Wenn es Ihre Nerven beruhigt, werden wir diesem Hinweis aus der Bevölkerung einmal nachgehen», sagte Mannhardt.

Dann wurden die beiden abgeführt.

EINS ZWEI DREI VIER FÜNF SECHS **SIEBEN** ACHT NEUN

War Torsten Ramolla vielleicht doch die berühmte heiße Spur?

Eine schnelle Abfrage ergab, dass Ramolla in der Mommsenstraße 9 gemeldet war, Charlottenburg. Als sie hinfuhren und klingelten, drang jedoch kein Laut aus der Gegensprechanlage. Sie fragten ein Ehepaar im angehenden Graue-Panther-Alter, das gerade aus dem Hausflur kam, ob sie vielleicht wüssten, wo sie Herrn Ramolla finden konnten.

«In der KBoN», kam die Antwort. In der Karl-Bonhoeffer-Nervenklinik also. «Der SPD hat ihn vorhin abgeholt.»

«Die SPD?»

«Nein, *der* SPD, der Sozialpsychiatrische Dienst. Eine akute Psychose. Er hat Halluzinationen gehabt und den Hauswart tätlich angegriffen, weil er ihn für einen Bankier gehalten hat.»

«Sie sind Psychologe?», fragte Yaiza Teetzmann.

«Ja, meine Frau auch.»

«Den Seinen gibt's der Herr im Schlaf», sagte Mannhardt. Sie bedankten sich und fuhren nach Reinickendorf in die Klinik. Mühsam fragten sie sich durch, wurden aber zu ihrer großen Überraschung nicht sofort abgewiesen, sondern gebeten, im Wartezimmer Platz zu nehmen.

«Vielleicht ist es für Herrn Ramolla hilfreich, wenn er mit Ihnen sprechen kann», erklärte ihnen die behandelnde Ärztin. «Er hat Medikamente bekommen und wird sich kooperativ verhalten.»

Die Atmosphäre war bedrückend, und die Sache dauerte. Mannhardt litt von Minute zu Minute mehr, hatte er doch im früheren Leben selbst einige Monate in der Psychiatrie zubringen müssen.

Endlich stand Ramolla in der Tür, und Mannhardt sah, dass er ein armer Teufel war. Schmächtig war er, dunkelhaarig und hätte als Italiener oder Türke gelten können. Sie redeten über Hertha BSC und kamen dann zu den Sponsoren, die der Fußball brauchte.

«Hatten Sie denn auch einen Verein mit dem Schriftzug Elektro-Ramolla auf den Trikots?», fragte Mannhardt.

«Nein. Ich wollte ja, aber dann … Die Großen haben mich zugrunde gerichtet. Doch ich hätte es schon noch geschafft, wenn ich …» Er blickte mit starren Augen aus dem Fenster. «Mein Freund Lapaczinsky hat mich dann fallen lassen. Keine Kredite mehr. Aus und vorbei …»

Yaiza Teetzmann lächelte ihm zu. «Verständlich, dass Sie dann auf ihn geschossen haben.»

«Ja … Aber ich hab ihn ja nicht richtig treffen wollen. Nur so …»

Trotz allen Mitgefühls musste Mannhardt nachsetzen. «Aber in Hohen-Vietz, da haben Sie doch ernsthaft zugeschlagen …?»

«Hohen-Vietz … Was für 'n Hohen-Vietz …?»

Mannhardt brauchte keinen Lügendetektor, um zu registrieren, dass Ramolla wirklich nicht wusste, wovon die Rede war. «Okay. Und wo waren Sie den ganzen Samstag über?»

Ramolla zeigte den Anflug eines Lächelns. «Da, wo ich dachte, dass ich mich mal so richtig ablenken kann.»

«Also im Bordell?»

«Nein, mit den Hertha-Fröschen beim Auswärtsspiel …»

Mit ein paar Telefongesprächen war die Sache abgeklärt:

Torsten Ramolla hatte wirklich im Fan-Bus gesessen und war dadurch aufgefallen, dass er sehr still gewesen war … und als Erster total besoffen.

Das mit Ramolla als Täter war also abzuhaken.

Am nächsten Morgen war Ortstermin in Hohen-Vietz. Viel Zeit, in Fontane-Reminiszenzen zu schwelgen, blieb Mannhardt allerdings nicht, denn der mitgereiste Staatsanwalt, der noch einen Termin in Frankfurt/Oder hatte, drängte zur Eile. Trotzdem wollten sie die drei Verdächtigen einzeln anhören, um später anhand möglicher Inkongruenzen ihrer Aussagen Widersprüche aufzudecken.

So wurde erst Schackstedt, dann Roitzsch gebeten, ausführlich zu schildern, was er von Freitagnachmittag bis Sonntagabend wann und wo getan hatte. Man stand dabei vor der Freitreppe des Herrenhauses. Sie legten alles dar: Wie sie erst mit Lapaczinsky verhandelt hatten und dieser dann, weil ihm übel war, zur Toilette gegangen war. Wie sie gewartet hatten, zehn Minuten vielleicht, und dann in Sorge um ihn nachgesehen hatten. Wie sie ihn tot aufgefunden hatten und in ihrer Panik auf die Idee gekommen waren, Enver, den Roitzsch genauer kannte, so lange als Lapaczinskys Double auftreten zu lassen, bis ihr Kredit in trockenen Tüchern war.

Mannhardt ließ die beiden Beschuldigten wieder beiseite führen und wandte sich an den Staatsanwalt und seine Kollegin. «Ich glaube, beide haben dasselbe mit fast denselben Worten gesagt, was aber auch kein Wunder ist, da sie ja Zeit genug hatten, sich abzusprechen.»

Der Staatsanwalt, knallhart, blitzgescheit, gesegnet mit unverschämter Arroganz und der schnarrenden Stimme eines preußischen Rittmeisters, war etwas ungehalten. «Das hätten wir uns sparen können. Und dieser Schauspieler wird uns auch nichts anderes zu sagen haben. Es reicht aber auch so zur Anklage wegen Mordes. Die Art und Weise, wie sie die Leiche nachher entsorgt haben, zeigt ihre ganze Heimtücke.»

In diesem Augenblick bog ein Pulk von Kriminaltechnikern um die Ecke, sah Mannhardt und rief wie aus einem Munde: «Chef, die Sensation: Kickelhahn war hier im Haus und hat sich hier versteckt. Überall Fingerabdrücke von ihm. Auch da, wo Lapaczinsky erschlagen worden ist.»

«Von Kickelhahn?» Mannhardt brauchte lange, bis er diese Information verarbeitet hatte. Ja, alles sprach dafür.

Noch in derselben Stunde fuhr man nach Berlin zurück, um sich Maik Kickelhahn noch einmal vorzuknöpfen. Er lachte schallend, als er Mannhardt sah und man ihn fragte, ob er in Hohen-Vietz gewesen sei.

«Klar, ihr ... Hab ich euch alle reingelegt. Nicht in Frohnau hab ich den Lapaczinsky umgebracht, nee, den hab ich in dem komischen Nest da oben an der Oder erschlagen ... Hohen-Dingsda. Ich hab mich da versteckt gehabt und gesehen, wie er aufs Scheißhaus gegangen ist. Schon halb hinüber. Den Rest hab ich ihm dann gegeben. Seine Autoschlüssel wollt' ich haben, aber die hat der Arsch nicht in der Tasche gehabt. Geld auch nicht. Da bin ich dann wieder ab und so nach Berlin. Erst über die Oder rüber nach Polen geschwommen und dann am Ufer lang Richtung nach Frankfurt. Und als die Luft rein war, wieder zurück. In Reitwein hab ich dann einen alten Sack abgeknallt und mit seinem Auto bin ich rein nach Berlin. Oben nach Frohnau. Det andere wisst ihr ja.»

Die Mordanklage gegen Schackstedt und Roitzsch wanderte noch am selben Tage in den Papierkorb.

«Etwa eine Woche nach einem Zeckenbiss, der oft unbemerkt bleibt, breitet sich kreisförmig um die Bissstelle herum ein roter, juckender Hautausschlag aus. Fieber und Gliederschmerzen können hinzukommen. – Zwei bis sechs Wochen später machen zum Teil heftige Nervenschmerzen zu schaffen. Der Geschmacks- und Gehörsinn kann beeinträchtigt sein. Sehr oft ist die Muskulatur einer Gesichtshälfte gelähmt. Herzrhythmusstörungen und Fieber weisen auf eine Herzentzündung hin.»

Mannhardt ließ das *Kursbuch Gesundheit* wieder sinken und rief nach Heike, die im Badezimmer stand und Silvios verdreckte Jeans noch in die überfüllte Waschmaschine stopfen wollte. «Kommst du mal schnell? Hilfe!»

«Schrei nicht so, das Kind wird wach.»

«Der Einzige, der hier schreit, bist du.»

«Was ist denn los: Bist du wieder mal am Sterben?»

«Du, ich glaub, ich hab eine Zecke!»

Endlich war die Gefährtin seines Lebens zur Stelle und bereit, sein Hinterteil in Augenschein zu nehmen.

«Hier ist eine etwas größere, ringförmige Rötung. Das könnte wirklich ein Zeckenbiss sein.»

«Das muss ich mir in Hohen-Vietz geholt haben.»

Mannhardt hatte durchaus eine gewisse Veranlagung zum Hypochonder und sah sich schon als menschliches Wrack im

Rollstuhl sitzen. Wie die Leute hinter ihm herflüsterten: «Und alles nur wegen eines kleinen Zeckenbisses. Den hat er sich im Dienst geholt, aber die Verwaltung will das nicht als Dienstunfall gelten lassen.»

Sein Abend war erst einmal gelaufen, und es blieb ihm nichts anderes, als sich vor den Fernseher zu setzen. Überall Talk-Shows. Ich quatsche, also bin ich. Einer sabbelte klüger daher als der andere. Warum suchten sich Serientäter stets die falschen Opfer aus? Er drückte auf die Weiter-Taste seiner Fernbedienung wie auf den Abzug einer Schnellfeuerwaffe. Und hielt plötzlich inne, denn wen hatte er da im Wohnzimmer? Enver Volle. Sie schleiften ihn von einem Studio ins andere und waren dabei, ihn bis zum letzten Tropfen auszupressen. Und gegen seinen Willen war Mannhardt fasziniert davon.

«Stimmt es, Herr Volle, dass der Lapaczinsky-Stoff in Kürze verfilmt werden soll?», wurde Volle gerade von einer jener Moderatorinnen gefragt, bei deren Anblick Mannhardt stets von heftigen pubertären Wunschvorstellungen befallen wurde.

Volle bejahte und vergaß nicht anzumerken, dass er für die Hauptrolle vorgesehen sei. «*True crime* ist durch nichts zu ersetzen.»

«Sind denn nun alle Geheimnisse des Falles Lapaczinsky gelüftet?», war die nächste Frage. «Der Mörder ist ja nun gefasst, die Beteiligten alle befragt …»

Volle brachte sein unwiderstehliches jungenhaftes Lachen ins Spiel. «Bis auf eine.»

«Wen bitte?»

«Die Dame, die mich in der Annahme, ich sei Christian Lapaczinsky, heftig geliebt hat.»

«Und die haben weder Sie noch die Kripo ausfindig machen können?»

«So ist es. Sie müssen sich immer in einem abgelegenen Liebesnest getroffen haben.»

Die Moderatorin wurde nun ihrerseits etwas gewagt. «Ich bitte Sie, Enver, wenn man miteinander ins Bett geht, dann nennt man sich doch irgendwie beim Namen.»

«Natürlich hab ich versucht, ihren Namen zu erfahren, und das ist mir auch gelungen: Oxana.»

«Roxana, ah, ja …»

«Nein: Oxana, ohne R.»

«Klingt irgendwie russisch», sagte Heike, die nun auch vor dem Fernseher stand.

«Oxana, bitte melden!», rief die Moderatorin.

Heike sah Mannhardt an. «Habt ihr denn nicht alles versucht, sie ausfindig zu machen?»

«Doch, aber ohne Erfolg. Und so wichtig ist sie doch nun wirklich nicht, dass man … bei unserer Personalknappheit. Auch ohne sie ist doch alles klar.» Damit war für ihn die Sache erledigt, und als Enver Volle nun von all den Filmprojekten erzählte, mit denen er zugeschüttet wurde, drückte er weiter, bis er die Sportkanäle erreicht hatte. Auf einem gab es Golf – das beste Schlafmittel, das er sich denken konnte.

Am nächsten Morgen im Büro fragte ihn Yaiza Teetzmann, ob er sich auch wieder mal Enver Volle angesehen habe. «Langsam finde ich ihn immer toller. Irgendwie bin ich richtig verknallt in ihn.»

«Dann bist du also die geheimnisvolle Geliebte, die sich noch nicht geoutet hat. Und warum hast du nicht wenigstens mir davon gebeichtet?»

«Um mich nicht zu blamieren. Jeder wird mich doch für ’ne total beknackte Nymphomanin halten: Merkt die nicht mal, dass sie sich den falschen Mann ins Bett geholt hat.»

Mannhardt genoss die Vorstellung ganz generell. «Vielleicht

hat sie's gemerkt und das Spiel gerne mitgemacht. Wer erlebt schon solche Abenteuer ...»

«... und redet später nicht darüber? Warum nutzt sie die Gelegenheit nicht, auch in die Talk-Shows zu kommen und Rollen zu kriegen und viel Kohle zu machen.»

«Wahrscheinlich hat sie schon welche. Beziehungsweise ihr Mann. Und du hast ja eben selbst gesagt, dass ihr die Sache irgendwie peinlich ist und ihren guten Ruf gefährdet. Wenn sie denn einen hat.» Mannhardt machte eine kleine Pause. «Aber müssen wir denn wirklich wissen, wer sich hinter dem Künstlernamen Oxana verbirgt?»

«Kann schon sein, dass sie im Gericht darauf herumreiten und uns schlampige Arbeit vorwerfen, die Anwälte vor allem.»

Mannhardt lachte. «Ja, insbesondere die Staranwälte, die sich Kickelhahn nehmen wird.»

«Der nicht, aber Schackstedt und Roitzsch.»

«Der Fall wird doch abgetrennt, und für die spielt es doch überhaupt keine Rolle, ob diese Oxana Volle nun durchschaut hat oder nicht.»

Damit gingen sie zur Tagesordnung über. Bis der Anruf aus einem kleinen Hotel in Birkenwerder kam. Der Portier gab zu Protokoll, dass sich Lapaczinsky und seine Geliebte jede Woche einmal bei ihm getroffen hätten. Diskretion sei ja seit jeher die Stärke seines Hauses, aber da es sich hier um einen Mordfall handele und sie nicht ins Gerede kommen wollten ...

Mannhardt schmunzelte. «Ein bisschen kostenlose Werbung für Ihr Haus wäre gar nicht einmal schlecht. Was können Sie uns denn zur Sache sagen?»

«Ich kenne die Dame.»

«Wie? Sie auch?»

«Nein, vom Sehen. Aus dem Fernsehen, vom Fernsehballett. Sie war Tänzerin. Ich glaube, auch beim Friedrichstadt-Palast.

Ich hab die beiden ja nicht belauscht, aber ich erinnere mich, einmal gehört zu haben, dass sie auch was mit der Bank zu tun hatte, der Herr Lapaczinsky vorgestanden hat.»

Klar, dass Oxana da den Mund gehalten hatte. Mannhardt fragte den Anrufer noch nach Namen und Adresse, nahm alles gewissenhaft zu Protokoll, bedankte sich und gab die Sache an Yaiza Teetzmann weiter. «Die gewesene DDR, das ist dein Bier.»

Es dauerte keine vier Stunden, da meldete sich Yaiza Teetzmann am Telefon. Und sie war so aufgeregt wie selten. «Halt dich fest, du fällst sonst vom Stuhl!»

«Haben Sie dich engagiert fürs Fernsehballett? Herzlichen Glückwunsch.»

«Nein, aber ich weiß jetzt, wie diese Oxana mit bürgerlichem Namen heißt.»

«Angela Merkel.»

«Martina Menz.»

Mannhardt schaltete nur langsam. «Tut mir Leid, damit kann ich im Augenblick leider nichts anfangen.»

«Sie ist die Frau von Diethard Menz, Lapaczinskys rechter Hand.»

Nun erwachte auch in Mannhardt so etwas wie der professionelle Instinkt. «Da hätten wir ja ein herrliches Motiv: Eifersucht. Schade nur, dass es Kickelhahn schon war.»

«Vielleicht nimmt der uns nur auf den Arm», wandte Yaiza Teetzmann ein. «Scheint ja eines seiner Hobbys zu sein.»

Mannhardt hatte eine Idee. «Unsere Leute haben doch in Hohen-Vietz alles gesichert, was an Fingerabdrücken da war. Da haben wir uns überhaupt nicht weiter drum gekümmert. Mussten wir ja auch nicht, weil wir nur auf die von Kickelhahn aus waren. Wir verschaffen uns mal welche von Menz und vergleichen die mit denen aus Hohen-Vietz.»

Gesagt, getan. Am nächsten Tag hatten sie das Ergebnis: Auch Menz war im Herrenhaus von Hohen-Vietz gewesen.

«Ich glaube, wir plaudern mal ein wenig mit ihm», sagte Mannhardt.

Gerade wollten sie sich in Bewegung setzen, da kam ein Anruf von Enver. «Was bekomme ich, wenn ich Ihnen verrate, wer Oxana ist?»

«Nichts», erwiderte Mannhardt. «Denn wir wissen es längst. Aber wir vergleichen mal unsere Erkenntnisse.»

Es war ein längerer Text, den Enver Volle vorzutragen hatte. «Ich gehe gestern Nachmittag in die GBE, um meiner Exfrau zu danken, denn Mandy ist es doch gewesen, die bei Ihnen angerufen und mich verpfiffen hat.»

«Weiß ich nicht, und wenn ich's wüsste, dürfte ich es Ihnen sicherlich nicht sagen. Wir haben das nicht weiterverfolgt … Mandy, und weiter?»

«Schwinkendorf. Ich wollte ihr also danken und ein kleines Geschenk überreichen, denn ohne Mandys Anruf wäre ich ja sicher nicht so groß rausgekommen. Und als ich da den Flur entlanggehe, kommt mir Menz entgegen. Dem bin ich ja auch zu Dank verpflichtet, denn wenn er mir nicht so tatkräftig unter die Arme gegriffen hätte, wäre ich ja sofort aufgeflogen. Ohne ihn hätte ich die Lapaczinsky-Rolle nie derart perfekt hinlegen können.»

Klar, dachte Mannhardt, wenn Menz Lapaczinsky wirklich ermordet hatte, musste es ja ganz in seinem Sinne gewesen sein, dass der Doppelgänger nicht aufflog. Dass er aber keinen Herzschlag erlitten hatte, als der Ermordete plötzlich …

«Und wen sehe ich da am Arm von Diethard Menz? Da sehe ich meine Geliebte, Lapaczinskys Geliebte, unsere allseits geliebte Oxana.»

«Martina Menz.»

«So ist es. Und dann unterrichtet er mich, dass die Frau an seiner Seite seine Angetraute ist. Und noch so furchtbar altmodisch dazu. ‹Gestatten, meine Gattin …›»

Mannhardt fragte sich, was das zu bedeuten hatte. Nicht viel, nur dass Menz ganz offensichtlich nicht wusste, dass es seine Frau auch mit Lapaczinskys Double getrieben hatte. Wenn er denn der Mörder war … Aber das würden sie spätestens heute Abend wissen.

«Komm, Yaiza, wir fahren zur Bank und knöpfen uns den Menz mal vor. Wenn er uns nicht erklären kann, wie seine Fingerabdrücke nach Hohen-Vietz gekommen sind, dann …»

Aber Menz konnte es erklären, mühelos sogar. «Weil ich am Sonntag in Hohen-Vietz gewesen bin. Zum Arbeiten. Herr Lapaczinsky hat mich angerufen, dass ich kommen solle. Ihm sei nicht gut und wir sollten die Kreditangelegenheit mit Herrn Schackstedt und Herrn Dr. Roitzsch gemeinsam durchgehen.»

Am Sonntag war Lapaczinsky schon lange tot gewesen. Und da Schackstedt und Roitzsch die Aussage von Diethard Menz voll und ganz bestätigten, schien er schnell aus dem Schneider zu sein. Doch Mannhardt mochte noch nicht gehen. «Aber es bleibt für mich dennoch schwer verständlich, dass Sie das mit dem Double nicht gemerkt haben sollten.»

«Herr Volle ist eben anerkanntermaßen ein ganz vorzüglicher Schauspieler.»

Mannhardt ging es gewaltig auf die Nerven, dass Menz nicht anders konnte, als druckreif zu sprechen. Kein Wunder, dass sich seine Frau da einen Lover gesucht hatte. ‹Würde es dir etwas ausmachen, Martina, dein Gesäß, wenn ich in dich eingedrungen bin, in der Vertikalen eine Idee anzuheben …› Aber was er da gesagt hatte, war bedenkenswert. Wenn alles wirklich so abgelaufen war, wie Schackstedt, Roitzsch und Volle es geschildert hatten, dann war es durchaus logisch, Menz am Sonntag nach Hohen-Vietz kommen zu lassen, um zu sehen, ob der etwas wittern würde. Es war der echte Härtetest für den Lapaczinsky-Darsteller, bevor sie ihn am Montag in die Bank schickten. Selbstverständlich hatte Menz etwas gemerkt – aber ebenso selbstverständlich hatte er geschwiegen. Und durch sein Schweigen hatten sich Schackstedt und Roitzsch in ihrem Glauben bestätigt gefühlt, die Sache mit Volle als Double durchziehen zu können. Es war zwar irgendwie absurd, aber es stimmte: Wenn Menz Lapaczinsky nicht ermordet hätte, wäre Schackstedt und Roitzsch kein Erfolg beschieden gewesen. So aber musste Menz alles daransetzen, dass Enver Volle nicht enttarnt wurde, denn das enthob ihn aller Sorgen, als Mörder entlarvt zu werden. Dies auch, weil er sicherlich geglaubt hatte, sie würden Lapaczinskys Leiche, nachdem ihr Coup gelungen war, irgendwie auf geniale Weise spurlos verschwinden lassen. Mit der Panne am S-Bahnhof Frohnau war ja nun wirklich nicht zu rechnen gewesen.

Dies war Mannhardts neueste und letzte Arbeitshypothese, und er trug sie Menz und Yaiza Teetzmann vor. Die Kollegin nickte und war mit allem einverstanden, Menz jedoch schüttelte den Kopf.

«Wäre dies ein ‹Tatort› und Sie der Fernsehkommissar, würde ich Ihre Kombinationsgabe zutiefst bewundern, Herr Mannhardt, im wirklichen Leben hingegen sieht die Sache doch ein wenig anders aus. Da das Phänomen der Bilokation, dass also jemand zur selben Zeit an zwei Orten gleichzeitig sein kann, in der Esoterik zwar eine gewisse Rolle spielt, in der Kriminalistik aber auszuschließen ist, kann ich zur fraglichen Zeit gar nicht in Hohen-Vietz gewesen sein, da habe ich mich nämlich in trauter Zweisamkeit mit meiner Frau in den eigenen vier Wänden vergnügt.»

Mannhardt brauchte gar nicht anzurufen, er wusste, dass Martina Menz alias Oxana das bestätigen würde. Wenn sie nicht geschworen hätte, zu ihm zu halten, wäre er nicht auf dieses Alibi gekommen. Ihre Schuldgefühle wahrscheinlich, ihre Angst, als ‹die Frau eines Mörders› abgestempelt zu werden. Aber mit einem Mörder weiterhin zusammenzuleben … Wahrscheinlich hatten sie im Hinblick auf Trennung und Unterhalt einen Deal verabredet, der ihr zum Vorteil gereichte. Wie auch immer, fragen musste man sie. Mannhardt warf Yaiza Teetzmann einen schnellen Blick zu, und die Kollegin ging nach nebenan, um zu telefonieren.

Mannhardt reizte die so offen zur Schau gestellte Selbstsicherheit des Bankmanagers derart, dass er sich zu einer Aggression hinreißen ließ, die ihm noch Ärger einbringen konnte. «Sie kennen Ihren Spitznamen in der Bank?»

«D. Menz, ja … Nicht schlecht. Meine Eltern hatten bei der Wahl meines Vornamens leider keine Chance, auf Lateinkenntnisse zurückgreifen zu können. Aber wenn Sie denken, ich würde unter diesem ‹D. Menz› sonderlich leiden, dann irren Sie sich, denn ich instrumentalisiere dies nach Kräften und mache auch deswegen Karriere, weil mich meine Gegner stets gehörig unterschätzen.»

«Das hieße dann im Klartext, dass Sie Lapaczinskys Nachfolge antreten werden?»

«Mit einer Wahrscheinlichkeit von 99,9 Prozent. Die Eingeweihten wissen ohnehin seit langem, dass ich weit mehr war als seine rechte Hand. Eher war es umgekehrt.»

Wenn wir nicht schon einen Gysi hätten, dachte Mannhardt, dann müssten die Medien sich wirklich daranmachen, Menz als solchen aufzubauen.

Yaiza Teetzmann kam zurück und nickte, was hieß, dass Martina Menz die Aussage ihres Mannes bestätigt hatte.

Mannhardt stand auf und drückte Menz, der sich ebenfalls erhoben hatte, länger als nötig die Hand. «Tut mir Leid, aber der Anfangsverdacht gegen Sie hat nun einmal bestanden. Der Verdacht, dass Sie Herrn Lapaczinsky … Und Vorschriften sind nun einmal Vorschriften. Aber wir haben uns wirklich alle Mühe gegeben, diesen Verdacht so schnell wie möglich wieder auszuräumen. Es kann nun wirklich keinerlei Zweifel mehr daran geben, dass Maik Kickelhahn Ihren Chef ermordet hat. Ich wünsche Ihnen was …» Als sie ins Kommissariat zurückgekehrt waren, fiel Mannhardt schwer durchatmend in seinen Sessel.

«Du siehst nicht sehr glücklich aus», sagte Yaiza Teetzmann.

«Schließen wir die Akte Lapaczinsky.» Mannhardt tat es mit einem lauten Knall.

Yaiza Teetzmann sah ihn ein wenig schelmisch an. «Bist du mir böse, wenn ich eine Idee habe, die du auch hättest haben können?»

«Ja. Aber erzähl trotzdem mal …»

Yaiza Teetzmann setzte sich auf die Tischkante. «An dem Freitag, an dem Lapaczinsky ermordet worden oder sonstwie ums Leben gekommen ist, haben sie doch im Oderbruch fieberhaft nach Kickelhahn gesucht, auch in Hohen-Vietz …»

«Ja, soweit ich weiß.»

«Und sind mit Hubschraubern die Gegend abgeflogen und haben mit Spezialkameras alles fotografiert, was zu fotografieren war …» Sie machte eine kleine Pause, um abzuwarten, bis Mannhardt abermals genickt hatte. «Und wenn sie alles aufgenommen haben, dann müssten sie doch auch Menz' Wagen erwischt haben, wenn er wirklich in Hohen-Vietz gewesen ist und ihn versteckt hat, um sich ins Herrenhaus zu schleichen und Lapaczinsky zu erschlagen.»

Mannhardt sprang auf. «Komm, lass mich eiskalt die Gelegenheit nutzen, dich zu umarmen. Los, wir besorgen uns die Autonummer und sehen dann nach, ob die Fotos noch da sind und ob man was erkennen kann.»

Von nun an ging alles ganz schnell.

Es dauerte keine Stunde, da hatten sie gefunden, was sie suchten: Menz' Auto in der Nähe des Hohen-Vietzer Herrenhauses.

Und noch in der Nacht war Diethard Menz bereit, ein umfassendes Geständnis abzulegen …

… während Maik Kickelhahn seines widerrief. Er freute sich diebisch, dass er abermals alle reingelegt hatte.

Eine Woche bevor der Mordprozess gegen Diethard Menz in Berlin-Moabit begann, wurde seine inzwischen von ihm geschiedene Frau Martina von einem gesunden Knaben entbunden. In den Medien rätselte man, mit wem der Junge mehr Ähnlichkeit hatte: mit dem Bankier Christian Lapaczinsky oder mit seinem Double Enver Volle.